—————— 阅读之前 没有真相

午夜文库

愚者之毒

[日]宇佐美真琴 著
王唯斯 冷玉茹 译

新 星 出 版 社　NEW STAR PRESS

目 录

1	第一章　武藏野阴影
125	第二章　筑丰挽歌
215	第三章　伊豆溟海

第一章　武藏野阴影

二〇一五年　夏

风好大。

放眼望去，白色的浪涛层叠连绵。

货船行于海面。

我拄着拐杖站了起来。虽然已经不疼了，但还是要注意不能让髋关节负重。

起身后，我再度眺望窗外。翠绿色的货船似乎并未怎么前进。

来到海边真好。这片海景令我百看不厌，可以将茫茫大海一览无遗。我能一连看上几个小时。

肯定是时间在这里的流逝速度与其他地方不同。也许是太过安逸的缘故，到最后，我竟不知道自己现在是生还是死。

我笑了笑，其实我才六十五岁，在这里还算相当年轻的。

我住在位于伊豆半岛[①]下田的超高级收费养老院。其高级程度，从名字"LifeRich·结月"便可见一斑。

去年我得了缺血性股骨头坏死症。据说是因为左侧股骨头有一部分血液循环不畅而坏死了。一般需要通过手术治疗，但因为坏死的程度还没那么严重，也不太痛，所以采取了保守治疗来观察情况。

---

①伊豆半岛位于东京都南方，属于静冈县，是日本关东地区著名的旅游胜地。（书中若非特别标注，均为译者注）

医生不许我拿重物，也禁止我走远路。为了减轻股骨头的负担，还让我用上了拐杖。但这些依旧未能阻止病情的发展，最后可能还是免不了要做手术。

其实就像原来那样住在东京的公寓里，我也没感觉生活上有什么不便。

我原本也是不太爱动的人。

不过，这场病让我开始思考年纪大了之后要如何生活。我拜托丈夫把我送到了这里。我们膝下无子，必须想出一个不依靠别人而生活的办法。

丈夫在东京工作，周末到这里来和我一起生活。

房间里有两张床，而且空间足够，即便夫妻二人共同生活也极为宽敞。室内还配有小厨房，浴室用水均引自温泉。按下内部对讲机后，工作人员便会飞奔而来。休闲娱乐的项目也很多，绝不会感到无聊。这里甚至还有入住者专属的医院，不少生活无法自理的人都能得到无微不至的照顾。没有比这里更舒适的养老院了。

现在，我俯瞰养老院下方平静的海湾。这是养老院的私属海湾，外人无法进入，加之临近傍晚，所以毫无人迹。

我喜欢汹涌澎湃的外海，也喜欢紧邻陆地的海湾。

我所面对的，是大海与自己的过去。

一九八五年　春

"你的出生年月日是……"面试官看了一眼我的简历。

尽管已经面试过很多次了，但每逢这种时候我还是会惴惴不安。

"昭和二十四年（一九四九年）九月一日。今年是三十五岁，对吧？"

"是的。"

我没有任何证书或一技之长，所以这个年龄于我而言异常沉重，但我必须装出若无其事的样子。面试官发出"嗯"的一声，之后便陷入了思考。他用左手将眼镜框稍稍上推，眼镜的反光让我看不清他的眼神，于是我也不必再透过他的眼神去乱猜什么了。老天啊，求求你让这家公司录用我吧！我的脑海中浮现出了电费、燃气费、电话费等费用的缴费单据。从上个月开始，我连房租也交不上了。

"我们这里的工作，基本上要一直站着，你吃得消吗？"

"可以的，完全没问题！"

我信心满满地答道。不过马上后悔了，我不应该表现得这么迫切。

职介所给我介绍的是服装厂的品检工作。之前面试的一家商用设备制造商，因为我年纪太大且没有会计经验拒绝了我。再之前我面试过一家化妆品上门推销公司，再再之前我好像面试过一份健身房的前台工作……总之，我都被拒绝了。

我真的非常焦躁，就是这种焦躁让我立刻做出了回答。

"我们现在的工作就很多。"面试官说了这么一句，但没有抬头，仍在看我的简历，可是我的简历应该没有什么看头，我连驾照都没有。

"明白。"

"特别是某些时期，"他终于看向了我，"我们必须制作大量的校服，目前也已经开始缝制夏装了。"

"我明白了，我会全力以赴的。"这次我回答得相当冷静。

"我们现在加班很多哦，在招聘条件上应该写清楚了。"

"啊？"

面试官对我的疑惑置之不理，继续漠然地说道："工厂正在满负荷运作，最忙的时候可能要工作到晚上九点。当然，加班费少不了你的。"

我的表情有些僵硬，这次面试官终于注意到了。

"你不太方便是吗？"

"啊……"我用力吞了吞口水，"我不能加班，必须按点回家，因为我一个人带孩子。我应该已经把工作要求和职介所说了。"

"啊？"对方的表情惊讶到有些夸张，"我们这边没收到这种要求啊。"

"不应该啊……"他又看了看简历，"你是姓石川吧，叫石川希美。"

"不是，"我感觉有些诧异，一头雾水，"我叫香川叶子。"

"我就说呢，刚才就觉得奇怪，你和照片完全不一样。但是女人吧，有时候因为照片的拍摄方式不同，看起来也会变化很大呢。"

面试官将他手中的简历拿给我看,上面的名字不是我的,照片除了发型和我相似之外,完全不是一个人。

应该是出了什么差错,把面试的人搞错了,此时我才恍然大悟。知道这场面试也只是徒劳一场后,我浑身无力,深深地叹了口气。面试官则咂了一下舌头。

最近我一直都是通过上野职介所来找工作的。这应该是职介所工作人员犯下的低级错误,让我们两个人都浪费了时间。

我茫然地望着面试官扔在桌上的简历。

那张剪得小小的证件照,上面的女人让我感觉有些面善,应该是在职介所见过几次,比我漂亮得多。

原来她叫石川希美……我只是茫然想着这些,连生气的力气都没有了。

"啊,真是不好意思。"职介所的工作人员向我们道了歉,但我却没感到他有什么歉意,因为他正嘿嘿地傻笑着。

"简历没有送错,只是把你们两位的面试通知搞错了。"

"真是岂有此理!"

坐在我边上的女人说了这么一句话,虽然声音不大,但穿透力极强。

周围嘈杂的声音瞬间安静了下来,柜台那边的工作人员都伸长了脖子望向我们,想知道发生了什么事。我们面前那位年约四十岁的工作人员,不动声色地瞄了一眼身后,可能是想看看上司的反应吧。

"我说啊……"我旁边的这个女人(虽然我现在知道她叫石川希美了)大胆地将身体探进柜台,紧紧地瞪着那位工作人员,"我们都想快点找到工作,但你却让我们白跑了一趟,你这种解释我难以接受。"

石川小姐去了原本应该由我去面试的地方。结果当然是和我一样,白白跑了一趟,进行了一场驴唇不对马嘴的面试。

"你们的出生年月日好像一样吧?"工作人员看了看我,又看了看石川小姐。

"然后,你们两位的名字……"

"名字怎么了?"

石川小姐怒气未消,对于工作人员的解释一一回敬。

"就是……你们两位的名字……"工作人员向我投来了求助般的目光,"你们的名字是石川和香川,都是县名。"

"真是无语了!"石川小姐腾地从椅子上站了起来,"你们职介所就是这么工作的吗?只是把别人的名字当作符号?!"说完,她一把抓住我的胳膊,拉我起来。

"够了,我们走。"

她拉着我,从偌大的职介所走向出口。在嘈杂的大厅内,有人正在翻阅招聘启事,有人正在等待面试,面对大步流星的石川小姐和被她拉着的我,他们都闪开了一条路。

走到外面,石川小姐还是愤怒不已,在便道上走了大约三百米后,才放开我的手,停了下来。

"真是的!能把人气死。"她看向我,仿佛在等待我的认同。

我完全被她的气势所震慑了,勉强挤出一声"嗯"。

"啊,好渴啊。我们去喝东西吧。"

还没等我回答,石川小姐便走入了旁边的咖啡店。

我累得要死,大脑也转不动了,茫然跟在她身后推门走进了店里。

就在门上铃铛响起的那一瞬,我的脑海中浮现出了达也在家等我的画面。不过看到石川小姐找了一个靠里的座位坐下后,我便拭去了这个画面,鼓起勇气坐到了她的对面。女服务员马上走了过来,石川小姐点了一杯咖啡,而我要了一杯红茶。

我好久没来咖啡店了。莫扎特的音乐在店中缓缓流淌,研磨的咖啡豆香气四溢。我感到自己焦躁的情绪平缓了下来,终于能静下心来,仔细端详眼前这个女人。

她五官分明,皮肤白皙,脸型呈完美的鹅蛋形,眼睛宛如黑曜石,直视着我。她的外貌与她说话斩钉截铁的风格相符。身上的衣服虽然并不艳丽,却明显是高级货。

我拉了拉自己那已经褪色的休闲服的袖口。石川小姐将胳膊支在桌子上盯着我的脸。也许她感到目前的事态颇为耐人寻味,脸上露出了似笑非笑的表情。看着她的样子,我也露出了笑容。

"你就是香川小姐吧?香川叶子。"

"嗯,你是石川小姐吧?石川希美。"我们不约而同地笑了起来。

"也是昭和二十四年九月一日生的吧?"

"嗯,也就是二百十日。"①

"也是关东大地震发生的日子。"②

"也是防灾日。"

"也是民营广播开始运营的纪念日。"

我们又笑了起来。我已经很久没这么笑过了。

我们二人中间摆着咖啡与红茶,石川小姐直接喝黑咖啡,既不放糖也不放牛奶。这让我觉得她是一个很有品位的人,而我一向比较怕苦的东西。

---

①从立春起算的第二百一十日。约在每年公历九月一日。
②一九二三年九月一日在日本关东地区发生的里氏 7.9 级强烈地震。

不过我内心有些诧异，为什么这么漂亮，看起来又非常聪慧的人，要去应聘服装厂的品检员呢？

"您现在没有工作吗？"

石川小姐把杯子放回到茶碟上，微微一笑。

"我们说话不用这么客气啦，毕竟同岁。"

"抱歉……"

"你看看，又来了。"石川小姐优雅地拢起卷发，继续说道，"我是想换个工作。现在我在律所上班。"

"嗯，这么好的工作为什么要换呢？"

石川小姐轻轻拿起杯子，双手将杯子合拢。"一言难尽啦。"

我差点又要脱口说出"抱歉"，赶快捂住了嘴。

不过我至少得感谢那位工作人员，多亏他把我们两人的面试通知搞错了，我才能交到这么投缘的朋友。

此后我们每次在职介所碰面时，都会轻松闲聊几句。虽然只是站着说说话，但我手拿自动售货机买来的咖啡和希美聊天时，总能感觉心情非常舒畅。

希美说她住在池之端[①]的高级公寓里。位于台地的上野恩赐公园[②]一带有不少美术馆和博物馆。那一带气氛恬静，洋溢着台东区高级住宅区的气氛，也就是所谓的"山手"[③]。母亲称呼那里为"上野山"，以便和"下町"[④]区别。而池之端位于台东区与文京区交会之处。正如其名，它就位于不忍池的边上，属于黄

[①]东京都台东区町名。东部毗邻上野恩赐公园。
[②]上野恩赐公园并不是一个独立的公园，而是一个公园区。譬如有东京国立博物馆、国立西洋美术馆、国立科学博物馆、恩赐上野动物园等。
[③]东京都的"山手"是江户时代出现的词汇。古时主要指位于台地（高地）上的武士阶级宅邸、寺院。
[④]"下町"指低洼地区，古时主要是平民的居住区。

金地段。当然了，高级公寓应该也分三六九等。

其他的事我就没有多打听了，因为我也并不希望别人打听我的事情。

由于妹妹与妹夫双亡，我必须抚养四岁的外甥达也。如果把他送去幼儿园，我就必须找到一份晚上可以准点下班，周末可以正常休息的工作。达也的发育有些问题，所以我找的工作必须符合上面的条件，但上哪儿去找这种好事呢？

我已经三十五岁了，人生却陷入了迷茫的死胡同。没有稳定收入，没有安居之所，又带着一个幼小的孩子，感觉一筹莫展。

"啊，你的脸怎么了？"许久不见的希美看到我后，吃惊地问道。前几天我的智齿开始肿胀并剧烈疼痛，但我没有管它，现在整个脸颊都肿起来了，还发烧了。

"你一定要去看牙医，不治不会好的啊。"

"嗯……"

我敷衍了一句，没法告诉她我没钱去医院。我连医保都没有，根本负担不起医药费，但我的忍耐也到了极限，而且这副尊容也没法去面试。

希美还是像上次那样，拉着我的胳膊把我带出了职介所。

"你看，那边有家牙科诊所。你去一趟吧。"她指着马路对面说。

"可是……"我支支吾吾的。这时希美突然打开她的提包，将自己的医保卡拿了出来。

"拿去用吧。"

"这？"

"你没有医保吧。反正不会有人知道这是谁的卡。而且啊……"希美微微张开她那涂着粉红色口红的嘴唇，偷偷一笑，"我们的生日也一样啊。"

为什么她的推测能力如此之强呢？是因为在律所工作的缘故吗？我看到她医保卡的工作栏写着"加藤义彦律师事务所"。

盛情难却，我接受了她的好意。拔掉智齿之后过了十天脸才消肿，也多亏了在挂号时出示了希美的医保卡，我才好歹凑齐了医药费。

希美提议请我吃午饭来庆祝牙病痊愈。我去隔壁老婆婆家接来拜托她帮忙照看的达也，带着他出门赴约了。就连我自己也不相信，我居然会接受希美的邀请。

在当时那种焦头烂额的状况下，如果是原来，我多半会感到左右为难。

我没有可以依靠的家人和亲戚，和朋友也都疏远了，每天都苦于生计问题。这种情况下，即便找到工作，能够过上简单而稳定的生活，恐怕我和达也的境遇也不会有太大的改观。我们是一个失败的家庭，而我是这个失败家庭中的"幸存者"。等待我的，只有黯淡无光的未来。结识了漂亮又开朗的希美，让我回想起了自己的过去——那个也能和朋友聚餐畅谈的过去。

"小朋友，你好呀！"希美向达也打了一声招呼，达也却害怕地躲到我的裙后。

我们选了一个露天的座位，庭中可见几株樱树，枝间已泛出新绿。我这才后知后觉到，樱花的盛开期已经过了。今年我连赏花的雅兴都没有了。我点了一个意式拼盘，为达也点了儿童套餐。达也好奇地望着被端上饭桌的炸虾、汉堡肉和鸡肉饭，却并没动手。

"达也，吃啊。"

我把儿童叉塞到了他手上。他用叉子叉了一块小香肠，但没有塞到嘴里，只是一直盯着看。看着他的样子，我微微生出一股烦躁情绪。这孩子没有欲望，没有食欲，没有物欲，也没有自我表现欲。从某种意义上来说，这是一个让人省心的孩子。即便没有人管，他也会乖乖待着，不哭不闹，不吼不叫，只会用轻轻的微笑和皱眉来表达自己的情绪变化。他应该就没想得到别人的疼爱。

"好吃吗？"

达也终于把他喜欢的番茄放到了嘴里，希美就趁机问了他一句。一片淡粉色的樱花花瓣落到了希美头上。

"这孩子真是一句话都不说呢。"我抢先说道。

"嗯，是呢。"

希美好像并不是很惊讶。她像大部分人一样，没有追问原因，也没有表现出同情的神情。

四岁的孩子还不会说话，显然不正常。儿科医生诊断达也为"精神发育迟缓"，并表示只要接受相应的训练，还是可以说一些简单的话。

可母亲完全不接受这样的诊断结果。

"就是因为出了那些事，达也只是受到了很大的打击，所以说话才迟了一些，这是没办法的事情。"

母亲深信，她心爱的外孙有一天一定可以开口说话。去年五月，母亲也过世了。其实，真正受到精神打击的是母亲。妹妹和妹夫去世后，母亲的老毛病糖尿病就恶化了，后来一直半睡半醒，最后死于脑血栓。

这个午后真是令人心情舒畅。希美一边用午餐，一边颇有意思地谈论她做的"职业适应性测试"。她质疑那些问题设置得是否恰当,还对其可信度表示怀疑。

"为什么像你这么漂亮的人会找不到工作呢?"在她说话停顿的时候,我插嘴说道。

"我漂亮吗?"希美的眼睛滴溜溜地转着,然后将一块加了芝士的煎蛋卷放入嘴里,"其实我动过脸。"

"动过脸"是什么意思呢?我一时没有明白。希美咀嚼着口中的食物,毫不避讳地说:"我割过双眼皮,磨过颧骨,然后还有这里……"她指了指自己的右脸颊,"把一颗特别碍眼的痣给点了。"

我不知道怎么接希美的话,原来她整过容,而且没打算隐瞒这件事。

希美托腮微笑着。我凝视着她。直觉告诉我,她应该不是在意外表美丑的那种人。但为什么要整容呢,为了换工作吗?又感觉不像。

我突然意识到,其实我对眼前这个人根本不了解。

饭后,希美又拿起了黑咖啡喝。我对她忽然产生了一些兴趣,接着发现自己已经许久不曾对别人感兴趣了。

眼前的这个人看起来很干练。之前我觉得这是"有品位",现在感觉用"练达"这个词形容更为合适。希美并不知道我的心思,只是不断轮换看着我和达也,一副欲言又止的模样。

达也没怎么动手中的儿童套餐,显得有些局促。"我说啊……"希美看着达也说道,"说不定我能帮你介绍一份工作。"

"上面都是难波老师不爱吃的东西。"

藤原女士递给我一张清单，我认真地看着上面的内容。"可真不少呢。"上面有芦笋、茄子、青椒、鱼子等食材，还有蟹肉奶油可乐饼、中式凉面等菜品。

"是啊。但现在让他改也改不了了，只能按他的喜好来做。"

说得也是，难波老师已经六十六岁了。

藤原女士常年在难波家做家政，现在已经七十五岁了。她把这份工作移交给我后，就会搬到滋贺县大津，她女儿也在那里。

希美给我介绍的工作，就是在难波家做家政。这里不仅包吃包住，还可以带上达也一起过来，是一份求之不得的好工作。

听完我的情况，希美第二周便把我带到了难波家。难波家是调布市①深大寺的一个大户人家。似乎想尽快决定藤原女士的后继人选，难波家对于我的经历和家庭情况，只是大概问了问。

"没关系，这些细枝末节以后一点点记住就好了。"藤原女士停下手头的工作，继续说道，"必须要记住的是……"她手拿研钵，里面是已经捣碎的绿色艾草酱。据说为了随时都能制作难波老师爱吃的艾糕，初春时节，难波家会将采集到的艾草焯过后冷

---

①位于东京都西南。

冻起来。

"必须要记住的是，老师的心绞痛已经发作过两次了。虽然做了冠状动脉介入治疗，但据说要是再发作的话，可能会危及生命，所以必须每天服药，也要避免剧烈运动。当然了，该锻炼还是要锻炼，还要经常喝水。目前先记住这些应该就没有什么问题了。"

说罢，藤原女士又开始捣起艾草来，我赶忙按住了研钵。

这户人家的主人名为难波宽和，之所以称他为"老师"，是因为他退休之前一直在中学授课。藤原女士的女儿好像也曾经是老师的学生。

身形富态、性格随和的难波老师，在我看起来就是典型的中学老师形象。我今天把达也带到难波家的时候，他被这里高高的天花板和宽敞的庭院吓得大气都不敢出。难波老师则眯着眼俯视着他。虽然已经拜托希美提前声明过达也这独特的个性，或者说是有发育障碍的事情，但我还是跟着紧张了起来。

"呀！小朋友你来了！"难波老师挺着本就凸出的肚子走了过来，达也随着老师的靠近相应地慢慢后退。

"真好啊，这小家伙。不知道将来会变成什么样子呢！"

后来我听说，难波老师原来是教理科的。因此精通生物、地质、天体、自然史，特别擅长观察和研究。达也像根棍子一样杵在我身后，一动不动。难波老师接着又对他说："想看看蚕宝宝吗？"

听藤原女士说，难波老师是难波家的入赘女婿。本来打算让难波老师继承老主人名下的纤维公司，所以老师也有辞去教职的心理准备。但等老主人过世后，佳世子太太却跳过了老师，直接让儿子由起夫先生继承了公司。藤原女士解释说，这是因为老师热衷教育事业，将教书育人视为天职，所以佳世子太太希望让他在教育岗位工作到退休，安安稳稳地走学究这条路。

不过这中间的情况也有些复杂。难波老师和佳世子太太是半路夫妻，由起夫先生是佳世子太太和前夫所生。虽然离婚之后，母子分离了二十多年，但佳世子太太一直惦念着自己的儿子。因此老主人过世后，需要选定继承人时，佳世子太太便在征得了由起夫先生和难波老师的意见后，将儿子定为了继承人。听说难波老师欣然接受了这位毫无血缘关系的"儿子"，从这点也可以看出老师的心胸豁达。

事实证明，佳世子太太的决定没错。由起夫先生担任社长后，公司的业绩蒸蒸日上。藤原女士笃信，如果由老师担任社长，一定做不出这样的业绩。老师是一个连左右脚穿了不一样的袜子都不知道的人，要让他经营公司，简直是赶鸭子上架。

不谙世事的我，并没有听过这家"难波科技株式会社"。据藤原女士介绍，这是一家在小金井市内坐拥工厂和研究所的业界中坚企业。自由起夫先生继承家业后，难波科技便不再局限于纤维领域，还将事业拓展到了医用材料和建筑资材，获利颇丰。同时走向了多元化经营，设立了不动产和投资的相关部门，去年还将总部安置在了东京都的中心区域。

难波家被苍郁的树丛所围绕。光看树丛的规模，便不难想象这是一个大富之家。难波宅邸是一栋历经百年的单层木造住宅，外观肃穆，虽然曾按佳世子太太的喜好进行过改装，但仍保留了古民家的精粹，房间布局宽敞高雅，居住舒适宜人。

难波老师带着达也去看了他养的蚕。养蚕业在武藏野台地兴盛已久，农家以养蚕为副业，亦是古已有之。难波家的家业就是制丝和纺织，退休后才发展为现在的纤维业。难波老师在中学一直干到教务主任，退休后便在宽敞的庭院中筑建了一个养蚕小屋。据说这个小屋是向别人要来的，原本废弃在附近农家的角落里。之后难波老师便开始种桑养蚕，由于他也是新手，所以犯了不少错误。但因为他本来就喜欢生物，再加上不屈不挠的性格，最终还是培育出了品质尚可的蚕茧。听说附近的小学生也会在难波老师的带领下来这里参观。

达也的嘴唇抿成了一条直线，专心地看着这些白色的小虫。一直面无表情的达也，这时似乎也从心底涌起了一股别样的感情。也许是"兴趣"，也许只是单纯的"惊讶"，也许是这类情绪在他的心里激起了一丝涟漪，但在完全成型之前便消散了。这孩子身上似乎出现了情感的萌芽，我不知道这意味什么。我没有生过孩子，只是被迫成了一名母亲。对这个身份，我感到不知所措。

"为什么蚕宝宝会吐丝呢，又为什么可以从动物的身体上采集到纤维呢，是不是很奇妙呀？"难波老师对达也说道。当然，达也并未吭声。但老师并不在意。老师对任何人说话都非常客气，对儿子，对雇工，对藤原女士，就连对我也是，应该对佳世子太太也是一样吧。藤原女士告诉我，老师以前对学生也是如此，不论对方年龄和身份如何，他都会尊重别人。

从养蚕小屋回来后，我在厨房帮藤原女士准备晚餐。从厨房可以望到宽阔明亮的客厅。难波老师就坐在客厅一端的沙发上，笑眯眯地望着他口中的"小家伙"，也就是达也。

我虽然没什么一技之长，但曾经和母亲经营一家甜品店，所以无论是下厨还是做家务都难不倒我，而且我自认为做饭的手艺还算不错。

藤原女士一边干活，一边告诉我关于难波家的各种事情。

难波家家世显赫，世代在这里担任村长，从江户时代开始，便负责管理将军家①在武藏野台地的猎鹰场。藤原女士告诉我她与佳世子太太多年构建起的持家方式,还告诉了我一些必须要请来帮忙的雇工。因为需要记忆的项目太多,我趁厨房工作告一段落的间隙,拿来一个大笔记本,开始将这些详细记下。难波老师不喜欢的食物清单被我贴在了第一页,第二页则记录了一些关于难波老师健康管理方面的事情。

"老师也有很孩子气的地方,"藤原女士笑呵呵地说,"他很痴迷昆虫花草一类的东西,经常因为这些忘记吃饭。"

听到佳世子太太于五年半前已经去世的消息后,我不禁一惊。

"好可怜啊,太太那时候还算年轻吧。"

"是啊。她是一个很喜欢旅行也很活泼的人,却得了子宫癌。有段时间她看起来已经好了,但病情拖了太久,时好时坏的。"

藤原女士一时间停下了手中的工作,茫然地看看远处,之后叹了口气,摇了摇头。佳世子太太比难波老师大两岁,却还是走得太早了。

据藤原女士说,佳世子太太决定去找儿子由起夫先生回来,也是病情所致。"她应该知道自己将不久于人世了吧。所以想让儿子继承公司,让难波老师也能安心教书,想把一切都安排妥当。不过更重要的是,她想在离世之前见到自己的亲生儿子吧。"

藤原女士用围裙下摆抹了抹眼泪。由起夫先生也明白母亲的心意,所以那时候拼命学习公司经营方面的知识。加上他原本就有这方面的才能,之后在佳世子太太和难波科技董事们的帮助下,顺利继承了公司。

"是加藤律师帮我们找到了由起夫先生。"

---

①指幕府将军。

加藤义彦律师正是雇佣希美的人，也是难波科技和难波家的法律顾问。为了管理庞大的资产，肯定需要聘请律师和会计师吧，虽然我无法想象出具体情况。

由起夫先生和希美是青梅竹马。由起夫先生就任难波科技社长之后，希美便经其介绍，开始在加藤律所工作。得知许久不见的由起夫先生不仅变更了姓氏，还掌管了一家规模可观的企业后，希美便拜托由起夫先生为其斡旋工作。这些事情我也是后来一点点从希美和藤原女士的口中听说的。身为一名帮佣，必须要了解主人家的事情。

"太太的第一次婚姻没有得到家里的祝福。老主人看到男方后极力反对，当时还年轻气盛的太太就离开了家。最后太太还是和那个男人过不下去了，回到家里。但婆婆不肯把孩子给她，这边的老主人也不准她的孩子过来。感觉很悲惨吧。不过后来太太走的时候，我觉得还是很幸福的。因为她碰到了难波老师这样的人，亲生儿子也回来继承家业了。"

之后藤原女士又说了很多次"太太很幸福"。

第一天晚餐时，聚在一起吃饭的有难波老师、由起夫先生、藤原女士，还有我和达也。

"真热闹啊！"难波老师喜笑颜开。藤原女士则有些不悦，她不知道让新来的帮佣和四岁的孩子一起上桌吃饭，会是怎样的一番情景。而面对下班回来的由起夫先生，我有些紧张。

他外表文静，谈吐稳重，身材高挑细长，因此有些驼背。既然和希美是青梅竹马的话，那应该和我是同龄人。因为还没结婚，所以和父亲（难波老师）住在一起。

餐桌上，只有难波老师一直在讲话。我不擅长在这种场合讲话，连附和几句都磕磕巴巴的。不过难波家的餐桌风景似乎一贯如此。难波老师夸张地做着各种肢体动作，嘴里的食物还不时掉出来。

"由起夫君，你怎么看？"

有时难波老师也会试探一下儿子的意见。由起夫先生则会回答得滴水不漏。他们二人之间不断地展开着这样的谈话。在佳世子太太去世后，这对原本并不熟悉的父子似乎很快建立了良好的关系。

来到新环境将近一天了，达也非常疲倦，坐在椅子上打起了瞌睡。我赶快起身把他抱起，难波老师和由起夫先生则颇有兴致地看着这孩子。

我和达也便在难波家开始了新的生活。

下町的生活充满了生活气息，这里则不同，每天唤醒我的都是鸟鸣与风声。

每天清晨五点，我便会系好围裙来到藤原女士的身边。这种异常安稳的生活带给我一种安全感。藤原女士似乎在等着我什么时候叫苦，但早起对我来说根本不算什么。

我本来就习惯早起。以前母亲要煮店里用的红豆泥，她应该起得比我还早。直到现在，我的鼻尖还时不时泛起煮红豆时的香气。这种幻觉，是昔日幸福的一丝残存。年纪轻轻便开始守寡的母亲独自将我和妹妹拉扯大，同时又在葛饰区的新小岩找到一幢孤零零的小楼，将一层装修后开了一家甜品店。虽然规模不大，但生意还不错，有很多回头客。

藤原女士也非常能干，对家中的一切毫不马虎。每天难波老师和由起夫先生起床时，她早已备好丰盛的早餐，打开走廊的窗户，为房内换入新鲜空气，并把玄关打扫干净，洒上清水。由起夫先生是自己开车上班，而难波老师白天会在庭院中走走，或在附近散步，做一些力所能及的简单运动。有时老师也会被邀请参加环保团体的会议或是当地历史学家的集会。

同时，难波老师也会定期前往位于小金井的难波科技研究所。他每次都是走到山丘下的车站，搭乘慢吞吞的巴士前往。研究所开发出来的一些纤维制品，据说是难波老师的创意。例如栽培蔬菜用的聚酯薄膜，因素材源自植物而大受欢迎，并且使用后可被土壤分解，不用费力回收。据说还申请了不少专利。现在他似乎在研究如何从蚕丝的蛋白质中提取制作手术用的丝线以及如何将蚕丝蛋白质运用到化妆品方面。不过面对这些，老师却只是笑笑，说："我是去给研究人员添麻烦的。"

我在难波家的工作很繁忙，但感觉很好，因为可以忘却一切。

藤原女士会指示我干各种事情，比如清扫地板、清洗窗帘、去除杂草、外出采购。藤原女士不开车，每次都是走到附近的超市和商店购物。需要买的东西很多时，就会麻烦一位同样年过七旬的老爷子间岛先生开小卡车带她出去。间岛先生是一位园艺师，难波家常年将修剪庭木的工作交给他。

"难波老师不喜欢修剪枝叶，他总觉得维持自然就好，所以我干起活来总是很受拘束。"身材矮小的间岛先生一边放下东西，一边和我搭着话，"他在庭院中弄了一个桑树园，还说不要把院子里冒出来的漆树砍掉，这么留着就好。"

我到难波家已经十天了，但几乎没和由起夫先生说过话。休息的时候，他就在家听听音乐或是读读书。紧贴着他右眼的地方有一处伤痕，在低头时更加明显。那是一道可怕的伤疤，像是被什么利刃划过一样。想不出外表文静的他为什么会有这种伤疤。我还发现他不会外出喝酒，也不和同辈朋友交往。

他和难波先生不同，平时缄默不语，给人一种不好相处的感觉。甚至有时我都没有发觉他人在客厅，因而吓了一跳。他就像是在深山之中，静静倒映着青空的一碧湖水。虽然这么形容他有点失礼，但他并没有什么值得一提的鲜明个性。可以说他是无色无味的人。在家的时候，完全看不出他是一家大企业的经营者，性情内敛又毫不做作。

随着接触增多，我发现他这种性格也很不错。最主要的还是因为达也，达也一直将自己封闭起来，不与别人接触，但对由起夫先生则不同。由起夫先生对这个突然出现的小孩没有表现出特别的兴趣，没有试图和他交流，只是非常自然地待在他的身边。有时达也就坐在正在看书的由起夫先生的脚边，排列着从院里捡来的石头，他们两人谁也不会打搅谁。因为有了这样的事，我也就不再多想什么，之后可以和由起夫先生非常自然地交谈了。

加藤律师是一位四十多岁的中年绅士，两鬓有些斑白。难波家的老主人似乎对他极为信任，所以佳世子太太当时会拜托他寻找失散多年的亲生儿子。

他是难波家的常客，经常会拿一些文件给难波老师，进行说明或请示。虽然加藤律师的专业是企业法务，但同时也为难波家的主人——即难波老师管理不动产和资产。

在加藤律师的催促下，希美从公文包中取出了文件。不过难波老师基本都是一句话："嗯，可以。你和由起夫去商量就好了。"看起来想把管理方面的各种杂事尽快丢给儿子去做。希美似乎是加藤律师的秘书。每次加藤律师开着奔驰前来的时候，她都坐在副驾驶的位子上。

能借这种机会时常和希美见见面，令我非常高兴。我们会拉着达也在难波家宅邸附近散步。难波家的宅邸建在武藏野阶地的一个凸出位置上，附近的人称这里为"城山"①。也许从中世②开始这里便是豪族世居之所，因此下坡较为平缓。我和希美以及达也在蜿蜒的小径上信步而行。这一带的地形多为丘陵与悬崖，以及崖下豁然出现的低地。崖下涌水不绝，浸入武藏野高台的水流经崖下涌出，汇聚形成了一条小河，名为"野川"，之后流入多摩川。崖下的住宅区中，也有密林点缀其间。这些残留的杂木林述说着"武藏野"③一词的由来。

这一带最著名的城山是深大寺城址所在的山丘，那里有天台宗的深大寺和神代植物公园，因此游客络绎不绝。难波家宅邸位于稍远的城山上，气氛恬静安逸。

希美的工作很随性。虽然她是随着雇主加藤律师而来，却把他丢在一旁转而和我们出去散步。可能是因为由起夫先生这个大客户的拜托，加藤律师不得不雇佣希美。可能也没给她具体工作，只是带她到处转。希美也许是觉得这种工作很痛苦，所以才想另找一份。我觉得这种可能性很大。

希美对由起夫先生每次都是直呼其名。藤原女士听到后总会皱起眉头。她觉得希美不应该这么随意地称呼堂堂难波家的少东家。希美却并不在意这些。

希美还直言不讳地说过"与其说由起夫不擅长与人打交道，不如说他根本没有兴趣打交道""由起夫虽然为人冷淡，但你们来了之后，他轻松了很多""之前就和父亲生活在一起应该很无聊吧"之类的话。

---

① 该词源自日本中世的"山城"。"山城"指利用山险，将要塞、宅邸建在小山或丘陵上。"城山"即指这种小山或丘陵，在日本很多地方都有。
② 日本史分为"古代、中世、近世、近代、现代"。所谓中世，指一一八五年镰仓幕府建立，到一五七三年室町幕府灭亡的约四百年的时间。
③ "武藏野"这一地名的原意为"无垠的原野"。

不在乎藤原女士这点也很像她的风格。

之前我和希美都是互称对方姓氏，这时候改称"希美"和"叶子"（hako）了。可能是因为我和她说，把我的名字"叶子①"，念作"hako"的话，就是我的爱称。难波老师和由起夫先生之后也跟她一样，把我称作"叶子（hako）小姐"。

至于我遇到的事情，其实很简单也很平常。

因为妹妹可奈和她的丈夫债台高筑，害得我们一无所有，仅有的一点存款和母亲经营的甜品店"Asahi"②也被抵押了。

对于一生辛劳和性格消极的我而言，自由豁达的可奈本来是明亮的太阳。但妹夫辻本晋太郎不想当上班族，而是想开一家当时比较流行的咖啡酒吧，妹妹表现得也很积极。

一开始因为有杂志介绍，所以生意还好，但因为两个人不太上心，加上比较散漫，不久后便出现经营不善的状况。开店的钱好像原本是靠工商贷款借来的，出现亏空后，他们又借了更多钱来填补房租、人工费和进货费。起初是向银行和信用卡公司借钱，之后是向大型金融公司、中小型融资机构借钱。到最后，向这些正规机构借不到钱了，他们就开始借高利贷。当时还没出台《贷款法》③，所以负债像滚雪球一样越滚越大。放高利贷的人还曾追到甜品店来。

他们在店中恐吓我们，还直接走进我们家里赖着不走，随便打开我们的冰箱拿出里面的饮料来喝。不堪其扰的我和母亲，最

---

①女主人公的名字为"叶子"，在日文里既可以念作"Yoko"（ようこ），也可以念作"hako"（はこ）。之前女主人公在自我介绍时，称自己为"香川叶子"（Kagawa Yoko），所以"hako"可以理解为她的爱称。
②可写作汉字为"朝日"或是"旭"，原书为日文片假名"あさひ"。
③全称为《贷金业规制法》，又称《贷金业法》，是日本二〇〇七年出台的一部规范金融贷款的法律。

终为晋太郎做了担保人。

咖啡酒吧连两年都没撑过。此时的晋太郎已经失魂落魄，别说没有重振旗鼓的欲望了，就连养活家人的责任感也荡然无存。只剩下可奈发疯似的到处筹钱，但换来的只是别人的闭门羹，最后她只能找到我们。这时我已经对她厌恶至极，觉得这一切都是他们自甘堕落的恶果，所以我狠心拒绝了她。她哭着苦苦哀求，我们还恶语相加地吵了一架。最终她一把抓走我从钱包里掏出的一两张纸币，转身离开了。她已经不是过去的可奈了。

从来都是老老实实、踏实过日子的我和母亲，深陷高利贷的旋涡之中，这是我们想都不曾想过的。后来电视的新闻里也经常报道一些人因为高利贷而走投无路，而母亲只是一个劲儿地重复"达也好可怜"。

"不要再来了。自己欠的钱自己想办法还。"

可奈告诉我，如果明天不交齐利息可就惨了，但我只是冷冷地丢下这句话。她已经用这个借口从我这里要走不少钱了。有时候手上没钱，我还在她的乞求下去自动贷款机借钱，每次一借就是好几万日元。现在甜品店的生意已经大不如从前，要靠店铺收益来还钱非常困难。她明明是咖啡酒吧的老板啊，之前过着随心所欲的阔绰生活。看着她沮丧离开的背影，我甚至觉得她有些活该。

当天晚上，可奈一家租住的房子燃起了大火，原因是有人想拉上一家人自杀。但这火究竟是失去生活希望的晋太郎放的，还是已经丧失理智的可奈放的，就不得而知了。

那晚的事我已经忘了，每次试图回忆就会头痛欲裂。消防车的警笛、夜空中蹿起的火焰、母亲的哀号、围观者的怒骂，全都会涌上来。只记得医院走廊空荡荡的，医生宣告晋太郎和可奈已经死亡。昏厥的母亲被直接送进了住院部。只有达也被附近的人从火海中救了出来。听到这个消息时，我说不清是喜是悲，我早已麻木。

我们不得不放弃了经营多年的甜品店。母亲、我，还有达也，最后搬进了一间只有十平方米的房间，而且是在一栋房龄高达四十年的老旧公寓里。

之前达也还会牙牙学语，那样子十分可爱，这件事发生后便一言不发了。母亲注意到了这一点，拖着病体带他去了医院，在医生的建议下为他检查了大脑。据说是因为出生后大脑受损，患上了"后天性运动失语症"。母亲担心他是在火灾时头部受到了冲击，然而检查结果却并未发现他有先天或后天的器质性病变，之后医生诊断为"精神发育迟缓"。虽然母亲不肯接受，但毫无疑问，她受到了精神打击。比起自己的旧疾，达也的事情对她的折磨更甚，所以她的身体每况愈下。

虽然我们卖掉了店铺，但身为担保人的母亲和我无法偿还巨额债务，无情的债主会追到我们这间小小的公寓内。我为了糊口而外出打工，但在工作的地方也会不断地接到催债电话，我真是不堪其扰。公寓的布告栏里还出现过中伤我们的告示。我也曾经找过警察，但警察表示"民事不介入"，并认为责任在借款的一方。

过去我在母亲的可靠庇护下生活，从那时起，我开始将自己的想法付诸行动。

我们连夜跑路了。即便是对一直照顾我们的商店街的人，我们也没有透露消息，还赖掉了母亲以个人名义外借的欠款，就这样逃走了。

我们好不容易找到一间和之前差不多的简陋小屋，匆忙入住。房子位于台东区的三筋，同样是杂乱无章的下町。在东京大空袭①的时候，当时十几岁的母亲就住在这附近。在当年的空袭中，大火很快吞噬了瓦顶长屋和商店鳞次栉比的街道，被大火逼得无路可逃的母亲最后侥幸被救出，但她的父母和兄弟姐妹都葬身火海。现在母亲又回到了这块伤心地，坚强的她打起精神，说："我说叶子啊，这种地方最适合一无所有的人重新出发了。我们三个人要振作起来啊。"

然而母亲的愿望最终未能实现，不到半年她就去世了。后来，每当追债的人查到我们时，我就会带着达也在台东区辗转流离，惶惶不可终日。所以，我和达也两个人真正重新出发的地方，应该要算深大寺。

刚到深大寺时，我就有不一样的感觉，甚至感觉时间流淌的方式都焕然一新。我从不知道东京还有如此幽静的地方。虽然杂木林化为了住宅区，农家的茅屋被推翻，并用新建材重新修建，但我仍然感觉这是一片充溢着自然风韵的地方。

丘陵高低起伏，其间缀有农田、洼地和池塘。即便是住宅密集之处，也能欣赏到武藏野的风光，颇有几分诗情画意。层峦的远山棱线上，游动着影影绰绰的丹青色。我在这里第一次见到了春霞。下町常有光化学烟雾的警报，但这里地势较高，应该安全无虞。

刚来到难波家的那阵子，达也要么站在正在工作的我的身边发呆，要么就一个人闷在房间里。现在他被自己感兴趣的东西所吸引，可以离开我活动了。在瞬息万变的生活之中，达也总是闭明塞聪，也许难波家带给了他一丝安心。

---

① 指二战末期美军对东京的一系列大规模轰炸。

"达也君,你过来一下。"

难波老师叫自己的儿子时会用敬称,称呼达也的时候也一样。他把掉在院内的白木莲花瓣和颜色鲜艳的毛毛虫拿给达也看,并为他讲解了一番。就像给中学生上课那样,中间还夹杂着一些术语,达也是不可能听懂的。有几次我想提醒老师达也有语言障碍,但最终还是咽了回去。难波老师是资深教育家,向他说这些应该没有意义。老师不停地说着,而达也只是缄默不语,这两位年龄相差六十多岁的人,似乎建立了一种奇妙的信赖关系。

难波老师让达也帮助他养蚕。关东地区一般从五月上旬开始养春蚕。老师养的蚕并不多,因此桑树园也不大。难波老师用园艺剪将桑叶连枝剪下,达也再一根根拖到桑树园外。这些桑树并不高大,从底部就开始分枝生叶了,年纪尚小的达也正好可以走在桑树下面。

达也仍一言不发,难波老师还是不断讲着话。养蚕的工作告一段落后,达也就蹲下来玩泥土。老师则为他讲解,说一把泥土之中就栖息着无数的微生物,正是它们让泥土变得肥沃。

"不能因为看不到它们,就认为它们微不足道。这个世界上没有多余的东西,万物之间都有联系,并且密不可分。"

达也还是毫无反应,我觉得有点不好意思,于是插了一句:"这孩子怎么都不说话呢。"

"是他不想说吧。其实别人说的话他都能很好地理解。只能耐心等待了。"老师倒是觉得没什么。

达也听得懂却不肯开口,一定有原因吧?我内心深处感到一阵刺痛,难道是达也不愿意和我说话吗?

可奈死后,母亲尚在人世的那段时间,对达也十分溺爱,同时非常牵挂他的未来,可以说是既当外婆,又当母亲。我虽然也感到痛心，但只是一个形同旁观者的"姨妈"。"姨妈"这个称呼对我来说既冷漠又不如意，但即便是"姨妈"，他也从未称呼过我。此时一些琐碎的记忆又涌上心头，记得达也刚出生的时候，我让他不要叫我"姨妈"，而是叫我"叶子"，还曾经被大家取笑。我已经忘了，我们还有过那种安静祥和的日子。

达也在火灾时后背严重烧伤，需要住院治疗一个半月左右，但背上还是留下了严重的伤疤。

达也出院那天，我代替身体不适的母亲去接他。我一手拿着塞满住院用品的手提包，一手拉着达也，沿着被水泥堤围起的河边走回了公寓。

炎热的夏日已近日暮时分。

我并没有安慰达也，只是默默地走着，脑海中都是还债的事情。刚才支付的住院费让我心疼不已，继而想到养育孩子也是一件非常费钱的事。

达也走得很慢。我面无表情地俯视着达也，心想这孩子为什么没有和父母一起死掉呢？只留下这孩子，难道是可奈故意找我麻烦？他们活着的时候，可是没少给我和母亲添麻烦，死后居然还……

就在这时，远处的河面上漂起一个发光的东西。

我诧异地停下脚步。那发光体从暮色中浮出，迅速靠过来。一开始呈圆形，然后拉出了长长的尾巴，就像游动着一般，离我们越来越近。

我怔住了。这是可奈的鬼魂吧。是可奈变成鬼魂回来了，是她不想把自己的孩子交给冷漠的姨妈吧。

"达也，快跑！"

我猛地拉起达也就跑。从河边小路下坡时，我们险些摔倒，达也还差点被鬼魂吞噬。我吓得脸色发青，丢下手提包赶快抱起达也，之后紧紧抱住他一路狂奔。路过的人都因为吃惊而停下来看我们。

一直跑到人流熙攘的十字路口，我才回头确认，鬼魂消失了。

这件事我没对任何人提起过，即便是母亲。可奈死后依然怨恨着我。我的内心一直非常懊悔，最后一次见面时，如果我能拿出一点钱给她，也许他们夫妻就不会走上绝路。但我同时又怨恨可奈，因为是她的自杀才让我如此苛责自己。

二〇一五年　夏

有人敲门，我应声后开了门，发现是介护员岛森小姐。她挺着大肚子，应该马上要做妈妈了。

"嗯……我下周要休产假了，所以来和您打声招呼。"

"啊，是这样啊。预产期是什么时候呢？"

"是八月底。不过好像会提前。"

我来到结月之后，就是岛森小姐一直在照顾我。虽然她年纪不大，但周到细致，帮了我很多忙。她鼓鼓的脸蛋总是红通通的，干起活来从不拖泥带水，令人舒心。

"会有新的介护员来临时帮忙。到时候事务长会向您介绍。"岛森小姐又补充道，等小孩上幼儿园后，她就会回来工作。

"祝你们母子平安。"

"好的！"她愉快地回答道，"回头抱给您看。"

岛森小姐陪着我走向了食堂，加贺太太则举起手来向我示意。虽然没有和她约定，但我们一起用餐已经成了一种默契。

"我说啊，你知道吗？"

不知道为什么，加贺太太好像很喜欢我。顺便一说，她好像比我大十岁，是横滨一家知名诊所的院长夫人。她老公在横滨忙于工作，还没有入住养老院的打算，所以很少来看她。无聊的她经常会找我说话，也不知道是沉默寡言的我正好合她的胃口，还是因为我看起来城府不深且无依无靠。

每当她说了"你知道吗"之后，紧接着的全都是无聊的炫耀或是八卦。不过我闲着也是闲着，所以就会随便听两句。

我们总是坐在东侧的窗边。虽说只是养老院的食堂，但装潢上可媲美高级餐厅。富丽堂皇的吊灯从高耸的天花板上垂下，悠扬的音乐飘荡其间，训练有素的服务人员穿行其间。养老院还为无法自理的人准备了另外的食堂。而这里，是为真正能品尝美食的人而准备的。今天用的餐具还是 Richard Ginori[①]。

"那孩子，挺着那么大个肚子，还在卖力工作呢。"

加贺太太往嘴里送了一口汤，如此说道。她指的是岛森小姐，这可不是褒扬她，而是带着一种"挺个大肚子干活成何体统，想不到她老公居然会让她工作到临产期"的意思。我和她接触一年有余，对她的为人还是相当了解的。但是我不想戳破，所以继续应付着这个傲慢的老太婆。

听起来可能有些荒诞，其实养老院内也有派系之分。加贺太太宁死也不愿与速水太太为伍。速水太太也是院长夫人，老公在东京经营着数家妇产诊所。她们那一派通常坐在西侧的窗边，现在正发出高亢的笑声。加贺太太瞪着我的身后，眼中仿佛燃着火焰。我佯装不知，继续喝汤。这里会配合每个人的情况供给餐食，比如低盐餐和专为糖尿病人搭配的餐食。但给我的分量太多了，我通常只能吃掉一半。

不用回头我也知道，一定是个子不高又满身横肉的速水夫人，正在她的一圈拥趸之中放声大笑。她那短粗的脖子上卡着的项链以及手上戴的戒指，现在一定散发着昂贵宝石的璀璨光芒。

---

① 中译为理查德·基诺里，为意大利著名瓷器品牌，创立于 1735 年。

"啊,你知道吗?"加贺太太又用她的口头禅开启了话题,"听说速水太太的老公啊,包养了三个情人呢。所以他才不怎么来吧。"

这种消息她又是如何得知的呢?我只想给她一个迷之微笑来结束今天的对话,但她还没说够。"呵,不过她也没资格抱怨吧。听说她也是二婚,是把前面的正室给逼走了。"

她又说了一阵那位"正室"的八卦,听说是一位能干的护士,等等。难怪她要把话题扯到这上头来,听说加贺太太原来也是护士,也是因此和她老公认识的。所以当她听到速水太太带着轻蔑的口吻说"原来你过去是护士啊"就会一肚子气。

"这方面,你就好多了。"她突然把话题转到了我身上,"你丈夫每周都会来啊。"

"嗯,算是吧。"

"你一开始,是在你丈夫家当家政的吧?"

到头来,她还是要靠踩别人一脚来宣泄自己心中的不平吗?我不禁轻叹了一口气。

我想赶快回到房间去看海,夜晚的大海也很美丽。

一九八五年 春

佳世子太太生前的爱好似乎是"镰仓雕"[①]。

十几平方米的寝室旁，有一间铺着地板的小屋，这就是佳世子太太制作镰仓雕的地方。透明的盒子内，塞着一套雕刻刀，木质的刀柄因为长期使用已经泛黄。陈列柜上有很多低浅的抽屉，里面满是各种图稿。此外还有一本写生簿，里面用优美的笔触描绘着庭园、原野上的花草、小鸟、小动物、风景等。梳妆镜的镜框上雕着杜鹃花，据说也出自佳世子太太之手，真让我佩服不已。

老师的书房里同样有许多佳世子太太的雕刻作品，比如书匣、笔盘还有床头柜。但最杰出的一件作品，是挂在书房墙上的横匾。长约六十公分，宽约两米。上面雕着许多小鸟，停在交错的树枝上，形态各异，惹人怜爱。喜鹊、金丝雀、白颊鸟或歪着头或挤在一起，模样十分生动，应该是以武藏野的小鸟为题材。远处河岸蜿蜒，应该是野川。佳世子太太对于家乡的喜爱之情，都充溢在这幅画里。

老师睡在书房，仰头即能看见涂了漆的乌亮的横匾。藤原太太曾叹息着说道，自从佳世子太太过世后，老师就不在两人昔日

[①] 日本的一种传统漆雕。

的寝室睡觉了，而是在书房里打地铺，睡在书堆中。书柜里满是厚重的图鉴及自然科学的专业书籍，多到快压下来了。藤原太太苦口婆心地提醒他，要把心绞痛发作时放在舌下的亚硝酸溶片放在枕边，但他常常忘记。

藤原女士对难波家依依不舍，已经过了一个多月还是没有动身前往滋贺县。直到她女儿急不可耐地前来接她，她才死心。她的女儿并不像她，身材肥胖而且话很多。在她女儿的建议下，最后大家站在玄关前拍照留念。她的女儿特意带了相机，似乎是为了让藤原女士在大津也能借着照片时常回忆。刚要拍照时，加藤律师开着他的奔驰和希美一起过来了，虽然他们两人表示了婉拒，但藤原女士的女儿硬是拉着他们过来拍照。于是难波老师、由起夫先生、藤原太太、加藤律师和希美，连我和达也都一同入镜，拍了好几张合影。

"能受到这么多人的关照，我妈就是死也无憾了。"

"你这话说的，我还活得好好的呢。"

听到母女二人的对话，我们都笑了出来。那日的笑容，也映在了后来从滋贺县寄来的照片中。

藤原女士搬走了，不过我们的日子还是一如往常。那天夜里，当我意识到藤原女士已经不在对面房间时，还是感到了一丝寂寥，但很快便习惯了。

走廊对面的后门轻轻关上，传来从外面悄悄上锁的声音，接着是踩着碎石渐行渐远的脚步声。距离后门几米远的地方就是由起夫先生的车库。不久后，那里响起了汽车引擎的轰鸣声。

由起夫先生有时会半夜独自出门。他房里有专用电话，每当电话响起，他便会默不作声地外出，而且都是在夜深人静的时候。应该是有人找他出去，可能是女人吧。身为钻石王老五，由起夫先生有女朋友再正常不过了。或者说，他要是单身才奇怪吧。

这不是我这种人该操心的事。换上睡衣，我钻进了达也身旁的被子里，看着达也半张着的嘴，不知不觉中，自己也睡着了。睡梦中，还在读高中的可奈推着自行车与我并肩漫步。

"叶子，这次的文化节，我们班打算卖小豆粥和黄豆米糕。同学要来家里跟妈妈学习一下。"

"欢迎你的同学来家里做客。"我在梦中笑了出来。

也许是因为藤原太太不在了吧，希美在家里变得无所顾忌，不久便把难波家摸了一个透，还会跑到厨房自己泡咖啡。她和由起夫先生碰面的机会多了起来，但两人并不怎么说话。她还是对由起夫先生直呼其名，虽然听起来有些生硬，但她却表现得极为自然，不像是刻意为之。由起夫先生同样不怎么称呼她，如果必须要叫她，也是直呼其名。

希美表示每次来调布之后总是会犯困，不过看她的样子似乎很喜欢来。她外表看起来难以接近，但其实为人开朗。她有大大咧咧的地方，也有莫名绝不妥协的地方。一如在职介所时那样，她批评别人时嘴上从不留情，对我和达也却十分亲切。如今我知道她不是对谁都一样了。她对毫无兴趣的事情，会漠不关心到近乎冷淡。真是个无法捉摸的人。

她就算被众星捧月也毫不奇怪，可从没听她说过以前去过哪里，做过什么事。话说回来，自从我到难波家之后，就没听她再提起换工作的事。她的打扮不追逐当下的时尚。有很多女人顶着一头直发，脚踩尖头细高跟鞋，用腰带紧紧系住衣服，勾勒出身材的曲线，走路时夸张地摇摆身体。这种在意别人目光并且看起来无懈可击的装扮令我窒息，而且由于风格太过一致，已经丧失了个性。

希美的穿着一向简约而不简单。她并不跟风，而是我行我素。我很欣赏她这份潇洒。但素雅的配色和看似不经意的穿搭，让人感觉也是经过精心构思的。协调的穿着，更加烘托出她的美丽。她的外表总是令我痴迷，即便她说自己曾经整过容。

说起来，我还不知道希美整容的原因。即便我们熟悉之后，她也没有提过。我觉得改变自己天生的长相是一件大事，也许她不这么想吧，又或许只是一时兴起。我还不知道她到底是怎样的人。她时常流露出一反常态的情绪与性格，让我摸不着头脑。每当我觉得我们已经是交心的朋友时，又会发现其实我并不完全了解她。

当然，我自己也有所隐瞒。我把妹妹和妹夫葬身火海，只留下达也一个孤儿的事情如实地告诉了希美。但我只说了抚养达也的原因，并没有告诉她我欠了一屁股债，还连夜跑路的事情。如果说了这些的话，恐怕难波家就不会雇佣我了。

藤原女士有时会寄明信片过来。上面写着"琵琶湖吹来的风太大了，我真受不了""我和女儿去了三井寺参拜"等只言片语。她的字有棱有角，非常有特点。我也会给她回信，主要是写一些难波老师和由起夫先生的事。我觉得藤原女士想了解的是这些。我本来想写一下我和由起夫先生前阵子发生的小插曲，但后来还是作罢。可能是我想多了吧，但我不想让藤原女士察觉出我内心微妙的变化。

我喜欢看由起夫先生读书时的侧脸。他专心阅读时，会将清瘦的身体稍微前倾，那模样总让我看得入神。我对他右眼角那道疤痕很好奇。那块明显的疤痕让光滑皮肤生出了凹凸，为他蒙上某种阴影。深思、忧愁、痛苦、克制……甚至令人联想到奉行禁欲主义的苦行僧。

据藤原女士说,是佳世子太太在饭桌削苹果时,年纪尚小的由起夫先生突然跑来缠她,碰到了水果刀,才留下了这道明显的疤痕。佳世子太太因为这件事被婆婆痛骂,婆媳关系也因此恶化。婆婆痴迷于奇妙的新兴宗教,一开始就不喜欢不信教的师母。不过这道疤痕倒是成了寻找由起夫先生的线索。在加藤律师的帮助下,委托知名的侦探社,终于查到了由起夫先生搬家后的地址,连户籍等资料都一应俱全。但佳世子师母是看到伤痕才认定那是由起夫先生的,之后便默默流下了泪水。

来到难波家一段时间后,我和由起夫先生两人终于可以敞开心扉聊天了。我们会聊每天发生的事情、从新闻中听到的资讯、读完的书、难波老师和达也的事情。继希美和难波老师后,我又多了一个可以畅谈的人,非常开心。自妹妹一家发生那样的事情后,我的心情和生活总是一派肃杀。

可能是没把自己当外人,有一次我在表示不知道如何教育达也后,居然口无遮拦地说了一句:"由起夫先生。你能不能当达也的爸爸?"我马上发现自己说了蠢话,于是赶忙补救说:"我没有别的意思……冒昧了,实在不好意思。"

由起夫先生愣了一会儿,之后好像理解了我的意思,面露窘态。

"做他的爸爸?让我?"

我更不好意思了,脸上火辣辣的。我只是单纯觉得达也需要一个父亲,但这么拜托人家,不就等于拐弯抹角地让人家娶我吗?或许我想太多了,但我从来没对男人说过这种话,也没人这样对我说过。我的心里乱糟糟的。

由起夫先生应该发现了我这是愚蠢的口误,但他佯装不知地咕哝着:"是啊……达也需要一个父亲。"我无地自容,只好躲进房内。

自那以后,由起夫先生变得相当关心达也。他会在百忙中抽出时间陪伴达也,有时还会买小孩喜欢的零食给他,我非常不好意思,只能一个劲儿地道谢。有次他买了一辆昂贵的进口三轮童车送给达也,被我拒绝了,这让他很为难。

"收下也没关系啊。"难波老师说。

希美也笑着说:"想不到由起夫也会干这种事。"

最终达也收下了童车。由起夫先生还认真指导起了连脚踏板都不会踩的达也。达也没有收到过礼物,脸上也没有露出感激之情,只是按照由起夫先生的指导踩着脚踏板。我们家一向生活拮据,从来没有人给他买过像样的玩具。

院中传来了由起夫先生的谈笑声,当中夹杂着只有达也才会发出的怪声音。虽然还连不成语句,但达也有时会发出比较大的声音了。不论是兴奋还是拒绝,反正这孩子在表达情绪。听见两人的声音,真的会以为是父子同乐。我被一股难以言喻的幸福感包围着,因为此前的生活太过残酷。

我开始幻想由起夫先生当爸爸,我当妈妈,我们一起抚养达也。那将是一个完美的家庭——这个最小的社会形态是我失去的栖身之所,却是我最渴望得到的归宿。我的这种想象,应该不过分吧。毕竟这种想象的家庭不会给别人带来麻烦,是只属于我的秘密家庭。不久之后,我发现自己心中出现了微妙的变化。

如果能和由起夫先生结婚……我有了一个不知天高地厚的想法。

这些心思无法写给藤原女士。这位严肃的老管家一定会因此而愤慨。这只是我一个小小的憧憬,是绝对无法实现的愿望。我逐渐变得越来越在意由起夫先生。但无论我和希美关系多好，我都不能告诉她这些。这只是一个三十多岁的女人的暗恋。

由起夫先生半夜接到电话出门时，会是怎样的神情呢？他的女友又是怎样的人呢？一定是气质好头脑也好的人吧。由起夫先生正值壮年，估计很快就会结婚吧。届时应该会举办盛大的婚礼，之后搬到东京都内的高级公寓开始新的生活。而我……什么都不会改变。也许那时我会失落一段时间，但我早就习惯了生活的不如意。在这个结局降临到我头上之前，我自己谈一场"脑内恋爱"，应该不算罪过吧。

由起夫先生察觉不到我的心思，但在努力扮演好达也父亲的这个角色。他真是一个认真又实在的人。对于我冒失而唐突的话，他无法装作没听见？还是说，这样会给他每天繁忙的生活带来一点小小的新鲜感？他很疼爱达也，即使达也在他回家时连招呼都不会打。

某一天，由起夫先生像是突然想到了什么。"怎么不送达也去幼儿园呢？应该已经到年龄了吧。"

"嗯……是到年纪了。但您知道，这孩子不会说话。普通的幼儿园可能不会收他。"

我撒谎了。我们的户籍一直放在台东区三筋，如果为了让达也上幼儿园而变动户籍的话，那些讨债的人就会追到我们的住处。这太可怕了。我必须对由起夫先生保密。由起夫先生则表示可以找一个达也能去的地方，并让公司里熟悉社会福利事业的下属去调查一下。听到这些，一阵苦涩涌上我的心头。

二〇一五年　秋

　　九月一日是我六十六岁的生日。每到这天我都会心情不畅。结月养老院每个月都会举办庆生会。在宽敞的活动室内，入住者和工作人员会聚一堂。就连坐在轮椅上或者需要吸氧的人，都会在工作人员的陪同下到场。

　　速水太太的生日也是九月份，她坐在了正中央，打扮精致。我则缩在了最边上。结月养老院专属的甜点师为我们制作蛋糕。在四方的蛋糕上摆满了五彩缤纷的莓果，还涂满了加了洋酒的果酱，令整个蛋糕鲜艳欲滴。速水太太代表九月份的寿星来切蛋糕，她手镯上的宝石和蛋糕上的莓果一样，熠熠生辉。切好的蛋糕被传给每个人。

　　"啊！"此时出现了一声惊呼，原来是速水太太膝盖上的蛋糕盘子被打翻了，鲜奶油弄脏了她那身精致的蕾丝西装。

　　"对……对不起！"新来的男介护员赶忙拿着餐巾擦拭，但是污渍反而越擦越深，渗入了蕾丝西装的缝隙当中，变得更加惨不忍睹。这位年轻的介护员制服前胸绣着"渡部"，是岛森小姐离开后，临时请来的三名员工之一。

　　"你怎么回事！"介护长一边大声训斥着他，一边拿着湿手巾跑了过来。

　　"够了！"速水太太愤怒地站了起来。

"实在抱歉。我们马上为您送洗……"事务长也马上跑了过来。速水太太是住在最高层特别房间的超级VIP，据说她丈夫是结月养老院母公司的出资人。

速水太太大步流星地离开了。加贺太太则强忍着脸上的笑意。大家也因此对庆生会兴致全无，只能草草了事，所有人大眼瞪小眼地吃着蛋糕。没有了唱歌、表演节目等无聊的事项，我倒是轻松了不少。

渡部被事务长带走了。应该是带他去速水太太的房间低头赔罪吧。加贺太太对我嘟囔了一句，全院都知道渡部这个人笨手笨脚。但即便如此，渡部还是一副无所谓的模样，不知道他是不为别人所动还是神经大条。加贺太太继续发挥着她过人的八卦能力。据她说，渡部平时在日本打工，一存够钱就出国四处旅行。

"原来是背包客啊。挺好的，年轻人嘛。"我随口回了一句。

加贺太太却皱起眉头，说："你不知道吗？背包客就和流浪汉一样。"之后又毫不留情地说，"居然请这种人来帮忙，我看结月真是不行了。"

"反正啊，他就是打打零工，攒点钱，之后又去四处浪荡。"加贺太太还是没完没了，之后又说，现在这种心性不定的年轻人越来越多了，真令人伤脑筋。

我拿着庆生会上收到的小花束站了起来，田元女士则陪着我走回了房间。她本来就是这里的介护员，现在接替岛森小姐照顾我。

"好好的一场庆生会就这么泡汤了，真是抱歉。您的心情一定很糟糕吧。"田元女士担心我的心情变糟，不愧是年过四旬的资深介护员。

"没有的事。"

"渡部虽然不是故意的，但做错了事情也不知道反省，总是犯同样的错误。"

"没关系，年轻人就是这样成长的。"

"希望他能成长吧，那孩子。"田元女士这么说了一句，我则笑了笑。

据说渡部是个热心肠，所以老是被入住者拜托跑腿购物或是被员工叫去打杂，他看起来并不在意被人使唤。田元女士帮我把花束插到了花瓶里。这是黄玫瑰，代表着"友情"。可为什么庆生会要送黄玫瑰呢？田元女士告辞了，房间中充溢着黄玫瑰的清香。

我拄着拐杖站在壁橱前，打开折叠门，又从里面的小柜里取出一个扁平的饼干盒。之后一手拄拐，一手拿着饼干盒，慢慢走回客厅。我坐下来，将饼干盒放在桌上，用手抚摸着锈迹斑斑的盒子。

放眼望去，窗外天高海阔，秋天的海面上泛着波浪。

我叹了口气，拿起破旧的饼干盒。刚搬进来的时候，我扔了不少随身物品，唯独这个破盒子舍不得扔。因为里面装着我的过去。盒盖已经变形，我费力地掰开了它。

放在最上面的，是我在难波家用的那个笔记本。因为翻阅的次数太多，封面和内页都已经变得皱皱巴巴的，还有几分泛黄。我翻开第一页，上面贴着"难波老师不喜欢吃的食物"。难波老师是个好恶分明的人，像个小孩子一样。藤原女士那有棱有角的小字详细地罗列出老师不爱吃的食物。

我放回笔记本，开始翻动下面的东西。出现了一张三十年前的老照片，被放大到了明信片大小，中间是难波老师和藤原女士。这是藤原女士离开的那天早上，她女儿拍的那张照片。老公和加藤律师也在里面,我旁边站着表情生硬的达也,别人都在微笑,唯有这孩子抿着双唇。达也的另一边是我的好朋友,她同样笑着。

我痴痴地望着她的脸,并用手轻轻拂过。她曾是我的挚友,是我在这世上唯一可以敞开心扉的人……

然而,我却杀了她。

一九八五年　夏

入梅了。阴雨连绵，城山上的难波宅邸笼罩在树木与泥土的浓郁气息中。

经由起夫先生建议，我决心直面达也的问题。于是我们决定不定期去保健所的亲子教室，观察达也的情况。当然，要享受这种地方性公共福利，必须将户籍迁到调布市[①]。我现在因为有了工作，所以必须加入医保，也必须纳税。在保健所的催促下，我战战兢兢地办理了相关手续，但并没有发生什么事。我松了一口气。他们一定是认为我欠的那点钱不值得如此大费周章，所以放弃了。被那些浮夸广告冲昏了头脑，背负了大笔债务之后每天惴惴不安的人，想必有很多吧。

我将达也之前的大脑检查结果告诉了保健所的主治医师。这位医生说或许是"语言发育迟缓"。又是"迟缓"，迟缓只是比较慢而已吗？只是比较慢的话，有一天能不能赶上正常的小孩？还是说，这是不可逆的残疾，一生都无法恢复？无数疑问涌上心头，但我一个都没问出口。

在语言发育迟缓的诊断依据中，有家庭环境这一项。医生解释说，语言发育迟缓，可能是因为语言中枢成熟较慢，也可能是

---

①日本变动户籍去政府部门办理登记即可。

因为亲子关系等问题，造成孩子习得语言迟缓。医生透过厚厚的眼镜瞄着我的表情，仿佛是在暗示我的教育方式有问题。

"每个人都不一样。孩子的发育完全按那些一般性标准的话，也没有意义。有时候这样的孩子，某天会突然滔滔不绝地开始说话。"资深保育员的话又带给我一丝光明。我并不是达也的亲生母亲，我不知道我所做的是不是都是对的，我也不知道达也是怎么想的。是高兴？是厌恶？我无法窥探他的内心世界，如果他永远不能说话，我便永远无法知道答案。

我时常感到恐惧，害怕可奈的鬼魂跑回来要走达也。

难波老师和由起夫先生鼓励了我。达也可以和这两个没有血缘关系的人和睦相处，让我觉得总有一天我和达也的关系也可以改善。

难波老师说要去参观筑波世博会，于是由起夫先生请了两天假，与他一同前往。筑波世博会三月份就开幕了，主题是"人类、居住、环境与科技"，曾经教授理科的难波老师很感兴趣。我将老师的药物按早晚分装在药盒里，确保他不会忘记吃药。他们父子二人的感情不错，佳世子太太在九泉之下肯定也希望他们好好相处。佳世子太太的所爱，就是难波老师的所爱，譬如武藏野的大自然、由起夫先生，还有难波家的宅邸和公司。

其实我用同样的态度去对待达也就好了。但总感觉，我这个固执的外甥在试炼我。无私的母爱，伟大的母性等等模糊又没有标准的东西，只让我感到恐惧。我一个人怎么样都能生活，现在却要拉扯一个孩子——而我原本又没打算成为一名母亲。这种人生快要把我压垮了。

难波老师临走前对我表示，家里没人需要我照料了，让我好好放松一下。听了老师话，我约上希美一起去了小金井神社的夏越大祓①。这几天天刚好放晴,希美把加藤律师的奔驰借了过来。希美之前一直坐在副驾驶席上,我都不知道她会开车。

"你竟然能开这么大的车子。"

我对车子一窍不通,但听到这是奔驰的S级,售价要一千万日元时,我开始坐立不安。我想不通加藤律师为什么会把自己昂贵的爱车随便借给秘书。莫非精明能干的律师心胸也非常宽广?

下山的道路蜿蜒曲折,应该很难驾驶,但希美没有面露难色,似乎早已习惯。达也坐在后面的真皮座椅上,显出了一丝不安。难波老师和由起夫先生不在身边,他显得有些落寞。

我们驶过小金井街道,来到了小金井神社。停车的位置和神社还有一段距离,于是我们走了过去。这一带有很多"崖线步道",因大冈升平②的《武藏野夫人》而闻名的"崖线"也写作"峡"。台地上有那种坡度很陡的河崖,有些河崖上有细缝,并且会涌水,所谓"崖线"指的就是这种地形。这里的"崖线"指国分寺崖线,野川流经河崖的最底部,沿岸绿意盎然的小径就是崖线步道。间岛先生是这方面的行家,他能随口说出"峡""谷户""瀞""狛江"等武藏野独特地形的术语,告诉我难波家宅邸所在丘陵叫"城山"的人也是间岛先生。

小金井神社内有很多穿着浴衣③的女生和小孩,里面还架着一个大型茅轮。

"啊,快看,"我抬头望着茅轮说,"穿过这个就能长寿,是吧。"

我想起有年夏天,我和达也手牵着手,穿过了这种茅轮。

---

①日本每年六月和十二月的最后一天会举行"大祓",是一种消除灾祸、送走瘟神的仪式。六月份举行的名为"夏越大祓",十二月份举行的名为"年越大祓"。
②大冈升平(1909-1988)日本著名小说家、评论家、法国文学翻译家和研究学者。
③一种夏天穿着的轻便和服。

"好像是走一个'8'字的形状，"我和达也开始绕起圈来，希美则靠在石灯笼上看着我们，"希美，你不穿吗？"

"我就算了，我不想长寿。"她靠着灯笼，双臂交叠搭在前胸，婉拒了。

我不明所以地回头看了看她，她的眼中蒙着一层无奈的阴翳。希美时不时就会出现这种眼神，里面藏着哀愁、愤怒、痛苦，又或者是忧郁。看到她这种眼神时，我会感觉心里被什么东西堵住了。我总觉得她做好了某种心理准备。我不知道具体是什么，但就像是濒死的动物放弃了反抗，选择从容赴死一般。那种感觉干脆又凄惨。这种心理准备似乎使她拉起了一条不容任何人侵入的防线。

在去往前原坂的路上，我们在武藏小金井车站附近找了一家咖啡厅用餐。我和希美点了铁板意大利面，达也似乎感到很新奇，一直盯着我们的意大利面。于是我就分给了他一些，他吃得满嘴都是番茄酱。饭后，希美还是喝起了黑咖啡。

"叶子，你去过深大寺吧？"快到家时，希美问我。我摇摇头。

"怎么住了几个月了都没去过？"说完后，希美猛打方向盘，改变了方向。我和达也都被甩得贴到车门边。

这是我第一次来到深大寺。寺前绿意盎然，树木成荫。参道上荞麦面店鳞次栉比，香客熙熙攘攘，不愧是观光胜地。这里明显更有朝气，与刚刚我们去过的当地传统活动——即小金井神社的大祓对比鲜明。

"早知道要来深大寺的话，还不如在这里吃荞麦面啊。"

"抱歉啊。"

"又来了。叶子总是喜欢道歉。"

希美在物产店给达也买了乐烧①的陶铃。外形是这里有名的不倒翁形状，不过面部绘成了可爱的现代风。达也将陶铃拿在手里，发出了丁零的清脆声响。他似乎很喜欢这个声音，摇了好几次。后来我们走到辩财天②清池时，达也盯着在池中小岛晒太阳的乌龟看得入了迷，但还是不忘摇动手中的陶铃。

达也盯着乌龟一直不走，我们只好催他继续前进。看到路上有卖团子和草馒头的店，我不禁想起过去母亲身体硬朗时经营的甜品店。红豆馅的香气飘了过来，让我有些鼻酸，所以快走了几步。之后，穿过气派的神社正门，我们进入了院内。

"你们两个人给由起夫带来了不少快乐。"希美突然一本正经地说。

"怎么可能。是由起夫先生帮了我们很多。"

"不是哦，"希美直勾勾地盯着我，我则避开了她的眼睛，缄默不语，"你们来了之后由起夫就变了。你们充实了他空虚的内心世界。"

我感到非常诧异，不知道她想表达什么。

"可能是因为这孩子吧。"希美摸了一下达也的下巴，吓得达也浑身发抖。

正殿里似乎在举行达摩祈愿仪式。护摩木烧得通明，诵经声不绝于耳。但人群太过熙攘，所以我们离开了参道。

希美开始断断续续地讲自己的事情。她先简单说明父母离异，之后她跟着父亲生活。她的父母还有其他孩子，但自从分别后就再没见过面。她和由起夫先生是初中同学。由起夫先生当时和祖母相依为命，但热衷于宗教活动的祖母对他疏于照顾。也许是因

---

①日本一种低温烧制的陶器。
②七福神之一。

为两人都有过这种孤独的经历，所以才让他们难以忘记对方吗？

希美说她的老家在群马县前桥市，我母亲甜品店的老顾客中也有那里的人，我记得是一个建筑公司的老板娘，她说嫁来东京时，很怕自己说话有奇怪的口音，所以不敢多和别人说话。

而我没有从希美和由起夫先生的讲话中听出过任何地方口音。他们有时会聊几句，两人的发音就像播音员一样标准，和我所知道的下町的说话方式也不一样。他们真的是群马那边的人吗？我突然生出了这个疑问。

希美说，她和由起夫先生从小便认识，直到几年前才再次相遇，中间一直没什么联系。但我感觉希美相当了解由起夫先生，不然她不会说"你们来了之后，由起夫就变了"。

身旁的达也不停晃动着陶铃，还将陶铃拿到了眼前。他直直地盯着，眼睛也变成了对眼。

难波老师和由起夫先生结束了愉快的筑波世博之旅，如期回到家中。

达也不怎么喜欢那辆昂贵的童车，却喜欢陶铃，经常把它晃得丁当作响。我还是第一次看到他这么喜欢一个东西，于是帮他把陶铃系在了去亲子教室时背的单肩包上。

亲子教室有亲子游戏、针对家长的集体指导以及个别咨询。达也从不主动加入游戏当中，只会看着其他孩子嬉戏。不过当保育员邀请他加入时，他也能理解游戏的规则。他开始关注周遭的世界了，这或许真得感谢难波老师。

就像我预想的那样，我在这里也是孤家寡人。我和达也并不是母子，却要来亲子教室，这真是一个天大的笑话。专家们会在这里充分观察孩子的行为，以便对孩子的状态有综合把握，之后便会指导家长尽快对孩子进行合适的培养和治疗。这对达也来说或许是件好事，却给了我不小的压力。

由起夫先生经常问我达也上课的情况，让我不敢懈怠。加上还是我拜托人家当达也的爸爸的。

我只能和希美诉诉苦，除了她我也无人可说。我最近每晚都在编织，今晚我又拿出剩下的毛线开始织了起来。希美稀奇地看着我的手。

"秋天有个义卖会。我正在编义卖的东西。有个孩子的妈妈教我的。"

"嗯？"

我的作品以花为主题。最后会将大家做好的毛线花接在一起，做成坐垫、毯子等东西。用三根手指的仿莉莉安编法先编出三十五行，穿线拉紧之后就变成了花的形状。希美刚开始只是看着我编，之后让我教她，也拿起了毛线。于是我开始教她仿莉莉安编法，不过我也是刚学，还不是很在行，但这种重复的工作一旦开始，就让人欲罢不能。不知不觉间，我们的手指只是下意识地去动了。我和希美相对而坐，默默地编着各种颜色的毛线花，希美突然低着头笑了起来。

"我居然也做起了这种事。"

听她说完，我也觉得很好笑，我们都笑了出来。

希美为什么会把我介绍到难波家呢？话说回来，为什么她会和我这种人来往呢？随着我们越来越熟悉，我可以感觉到她在努力地与我维系着友谊。我对她有亲切感，也觉得她很可靠，但同时又觉得不完全了解她，不知道她的本性究竟如何。也不知道她和由起夫先生到底是什么关系。一切的一切都是一个谜，但我也不想深究了。我只有她一个朋友，而她也愿意这样默默陪着我，这就够了。

这年夏天发生的一件事再次拉近了我们的距离。我和希美像往常一样从城山附近散步回来，一边等着慢吞吞的达也一边信步走着。我们走到了难波家西侧由卫矛组成的绿篱旁，这里刚好没有树木，所以下面的农家、新建住宅区、庙宇和神社、学校操场、星星点点的丘陵地带和杂木林、中央国道、远处的高楼群等都可以一览无遗。野川从房屋与农家之间穿过，反射着日暮余晖。

明明风景如此优美，我却想起了一件可怕的往事。就在我们停下来等达也的时候，我借着回忆，顺嘴说了一句"我曾经看到过鬼魂"。我是一旦把话说出来就不吐不快的人。于是我把那天带着达也出院时候的事都说了出来。

"当时真的好恐怖。那是一团发着青光的球。它向我们扑过来，我们只能一个劲儿地跑。"我还多嘴说了一句，"我觉得那个肯定是我葬身火海的妹妹。她变成鬼魂又回来找我了。她生前就恨我。"

一直静静听我说完的希美突然开口说："我也看过鬼魂。我也做过会令死人冤魂不散的事情……好可怕。鬼魂在黑暗中突然出现从我后面扑过来的时候，我边哭边跑。"

这下换我沉默了，我没想到希美也有同样的经历。

边哭边跑？这不像她啊。也不知道是什么时候发生的事情。就在这时，绿篱对面发出沙沙的声音。希美突然回头看了一眼，我看到那人后也差点跳了起来。原来是难波老师，他不好意思地看着我们。

"啊……我不是有意偷听你们的对话的，"难波老师缩了缩他那宽大的身躯,而我则松了口气,"我是来找地蜘蛛巢穴的。"

前阵子难波老师在教达也玩一个游戏,就是把地蜘蛛放到纸箱中让它们搏斗。地蜘蛛会在树根下面的地里修筑细长的巢穴。难波老师手里拎着一个地蜘蛛的巢穴,达也看到后发出了"吼"的一声,这是他明确表示开心的声音。最近我也可以从达也发出的各种声音来判断他的情绪了。

"其实那是摇蚊。"

"嗯?"

"嗯,就是你们看到的鬼魂。其实是摇蚊。"

希美双臂在胸前交叠,一脸茫然。

"你们是在夏天看到的吧?而且是在河边看到的,对不对?"我和希美对视了一眼,"摇蚊身上寄生着一种叫作摇蚊杆菌的发光细菌。寄生着这种细菌的摇蚊聚集在一起,就会在黑暗中发出青色的光。这种现象叫作'发光症'。"[①]

我飞速展开回忆。达也的确是在夏天出院的,当时我们也的确走在河边。我又看了看希美,她望着远方,似乎也在回忆。

有那么一瞬间,希美的表情扭曲了一下。她究竟做了什么事会令人冤魂不散呢?居然能有人让她这种坚定的人也害怕。原来那只是摇蚊,我们这么长时间在害怕的,不过是会发光的蚊群。

"这是常有的事啊。大部分事情都可以用科学来解释。会把蚊群当成鬼魂啊,鬼火啊,其实是人心作祟。"

"那是摇蚊,你确定吗?老师。"希美反问了一句,声音中带着几分颤抖。老师不好意思地点了点头。"原来是这样……"金黄色的余晖映在了希美的半张脸上。她的另一半脸则落在阴

[①]没有查到相关资料。

影里，仿佛代表她整容前的过去。"那就是说，根本没什么好怕了。"她自言自语般的丢下了这么一句。

看来希美也这么认为，我紧绷着的身体一下子放松了。我可真蠢，一直都想当然地认为那是可奈的鬼魂，是回来带走达也的。这下我们成功驱散了一直困扰我们的阴魂。因为这件事，让我感觉和希美的关系更加亲近了。虽然我们在不同的地方，却因为同样的东西而害怕。我感觉我们的相遇是上天注定的，我在心底里希望她也是这么想。

难波老师搔着花白的头发从另一侧离开了，达也钻进绿篱追了上去。我和希美默默地走向大门，恍惚地迈着步伐。太阳移向地球的另一侧，洒下余晖，西下的太阳将云朵染成了暗红色。

从那时起，我们成为真正心意相通的朋友。也许她曾做过什么伤天害理的事情，但只要眼前的这个希美值得我信任，那就够了。我现在不能少了她这个朋友。

武藏野的夏天就这样过去了。这年八月，一架从东京羽田飞往大阪的日航大型客机坠毁山中，好多人因此丧命。九月一日，我和希美迎来了三十六岁生日。这天，在大西洋海底发现了长眠于此的泰坦尼克号。难波老师坐在沙发上目不转睛地看着电视上的新闻，达也在他脚边，忽地抬头开始凝视电视画面。泰坦尼克号躺在纽芬兰岛附近水深三千八百米的地方。海水起伏激荡，这艘豪华游轮只有船头还勉强保留着原形。锈迹斑斑的栏杆与完好无损的窗户在一瞬间映入画面，旋即又回到一片黑暗之中，回到了那暗无天日的深海墓场之中。

后门被人静静地合上了。我在黑暗中睁开眼，枕边的荧光钟显示时间为一点零八分。刚才是由起夫先生出门了。不久前他房内的电话响起，十分钟不到他便穿戴整齐走出了家门。由起夫先生的房间和车库都在宅邸东侧。而老师的书房在另一侧，中间隔着宽敞的客厅和起居室，所以老师才没有发现由起夫先生会半夜外出吧。

虽然没有任何根据，但我确定夜里把由起夫先生叫出去的应该是女人。我本来想问问希美，后来又放弃了。我不想让别人知道我在意这件事情。而且希美大概只会随口回我一句不知道吧。

我在心中试着呼喊"由起夫"，希望自己能像希美那样极为自然地说出来。虽然我知道我们绝对不可能成为那种关系。

我在心中展开了一场无法向任何人诉说的幻想，我想象着由起夫先生和我结婚。"由起夫"这个名字于我而言意义非凡。我不想再称他为"由起夫先生"，而是亲昵地叫出"由起夫"，这样才有自然的亲密感。我在梦中高喊了无数次"由起夫"，之后缓缓睡去。我知道，我爱的人此刻正和别人卿卿我我。所以这份情愫并非爱恋，只是我的慰藉与憧憬。

我有这种幻想并不为过吧。达也在我身边翻了个身，他的手碰到了一直放在枕边的单肩包，陶铃发出了微微声响。

二〇一五年　秋

"由起夫，小心点。"

我在他背后叮嘱了一句，丈夫举起手回应。加贺太太笑了笑。

"真好啊，你们的心态总是这么年轻。"

加贺太太总是取笑我称丈夫为"由起夫"，而丈夫称我为"叶子"这件事，估计是说给她的院长丈夫听的。这位因为打高尔夫球而晒得黝黑的加贺先生，总是称呼加贺太太为"喂"。加贺先生抱着渔具走出了大厅，丈夫跟在后面。

"啊，几位去钓鱼吗？真不错啊。"穿着长胶鞋的渡部站在玻璃自动门那里，随口说了这么一句。

加贺太太和我目送两个人走向海湾。加贺先生很早以前就向我们灌输钓鱼的乐趣，丈夫只好答应和他去一次。加贺先生奔放豪迈，任何人碰上他都只能随声附和。结月养老院对面的岸崖可以直接下到较深的海里，岸崖上有条狭窄的石阶能直通海面。加贺先生在那里搭了一架木质栈桥，从那里划船出海可直接到海湾深处钓鱼。加贺先生特意为丈夫准备了一艘橡皮艇，还配上了专业的船桨。我看到两艘船划向了海湾中心，丈夫的船摇摇晃晃地跟在后面，很是吃力的感觉。之后两个人逐渐缩为火柴般大小，在海面上交谈着。应该是加贺先生拿出渔具正在指导丈夫如何钓鱼。

看到这里，我们便回到了大厅，找了个沙发坐了下来。

"不知道能钓上来什么呢，"加贺太太脸上带着笑意，先生能过来陪她，并且能放松一下心情让她非常高兴，"儿子、孙子都不陪他钓鱼了，现在来这里钓鱼是他唯一的乐趣了。"

加贺太太又吹嘘了一番儿孙的事情，尽管她已经说过很多遍了，还告诉我他们拉扯孩子那阵子，都是互称"孩子他爸""孩子他妈"。原来他们也有过这样的时期啊，可能是年纪大了之后又回到了原来的称呼。

我从结婚之初便一直叫丈夫"由起夫"。我们没有小孩，因此不曾改变称呼。丈夫身为难波科技这种大公司的社长，或许不适合这种称呼，但我这么叫有我的用意，不能更改。我不再作为社长夫人抛头露面了，打算在这里悠然度过余生。我不会再回东京了。

两艘小艇浮在海上，相隔不远。海湾对面的沙滩上有零星的几个人在散步，留下了一串凌乱的足印，远远望去宛如一幅点描画。

"他们一时半会儿不会回来啦。我先生说过，即便不钓鱼，待在这片海上也很舒服。"

我有些同情丈夫，他其实并不想去，但现在也不能独自回来。在海浪中垂下鱼线的他，不知道在思考着什么。

两个人的战果并不理想。虽然加贺先生准备了冷藏箱计划大干一番，但最后只有几条小竹荚鱼躺在箱底。不过他并不在意，还给丈夫打气说，下次一定要钓到大鱼。丈夫只是一直有气无力地微笑着。他有些晒黑了，因为平时几乎不会进行户外运动。

加贺先生和丈夫当晚留宿在养老院。丈夫每周来倒还好，加贺先生就不知道何时才会再来了。所谓"下次要钓到大鱼"也没有一个明确的时间。丈夫能和加贺先生钓鱼令加贺太太很高兴，她期待加贺先生以后能多来这里。我们同进晚餐，其间主要是加贺先生在说话，我们三人随声附和。速水夫人那个小团体应该也来了很多探访的家属，今天她们都是分开坐的，显得很安静。加贺先生喝过酒之后就打开了话匣子，但最后我们还是和他道了晚安，回到自己的房间。

"怎么样啊？这里的生活。"

"很好啊。"我和丈夫每次都说着相同的话，也不会再聊他工作上的事了。

"这边的大海怎么样？"我问。

"大海啊……"丈夫起身走到窗边，看着陷入黑暗的大海，"大海看看就好了，我不喜欢离开陆地。"

我们两人都默默笑了。

那一晚我做了噩梦。已经很久没有做过噩梦了，我因恐惧而扭动着身体，还发出了呻吟。被吵醒的丈夫从自己床上下来，钻进了我的被子里，紧紧抱着我。

"别害怕，不会有人再伤害你了，别怕。"丈夫不断摩挲着我的后背，我的呼吸逐渐平缓，"都结束了，一切都结束了。"

丈夫的喃喃细语犹如咒语，不断在我耳边回荡。我们做过无法被原谅的事情，罪孽深重，这让我们片刻都无法释怀。为了保守这份共同的记忆，我们结为了夫妻。

但当我们聚在一起时，我们的存在本身便会成为互相谴责的罪孽之源，持续不断，仿佛剖开了胸膛，露出里面的骨肉与内脏给对方看，那是我们沾染了污血的阴暗面。年轻的时候我们还能承受，我们告诉自己，那样做有充分的理由，我们是不得已才做了那件令人痛苦的事情。但随着年龄增长，我们疲惫不堪。我可能还好，但身居要职的丈夫早已苦不堪言。他的存在感在日渐消逝,宛如海市蜃楼逐渐消散在背景中一般。
　　丈夫在等待,等待着应得的惩罚降临。
　　"……人在死之前,该还的都要还清。"
　　一个沙哑的声音从黑暗中传来。

一九八五年　秋

希美带来了一袋她编好的毛线花。看着这么多毛线花，我不禁大声欢呼："好棒啊！你编了这么多，还做得这么好。我最近有点腻了，正在偷懒呢。你可帮了我大忙。"

希美拿起马克杯，猛喝了一口我泡的咖啡。

"好喝吗？"

"不好喝。"

希美想都没想就回了这么一句。她喝咖啡从不加糖，或许是为了自虐，又或许是为了惩罚自己。这应该和她误以为变为鬼魂的那个人有关。她将黑咖啡慢慢喝完。

"真的就和叶子说的一样。这东西一编就停不下来呢。我的手指现在都会动个不停。"希美换了一种口吻。

"没错吧。"

能和希美这样闲聊真好。我从心底里珍视这再普通不过的生活。有心意相通的朋友是这么好的事情，能给我带来充实安稳的富足感。即便我对由起夫先生的情愫无法得偿所愿，有这些也已经足够了。

然而，就在这时发生了一件事。

在亲子教室上课时，达也弄伤了同学。当时大家在庭院中生起火，准备烤挖到的红薯。但看到火焰后，达也突然发出了奇怪的声音，撞倒了坐在边上的同学，还有一位患了唐氏综合征的女孩跌入了火堆中。我太大意了。达也差点葬身火海，想想就知道他有多怕火，他还因此长期住院，经受过痛苦的治疗。他内心的创伤就如同背后的伤疤一样严重，甚至还为此失语。

火蹿到了女孩的头发上，达也尖叫着满院乱窜。有人叫了救护车，而我只是呆呆地站着。

我和达也在城山下的公交站下了车。我已经筋疲力尽。万幸的是那个女孩烧伤并不严重，无须住院，只需要剪掉烧焦的头发。但她肯定受到了巨大的惊吓，改天我必须登门道歉才行。我已经失去了爬坡的力气，瘫坐在公交站的长椅上。我没想到达也会弄伤别人。我以为他会像一个没手没脚的不倒翁那样一直缩成一团，被动地承受一切，就此过完一生。现在达也正盯着天空发出奇怪的声音，我只觉得他是一个怪物。虽然他已经平静下来了，但我不知道他对自己做的事情有没有意识，也不知道他到底在想什么。如果他再突然发狂的话，我真的不知道怎么办。

家长要花费巨大的精力来处理小孩捅出的娄子。可这孩子又不是我生的，为什么要我来承担责任？这没道理，不公平，我的心中不断翻滚着这些想法，想为自己讨个公道。可奈欠的一屁股债已经给我带来了不少麻烦，死后她的孩子还要来折腾我，我受够了。

我在主干道旁的长椅上无休止地发着呆，任由汽车尾气和灰尘吹来，不知道坐了多久。我懒得回难波家，也没心思向难波老师和由起夫先生解释事情的来龙去脉。无所事事的达也就在边上晃来晃去，等我回过神时，已经看不到他了。

"达也！"

没有回应，他也不可能回应。难道他自己走回了难波家？我急忙爬上通向城山的坡道。这上面的住户只有难波家,人迹罕至。我莫名地忐忑不安,大汗淋漓。走到一个大弯道时,我听到某处传来了丁当的声响。那是挂在达也单肩包上的陶铃声。两侧都是密林,声音是从里面传来的。不知道为什么,这孩子就是喜欢这个声音。当达也被火焰吓疯时,安抚他的保育员说:"要让达也安静下来,就要给他听这个陶铃的声音。我一直是这样做的。"

我竟然一直没有注意到。

我通过乔木和赤松的空隙窥视树林,但没看到什么,只听到小树枝被踩压的声音。无奈之下,我只能走进了树林。落叶在这里堆积成了厚厚的腐叶土,非常难走。面前有一处缓坡,我发现了达也走过的痕迹。果然,他就在前面。

往下走了好长一段路后,树林已经开始稀稀落落,眼前现出一块洼地。我摸到了下面,达也就站在洼地中央。我在栎树旁停下,打算开口叫他,但发现他在洼地里动弹不得。那一带的落叶漆黑潮湿。我观察了一下,底部是一摊积水。由于上面覆满了落叶,我不知道积水的范围和深浅,搞不好会很深。

这就是间岛先生常说的"狟江""潏""釜"这类涌水聚积的地方。沿着斜坡下去的达也不小心掉到了这里,他的处境十分危险,就在我打算靠近他的瞬间,他一下子沉了下去,积水没过他的腰际,他不断挣扎。这里没有可抓的东西,他只能把水中的落叶搅乱。达也痛苦地环视着四周。我不敢向前,反而躲到了栎树后面。这时候达也一屁股跌倒,陷得更深了。

我的心快跳出来了。如果我不救他,也许他溺死在这里都不会有人知道。不会有人知道我因为惊恐而对小外甥见死不救,不会有人知道的,但是……

如果没有他的话，我可以一个人轻松地活下去，也不会再为达也的教育问题、社会福利、看病就医等事所困扰。不会再有人批评我是个不负责任的家长，我也可以和惨痛的过去作别，不用再看到达也后背上那道丑陋又扭曲的疤痕。我将重启我的人生。

如果我能有新的人生，或许由起夫先生就会对我另眼相看。我将不再是一个拖油瓶的保姆，而是一个普通的女人。哪怕这种可能性稍稍变大一点……现在我的耳朵和脑海里，都是怦怦的心跳声。

我猛地转身跑上斜坡，脚下滑了好几次，不得不爬着往上走，终于爬到刚才走进树林的地方，刚出来就发现一辆汽车驶来，我赶忙躲进树荫，那是加藤律师的奔驰。车子呼啸而过，我从后面窥视着远去的汽车，看到两个人的背影。我焦急地拍掉身上的落叶，并用手帕擦拭了一番，但手抖得太厉害了，擦了半天才擦好。我在原地调整了一下呼吸。就在我背后的树林里，达也正在走向死亡，这仿佛是梦中发生的事情，我又急忙往上爬。

门上了锁，家中无人。我快要虚脱了。家里没有一点声音。孤身一人的我感到恐惧和战栗。我想象着达也正沉入清冷的涌水中。

要准备晚餐了。我像往常一样动了起来，拼命用刷子刷洗土豆，一个又一个，水池里已经堆了一堆土豆。太阳缓缓落下，树林里鸦雀无声。

就在这时，不知从何处传来了陶铃声。我不禁一惊。

我跑到外面，只见由起夫先生的白色凯美瑞正沿坡而上，正在这时，达也从树林中跑了出来，由起夫先生的车险些撞上他。

"呜呜……啊！嘎咿嘎咿。"

达也挥着手臂叫喊着。那模样比看到火焰时还要慌乱，挂在他单肩包上的陶铃正疯狂作响。他的举止非常怪异，全身湿透了，满是泥土与黑色的枯叶，脸上的皮肤被擦伤，正渗着血。由起夫先生将汽车停在斜坡处，慌乱地跑了过来。

"达也！"

达也撞上了由起夫先生，将他的白衬衫染上污泥。我被这异常状况吓得发抖，只得硬着头皮走向达也。他还活着……这个我见死不救的孩子还活着，并且试图表达什么。由起夫先生很快明白了达也的意图，向我使了一个眼色，超过达也飞快地跑进了树林。

在达也的指引下，我和由起夫先生在林间疾走。这片斜坡满是草丛、岩石和树根，并没有路，穿着拖鞋的我被他们甩在后面。我摔倒了，但还是走到了下面，树枝钩破了我的衬衣。树林的另一边传来达也的吵闹声，于是我顺着声音走过去。我往里一看，由起夫先生正拨开丛生的杂草，一棵横倒的大树上赫然出现了一双鞋子。

不，那不是鞋子，是老师的脚。老师就躺在腐朽而中空的横木中，一动不动。几秒之后我才明白发生了什么。

由起夫先生马上冲了过去。

"爸！"

由起夫先生连续呼喊了好多声，难波老师都没有回应，脚也一动不动。由起夫先生抓住老师的双脚，用力向外拉，但可能是老师的大肚子被卡住了，拉不出来，我也过去帮忙。碰到老师无力耷拉着的双脚，我又开始发抖。他是窒息了吗？如果他受了重伤的话……我的脑海中盘旋着各种不祥的念头。

老师那宽大的身躯终于开始动了。我们一点点将他拖了出来，只见他全身沾满了泥土和枯叶。当我看到那张毫无血色的脸时，不由得大叫了一声。我不祥的预感应验了。难波老师急促地呼吸着，嘴巴一张一合，好像因为缺氧而呻吟着，神情痛苦，接着他的身体弓到了匪夷所思的程度。

"爸！坚持住！"

由起夫先生晃动着老师，老师出了很多冷汗，他的双手已经可以动了，紧紧捂着胸口。

"药！"我总算回过神来，开始搜寻老师的裤子口袋。我可真是糊涂啊，明明藤原女士提醒过我那么多次。我刚才居然没有想到，老师应该是心绞痛发作了。老师的口袋空空如也，并没有拿上离开家门时必须要带的药片。我开始往回赶，拖鞋在路上跑丢了，我光着脚跑回了家，脚上沾满了泥。明明只需要取出备好的药片，我却拉出了整个抽屉，把东西都摊在了地板上。我趴在地上捡拾着四散的药物，嘴里不断嘟囔着"老天啊……"这是一种令人讨厌的感觉，当得知妹妹一家自杀时，当得知母亲的病已经回天乏术时，这种冰冷的无力感都曾纠缠着我。

老师缓了过来。就在万分危急之际，我们让他及时服下了亚硝酸溶片。在药物的作用下，他的末梢血管开始扩张，减轻了心脏负担。为慎重起见，我们叫了救护车把他送到了医院。还好只住了十天医院。

"是达也救了我。"

我在挂着镰仓雕横匾的书房铺好被褥，老师躺下去之后摸着头说了这句话。出院之后，难波老师必须要静养一段时间。由起夫先生把老师接回来后，就和我们一起坐在了老师的枕边。我无法说出真相，也无法直视达也抬头看我时的眼睛。

那天老师在树林深处漫步，发现朽木里有一种罕见的黏菌。

"那是一种艳粉色的黏菌，名叫暗红团网黏菌。我看得入了迷，不知不觉就钻进了那个狭小的树洞。"

达也应该是自己从积水中逃出来的吧，之后遇到了老师，而且明白事态严重，这才急忙跑上斜坡告知我们。难波老师说得对，这孩子不是精神发育迟缓，可能还有惊人的直觉和过人的记忆力和洞察力，只是不会说话罢了。我这个姨妈冷酷无情的计划，却带来了预料之外的结果。

"我当时就知道，我不应该进到里面。"老师悻悻地说道，自己有幽闭恐惧症，被关在狭窄的空间后，就会因为恐慌而呼吸困难，之后心脏加速跳动，心肌就会需要更多的血液。这样一来，会出现和剧烈运动时一样的情况，而且可能导致暂时性的心肌缺血而危及生命。

"这件事我只和佳世子说过。家里的空间都布设得很开阔，就是因为我。"

由起夫先生忽然眯起眼睛，可能是对养父透露自己的弱点感到吃惊，又或者是为自己此前的疏忽感到自责。

"不过你们不用担心。只要不把我的身体塞到类似这种小到动弹不得的地方，就不会发生这种事情。"

我深深叹了一口气。老师可能以为我觉得这种事情太过荒谬，赶忙又说："任何人都有难以启齿的弱点啊，就比如说……"老师带着恶作剧般的表情看着达也，"由起夫先生不会游泳哦。"

由起夫收起凝重的表情，苦笑着说："没错。我是旱鸭子，很怕水，也不打算学游泳。"

看他这么爽快地承认，老师和我都笑了，达也则发出了"呜嘟"的声音。

万幸的是，老师恢复得很顺利，并未留下后遗症。可能是在床上躺得太无聊了，老师一脸羡慕地看着达也在院内玩耍。

我带着复杂的心情面对着达也。那件事之后，他并没有什么反常表现。我们休息了一段时间，暂时没有去亲子教室。亲子教室虽然不大，但也是一个小社会。我还没有做好要在这样一个社会中养育孩子的准备。当时我内心的纠结演变成了杀意，如今虽然已经销声匿迹，但不知何时还会到达临界点。

人心可畏。也许，我下次就成功了。

二〇一五年　冬

　　一直闭门不出可能会让工作人员担心，所以白天我尽量去楼下的公共区域活动。大家在一个房间里开着"沙龙"，实则只是闲聊，参加者以女性居多。男人则多去各种名为"俱乐部"的小房间，去打麻将、下象棋或是玩电脑。还有很多人会到泳池、健身房等处，在教练的指导下进行舒缓运动。此外，还有人去按摩或是做理疗。行动不便的人会在介护员的帮助下到大浴场泡温泉，还有人把去专属医院看病视为最大的乐趣。

　　这里不会有"无聊"二字。因为有太多的文化室，还有小剧场可供人欣赏电影。如果真不知道做什么，可以找管理人员商量，对方会根据你的喜好和身体情况给出合适的娱乐活动建议。我一般会去图书馆，因为独自待在那里也不会有人担心，或者是去沙龙找个角落坐下，但并不参与聊天。不过被加贺太太看到的话，多半会被抓着聊天。

　　田元女士来叫我，说活动室在教手工艺，问我要不要去。我已经懒得每次都编一个理由来拒绝了，所以拿上拐杖和她出去了。在宽阔的活动室一隅，有十四五个人坐在那里，椅子排成了一圈，每个人膝盖上都放着亚力克毛线。

　　"难波太太，您请坐。"

　　坐在中间的年轻康复治疗师给我指了一把椅子，我道谢后坐下了。

"我们正在做手指编织，动动手指对大脑很好哦。"旁边八十多岁的有村老太太递给我一团毛线。毛线柔软的触感让我感觉很舒服，我把粉色的毛线套在手指上，马上开始了编织。

"啊，你编得真好，是在哪里学的？"

有村老太太看着我的手指发出惊叹，有两个人被这声音引了过来，也注视着我。用三指仿莉莉安编法先编出三十五行，穿过线后再用力拉紧，就形成了花朵。我的手指还记着这三十多年前学会的编法。

这些满脸皱纹的老妇人面对我的成品都惊呼可爱，请我教他们编织。因为编法很简单，所以很快大家都编出了毛线花。

"可以编出一大堆，之后把它们接起来。"

请大家编织只是为了让手指做做运动，并不是真要做出什么东西来。之后康复治疗师又教了其他编法，于是大家的兴趣又转移到了那里。但我仍然编着三十年前学的那个毛线花，编出了一朵又一朵，不知不觉间，用光了整个毛线球。田元女士把我的成品都装进袋子里，我将它们带回了房间。康复治疗师还把剩下的各色毛线球塞给了我。

下午，岛森小姐把她刚出生的小宝宝带了过来。是一个快满两个月的男孩，胖嘟嘟的。我抱起他，闻到一股奶香味。婴儿是这个世界上所有幸福的化身，所以抱着他，我也露出了微笑。

"你看，他笑了。"

边上的田元女士碰了碰孩子的脸颊。孩子咧开没有牙齿的嘴，对我笑了出来。我突然感觉心里堵得慌，赶忙将孩子还给了岛森小姐。田元女士养育过三个孩子，她正在给岛森小姐一些育儿建议。我悄悄地离开了。我想起了达也，我不知道他后来变成了怎样的孩子。不对,他现在应该是一个堂堂男子汉了。我最终还是没能知道他是如何看我的。

我害怕恢复了语言能力的达也,便把他送给别人收养,之后再没见过面。

回到房间后,我又打开了那个饼干盒。在照片下面有一张褪色的明信片,上面用钢笔写着深大寺的住址和"香川叶子收"。这是难波老师的字,是在世博会现场通过一个"时间胶囊"活动,于十六年后寄到深大寺的。寄到的时候难波家的宅邸已不复存在,多亏了聪明的邮递员才送到了我手上。我完全不知道老师投递过这张明信片。明信片的背面印着某个展览馆,上面的内容是"这场盛大的科学庆典令我陶醉。如果能带达也君一起来就好了。希望这张明信片送到的时候,你和达也君还住在我们家"。

漫长的十六年啊。一切事物,都应该随着武藏野的时间,慢慢变化才对。但现实更为残酷。

我又看了看我们在房前拍摄的那张老照片。除了丈夫、我和达也,照片上的其他人都不在了。但当时谁也不知道自己的前路如何。照片上的每个人都笑得那么灿烂。

事情是如何开始的,起因又是什么?也许在拍照的这个瞬间,一切已经决定。身为凡人的我们无法抗拒,只能随波逐流,按照既定的秩序走下去。

老师可能以为十六年之后,即便难波家换了主人,城山上的宅邸也还在。但自从经过那次事件的沉重打击后,丈夫便在东京市区买了公寓,并搬了过去。我们结婚时不仅把宅邸拆掉了,还把整座城山都捐给了东京政府。现在那里已经成为自然公园,还保留着武藏野的风貌。自那之后,我再也没去过那里,但闭上眼睛,杂树林中徐来的清风、鸟儿的鸣叫、秀丽的野花、震耳欲聋的蝉鸣、原野上焚烧枯叶的浓烟、树上纷纷飘落的霜叶、万籁俱寂的雪景、兔子留下的足迹，等等，这一切仿佛就在昨日。

特别是野川清冽的溪流。我已经记不清和希美走过多少次岸边的崖线步道，也记不清我们说了多少话。虽然我隐瞒了重要的事情，但我们的确是心意相通的。这点毋庸置疑，我们曾经是独一无二的挚友。

我的罪孽太过深重。

一九八六年　冬

　　武藏野的冬天肃杀凛冽，刚入十二月便迎来了一场寒流，天空飘起雪花。住在滋贺县的藤原女士动过胆结石手术后，身体每况愈下，很少再寄信件过来了。我为了不让她愁于回信，也不再写信过去。保健所的亲子教室我很少再去，织好的毛线花虽然送出去了，但我最终没有去义卖会现场。

　　到了年末，老师虽然愿意让我放个年假，但我和达也无处可去，还是留在了难波家。这个新年过得平平无奇，当初本希望四个人一起去深大寺参拜，却因老师身染风寒而变成了三人行。为了不在拥挤的人群中走散，我和由起夫先生把达也牵在中间，三个人并排走着。通过达也的手，我似乎能感受到由起夫先生掌心的温暖。虽然我知道这并不是爱情，但我却感到幸福。我在心中呼喊着"由起夫"的名字。

　　过了新年，我终于下定决心，要将心中的纠葛一吐为快。下午趁达也难得午睡的时候，我敲开了老师书房的门。

　　老师还未从病中痊愈，不时地咳嗽着，正在温暖的书房里写作。暖炉上的水壶徐徐冒着蒸气。

　　"老师……"

　　老师把带靠背的椅子一转，面向了我。看到我认真的表情，老师也皱起了眉。

"有什么事吗?"

"老师,您去年秋天突发心绞痛,"老师的表情缓缓恢复平静,"并不是因为您的疏忽吧。"

我把憋在心里的话都说了出来。

"老师其实不是为了采集黏菌,而是看到达也才爬进那个树洞的吧。那孩子在树林里迷了路,全身湿透,无路可去就钻到了树洞里,您看到了他……"

"你为什么会这么认为呢?"

"老师您当时穿的衣服上沾着粉红色的黏菌,同样的黏菌达也的衣服上也有。我洗衣服的时候注意到了……"老师一副被识破的表情,轻轻摇了摇头,"所以说,老师心绞痛会发作其实是我的错。"

当时老师正坐在加藤律师的车上,目击了这一幕——他看到我从树林中踉跄着跑了出来,身边又不见如影随形的达也,便察觉到异样,下车进入了树林。

"老师,那时候我把达也一个人抛弃在树林里。我想着他死掉也无所谓,甚至比这还要过分——"

"叶子,"老师打断了我的自白,"那孩子当时的确吓得不轻,即使我伸手招呼他,他也一心往树洞里钻,越钻越深。"

达也是意识到自己的姨妈希望自己一命呜呼,于是变得不再相信任何人了吗,即便对方是难波老师?"但达也一看到我心脏病发作,一脚把腐朽的树洞顶弄破就跑了出来。真是多亏了达也的勇敢啊。不管怎么说,我这条命都是达也救下来的。"

我想起了从树林中冲出来的达也。虽然浑身是伤,而且也吓得够呛,但似乎十分明白自己应该做什么。一个刚才还快要死了的孩子,却在临死关头救了别人的命。

老师其实早就察觉了我想杀死达也的心思以及达也的恐惧。他明知这些，还是为我撒了谎，说心绞痛发作是自己的原因。我羞愧得无话可说，双手在膝上紧紧握成了拳头。

"其实呢，"老师摘下圆眼镜，揉了揉眼睛，"没必要那么在意孩子是不是自己亲生的，顺其自然就行了啊。"

"顺其自然？"

"这件事希望你不要告诉别人，由起夫其实并不是佳世子的亲生儿子。"

"什么？"

"你应该也知道，由起夫是佳世子病倒以后，为了找回分别已久的孩子，托加藤律师花了好几个月找到的吧。"

"嗯。"

"毕竟户籍簿和知名侦探所的报告书之类的证明齐全，他与佳世子印象中的身体特征也吻合。找到这个人以后，佳世子可开心了。"

老师说的是由起夫右眼旁边的刀疤。

"不过呢，为了慎重起见，我拜托另一家侦探所重新调查了一遍。"我认真地盯着老师的脸，意外发现了老师小心谨慎的一面，"其实，真正的由起夫早就死了。"

"啊！？"

"没错。佳世子生下的黑田由起夫，嗯……她前夫的姓是黑田，在十多岁的时候就病死了。"

"怎么会……"我惊讶得哑口无言。那现在这个由起夫先生又是什么人呢？

"由起夫的祖母沉迷于新兴宗教，出入教团的时候常把由起夫带在身边，教徒的孩子们也就经常在一起生活。据侦探社说，几年来教团四处辗转，由起夫的祖母当时卧床不起，被势力不如以前的教团照顾着，但是由起夫……"

由于祖母对宗教执迷不悟，由起夫愤怒地离家出走成了小混混，游手好闲，搞坏身子死掉了，连死亡登记都没有。但加藤律师聘请的侦探事务所却把在教团工作的人当成由起夫带来了。

"他们看准由起夫的祖母患了老年痴呆没办法说明事实这一点，就随便找来了一个身体特征相似的人。这到底是调查能力不够，还是糊弄了事呢。明明是个有不少大牌客户的侦探事务所。但加藤律师对调查报告深信不疑。"

老师的表情又像往常一样温和起来，微微笑了。

"但，但这样的话……"

"没错，找到的由起夫是个和佳世子毫无关系的陌生人。在教团里被养大的由起夫，面对突然出现的调查员，轻易就听信了别人灌输给自己的'身世'，被带过来这里，也是造孽啊。但是呢，"老师深深地喘了一口气，"一见到佳世子开心的样子，这样的实情我怎么能说出口。她可是活不了几个月了啊。"

"所以我横下心来。"老师继续说着。我目瞪口呆地看着老师的侧脸，不敢相信老师竟毫不介意地讲着这样的故事。

"只要佳世子还活着，就绝不告诉她真相。"

佳世子太太在此后又活了将近一年。虽然据医生预测，能活三个月都算幸运。

"对于佳世子来说，那一年她拥有了一生的幸福。为了填补二十多年母子离散的空白，她燃起了生命之火。由起夫也在努力成为佳世子的儿子，试着成为那个和她一起生活了许久心灵相通的'由起夫'。他简直就像是上天派来的使者，为了抚慰即将走向人生终点的佳世子而来。那时我想，其实他也以为自己终于见到了亲生母亲吧。虽然不知道是调查疏忽造成的差错，还是别人有意为之，这两个人都深信对方就是自己苦寻的亲人。于是我也就下定决心，要守护这对阴错阳差的母子。"

"但如果这样的话，现在在这里生活的由起夫其实是……"

"确实会令人在意吧，但我早就觉得无所谓了。这个由起夫一边照顾生病的佳世子，一边为了满足她的心愿——继承难波科技的事业，在短时间内学会了工作内容。他是个可造之才啊，上任不久就崭露头角。知道公司以后能安稳经营下去，我也松了口气。"

老师真是清心寡欲，心甘情愿把难波科技让给更合适的继承人。

"即使是我恐怕也不行啊，这件事不是谁都能胜任的。正因为是由起夫先生，因为这个由起夫先生我才能放心。"

我明白了老师的意思。那时候老师和由起夫先生相处了近一年，已经完全了解了他的为人。如果阴错阳差来的不是这个由起夫先生，老师恐怕会在佳世子太太去世后立刻将他赶出去。

"所以说呢，亲子关系只要顺其自然就可以了。"

我一时语塞。能够把和佳世子太太毫无关系的人认作儿子，除了老师应该没有别人了。我对老师的自白感到震惊，同时又有几分认同。如果是这位由起夫先生，不管多少年我都能和他一起生活下去，我一直以来也是这么恳切希望的。听了老师这番话，我的这份信念丝毫没有动摇。

"你应该也知道由起夫的性格了吧。怎么说呢……这个人，"老师仰起头，思索着恰当的词汇，"是无色透明的。不论是对于自己的个性还是对于别人的期望，他都毫无所求。"

在一起生活六年多，老师已经完全摸透了由起夫的脾气秉性。

"我真心感谢他为了成为佳世子的孩子,为了照顾她而做出的努力。他会这么做当然也是因为被蒙在鼓里。但佳世子去世后,他明明可以恢复自由的人生,却又变回了无色透明的状态。虽说他在工作方面干练利落,但这也只是让自己变成他人眼中理想的社长形象而已。他本人是没有性格的。"

因为我的一句话,他正在努力地扮演着达也父亲的这个角色。由起夫先生到底是怎样的一个人啊,踏实努力,深谙处事之道,而且为人诚实,我对此再清楚不过了。即使不知道他的本性,这些也已经足够。但我还是好奇,这个人难道就没有自我吗?为什么要迎合他人的意愿一再改变自己的性格,甘愿为了别人而活着呢?

"由起夫先生啊,其实是个可怜的人。"老师一语中的。

但其实我知道,有件事他是顺从自己意志的。那就是深夜里被电话叫起,溜出家门赴约的事。

我对养育达也的态度逐渐转变。我开始不再奢求什么,只是做力所能及的事,即便只是紧紧抱住他而已。有些感情通过体温就能传达吧,如果不能也无所谓。我下定决心之后,就不再把达也当作被抛弃的外甥或者是残障儿童了,加上我也能从达也的发音中推测出他的喜怒哀乐了,我开始把他当作战友,一同走过残酷命运的战友。

"来,试着叫一声叶子。"我指着自己说道。

达也凝视着我,丝毫没有开口的迹象。我把达也抱起来放在膝上,对这位战友讲了起来。

"达也啊,有由起夫先生来当爸爸很好吧。你也喜欢由起夫先生吧。叶子也喜欢他,真希望有一天能和由起夫先生结婚。"

我不用担心他会向别人泄密。正因如此我才敢对他口无遮拦。达也认真地倾听着我讲的每一句话，瞳孔中散发出聪慧的光芒。正如难波老师洞察到的，这个孩子相当聪明，不仅理解身边发生的一切，还会将这些记录在自己内心的小笔记本中。他时不时会把笔记本翻开重新阅读，时而增加新的注解。我能够感受到他的内心充满着智慧。我想象着，达也心中其实有着无垠的宇宙。具有非凡能力的达也便是宇宙的中心，之后围绕着他逐渐延伸出色彩鲜艳的曼陀罗。

地上积起了薄雪，洼地的积雪下长出了许多蜂斗菜。我和希美两人一起去采摘，用醋味噌拌着野菜吃掉了。二月二日是达也五岁的生日。由起夫先生买了一个大蛋糕，大家聚在一起为他庆生。幸福的时光一天天流逝，春天即将到来。这将是充满希望的春天，我对此深信不疑。

正因如此，我才大意了。

某天购物回家走到坡道时，我被加藤律师接上了车。老师虽然不在家，我却隐约看到有人站在屋前。车子驶进大门，近三十米的车道蜿蜒着延伸到宅邸。到了玄关处，我看到来客停车处歪歪斜斜地停着一辆卡罗拉。车旁站着一个男人，样子邋遢，松散地打着领带。

我一瞬间便意识到这个人的来头。这些家伙都是一副猥琐无赖的德行。在加藤律师面前，我无法佯装不知。加藤律师一眼就明白了事情的原委。他是来讨债的，而我欠了一屁股债。小混混样子的男人亮出借据，告诉我债务连本带利一共是五百六十一万四千二百日元。

我眼前一黑，从心底后悔当初迁了户籍。

"啊，今天就是来打声招呼。之后我还会来的！"

男人把名片塞给呆若木鸡的我，点了几下头，之后开车扬长而去。加藤律师快步走向玄关，我匆忙跟上去打开门锁。加藤律师在客厅的沙发坐下，我呆呆地站在他的面前。

"对不起，给您添麻烦了，那个……"我拼命组织着语言，"一直隐瞒着这件事，真是对不起。"

"跟我道歉也没有用啊。"

确实如此。我必须向难波老师和由起夫先生坦白并道歉才行。毕竟他们早晚都会从加藤律师这里听说这件事。由起夫先生一定会很失望，老师一定会不知如何是好地叹气吧。我也会因此离开这里。事已至此，不如尽快解决。

加藤律师十指交叉，将胳膊支在膝上陷入沉思。看到他细长而洁白的手指，我开始迷迷糊糊地乱想，这就是脑力工作者的手啊。

"你如果想要还钱的话，我可以帮你一把。"

"嗯？"我以为听错了，刚才他还那样冷淡。

"这件事不用向由起夫先生和难波老师提起。我来尽力解决。"

我开始打量起加藤律师。之前我没有机会仔细观察这个人，他身着定制西装，之前从希美那里听说过，比起英国的布料，他更喜欢意大利的，就连鞋子也是意大利约翰洛伯牌的。他的穿着打扮近乎完美。他的爱好似乎是飞靶射击，只有在应酬的时候才打高尔夫。希美讲给我的时候只是随口一说，我也听得很随意。

"您所谓的尽力……意思是？"

加藤律师耸了耸肩。"这是债务整理啊，是律师的日常业务。你有空的时候来我们事务所一趟。"

加藤律师随即拿起公文包，这意味着这个话题到此结束。难波老师没过多久便回来了。

* * *

　加藤律师事务所坐落在东京港区的虎之门,是租下了高级写字楼中的一整层的大事务所,气派程度远超我的想象。事务所里还有其他几位律师,办公隔间一眼望不到头。电话铃声此起彼伏,事务员都忙得不可开交。我以为能见到希美,却扑了个空。加藤律师招呼我进屋,我坐在待客区。刚一坐下,身体就不自觉陷进了皮椅里。虽然不是很懂,但我感觉应该是名贵的沙发。我重新调整了姿势,以便坐得更轻一点,同时心情极为忐忑。

　坐在正对面的加藤律师直视着我,仿佛在仔细检视我心中的每一个想法,这样的气氛令我难受,我将放在膝盖上的双手紧紧握了起来。他还是目不转睛地盯着我,眼睛也不眨一下。在这个身经百战的律师面前,我肯定藏不住秘密。这位难波老师和由起夫先生都给予了极大信赖的人,肯定能拯救我。

　"好,你说吧。"

　终于可以打开话匣子的我松了一口气。我滔滔不绝地讲起来,从妹妹妹夫一家的事,到他们的贷款,再到拉上一家子自杀,还有因此收留了外甥达也,母亲的死,以及我在经历每个时刻的心情,对可奈的憎恨,对达也的复杂情绪——我都一五一十地讲了出来。

　我的内心渐渐融化了。长年冰封在我内心深处的扭曲感情,一瞬间喷涌了出来。我既羞怯,又痛苦,甚至从来没有对希美和老师提起过这些秘密。讲着讲着,我仿佛感受到了某种终于得以释放的快感。虽说听委托人诉说是律师工作的一部分,但加藤律师对此似乎尤其擅长。

　我的独白告一段落,加藤律师徐徐开口。首先,我和母亲在那种情况下做的担保,在法律上有无效的可能。此外,晋太郎已死，现在债务的数额死无对证，放高利贷的人或许趁机敲了竹杠。

"对这些不讲理的败类无论如何都要抗争下去，绝对不能屈服。"

一股暖流涌上我的心头。从没有人这样对待过我。不论是警察，还是经他人介绍认识的律师，对我的求助都表现得十分冷淡。加藤律师当场就打通了名片上高利贷公司的电话，在电话里表明了律师身份，他用冷静的语气说道："与担保人的交涉由我司负责，今后的联络请经由我司。"

"妈的！关你这个律师屁事！"

对方怒吼着，连我都听得一清二楚。加藤律师一言不发地听着对方的持续咒骂。等对方发作完后，加藤律师无视对方的失态，继续说道："我司会在近期登门拜访。"放贷的人泄了气一般没有接话，加藤律师面不改色地放下了听筒。

之后，催债的人再也没有在难波家出现过。加藤律师如壁垒般成功把他们抵挡在外，顺利推动着所有程序。

作为懂法之人，加藤律师希望通过法院来解决此事，对方却不答应。因为他们那一套非法行径在法律面前肯定行不通。

"这样的话，我们起诉对方吧。"

加藤律师冷静地说道。虽然我是债务人，但也可以以"不存在债务关系"为由起诉债权方。加藤律师说，律师事务所可以帮忙制作诉状并提交给法院。事情进展顺利得超乎我的想象。

收到诉状副本的高利贷公司知道，如果闹上法院，超过法律规定的利息肯定不会得到认可，只得答应和解。最终我们很快达成协议，我要按月还款，并且金额我还能够承受。加藤律师事务所代我完成了这一切的工作，我没做任何事。

令我惊讶的是，加藤律师帮我进行了债务整理，却没有向我收取任何委托费。

"你不用在意，就当是我偶尔行善好了，我有时也会这样做。我看不惯那些嚣张小人在世上横行。那种通过榨取你们这些弱势群体来牟利的事，对这个社会毫无用处。"加藤律师语气突然变得强硬，我不由自主地看向了他，但他立刻恢复了律师特有的冷静语气，"也不仅仅是为了帮你。金钱和法律的目的就是助人。必须要知道正确的用法，才能利用它们来改变这个社会。"

似乎是对于自己一时兴起的高谈阔论有些不好意思，他继续说道："你别看我现在这样，年轻时候也曾经热衷于学生运动。"我对于加藤律师的看法有了巨大的改观。起初见面时只觉得他是个清高且机敏的人，给人一种高不可攀的感觉。但实际上并非如此，他是一个充满人情味，极具正义感的人。总之，他是把我从地狱中拯救出来的那个人。对于加藤律师来说可能只是普通业务，但对我而言，他是我的救命恩人。多年来笼罩着我的阴云瞬间消失得无影无踪。我第一次看到了所谓的希望。

终于拿到了保健所的诊断，达也得以进入特殊教育幼儿园，就在调布市内，名叫"橡木园"。入园式是在四月。

我买了一套廉价的正装准备出席入园式，临走时老师送给我一枚佳世子太太亲手刻制的镰仓雕的胸针。我觉得这么重要的东西难以收下，于是婉拒了老师的好意。但老师无论如何都让我戴上，我也只好感激地收下。胸针表面的漆料泛着黑光，精心刻制的花纹呈现出百合花的形状。老师说这是武藏野百合，是开在武藏野的一种野花，佳世子太太非常喜爱。

达也很快就习惯了橡木园的生活，我的担心仿佛都是多余的。他会主动乘上园车，也会向车窗外的我挥手道别。这些事对一般的孩子来说再正常不过了，但对于达也来说却意味着成长。我开始反省自己此前没有耐心地等待他成长。

晚饭餐桌上的话题（但大多是难波老师一个人向达也讲述），从在树林中发现的乌鸦巢，到石头的种类，土壤中的微生物，再到树干中树液流淌的声音，天体的运行，山中时而能遇见的狸猫和果子狸，等等，十分广泛。达也每次都会聚精会神地聆听。由起夫先生则因为工作繁忙，很少在晚餐时与我们同席。

"一定要多看多听，达也君。世界可是五光十色的。"话题告一段落，老师拿起筷子说道，"重要的是自己要拥有辨别力，自己心中要有坚定的思想，以及支持自己思想的知识。要能看穿真相，而不被别人左右。"我望着达也，他抬头直直地看着老师，"孩子啊，一定要记住这句话：'一无所知，胜于对许多事物一知半解。宁可成为一个独立自主的傻子，也不要做一个人云亦云的智者。'"

老师说这是尼采的名言。达也不可能理解如此深奥的话，但他却一直侧耳倾听，这孩子最喜欢听老师说话了。

"不要因为一个东西渺小笨拙就觉得它没有用。"老师把话题转到了生物的毒性上。即便是微不足道的小虫和植物，它们用来自保而分泌的毒素，有时也会成为对人类有益的良药。

"比如说呢，"老师继续说道，"在中南美洲雨林里栖息着一种小青蛙，它们的毒素只要几滴就能置人于死地，但如果方法得当的话，却能产生相当强的止痛效果，对于苦于病痛的癌症晚期患者来说是极大的福音。从巴西蝰蛇的毒液里可以提取生产出降压药。从以色列蝎子的毒素里提取出的成分可以附着在脑肿瘤细胞上，阻止癌细胞扩散。美国毒蜥的毒素具有刺激胰岛素分泌的效果，可以做成治疗糖尿病的药物。"

"哇!"我也不知不觉听得入迷了。

"有个研究者这样说过,'夺命之毒和救命之药其实只有一线之隔'。平时毫不起眼的各类两栖动物、细菌、昆虫、植物、爬虫所具有的防身毒素,会变成救人一命的药物,这是一件多么奇妙的事啊。绝不能因为渺小而忽视其价值。这个世界上任何事物都有它存在的意义。"

"同样的东西,既能害人,也能救人,是这个意思吧?"

"没错。毒素因其使用方式不同,效果也会有差异,其实是百变灵药。所以说,达也君,"达也猛地抬起了头,"你也不用去掉自己身上的毒素,不要成为一知半解的智者。只有按自己意志生存的愚者,才能将毒素转化为有用的东西,这就是愚者之毒。"

老师从下定决心接受由起夫先生那一刻起,就选择了成为愚者。不过老师体内所蕴含的毒素,却成了佳世子太太的延命之药。

我们就是在这个时期收养了一只乌鸦。在宅邸后面的树林里,一只嗷嗷待哺的小乌鸦不知为何从树上的鸟巢里掉了下来。老师和达也看到这只被父母抛弃的可怜的小乌鸦,就把它从树林里捧了回来。老师同意在家中抚养这只乌鸦,直到它会飞为止。老师从置物柜里翻出了一个废弃的鸟笼,把乌鸦放了进去。小乌鸦缩在鸟笼一角,一动也不动,只要一见到人便会发出"嘎嘎"的嘶鸣声。

养育一个小生命似乎会让人的心理产生变化。虽然达也帮忙照料过蚕,但这次他似乎又找到了不同的乐趣,他对照顾这只小乌鸦非常上心。后来我们给它取名为小黑。老师和达也会抓来昆虫和青蛙喂小黑。它还吃了很多由起夫先生从宠物店买来的小米穗,食量惊人。

乌鸦是一种十分聪明的动物。小黑可以分辨不同人的面孔，和达也尤其亲近。每每见到小黑停在达也的肩头或头顶，轻啄他的头发或是拉扯他的衣服，就会让人觉得它似乎也把自己当成人类的小孩，在和达也打闹玩耍。小黑还爱对老师撒娇，对由起夫先生则会缠着索求食物，对我和希美倒是态度冷淡。希美因为讨厌小黑在屋中拍打翅膀，每次来访的时候都要求把它关回笼子里，小黑也因此开始讨厌她。

小黑的聪明还不止如此。它并不会立刻吃掉得到的饵食，而是将它们藏在各处。据说这是乌鸦等鸟类贮食的习性。于是我偶尔会在家中某些地方发现小黑贮藏的虫子尸体，经常吓得大叫。此外，小黑学会了用喙灵巧地慢慢解开系好的面包或点心包装，还喜欢收集闪闪发亮的纽扣和瓶盖。达也每次都发出"呜呜"的声音招呼小黑，应该就是在努力发出"小黑"的音节吧。小黑也知道那是在招呼自己，啪嗒啪嗒地飞在达也身后。

达也常会用我无法理解的独特语言和小黑交流，小黑也很善于模仿达也的语言。达也经常说的"啊，呜呜"，我擅自解读为"哇啊！好有趣"。不知不觉中，小黑也会"啊，呜呜"地叫了。看到这一幕，我回想起有人曾对我说过："这孩子早晚有一天会滔滔不绝地讲起话来。"

小黑能够随心所欲飞行以后，老师决定将它放归树林。一直给小黑喂送活饵也是为了在放生后，它能在野外好好生存下去。老师谆谆教导达也，乌鸦不是宠物，放归大自然是为了小黑好。达也似乎理解了老师的话，但同时也意识到和心爱的小黑的亲密时光即将结束。我从他对待小黑的态度中便感受到了这点。达也和小黑形影不离，似乎为了能将心爱之物的身形、感触乃至彼此间的交流保存在记忆中。

令人惊讶的是，小黑似乎也产生了同样的感情，温柔地回应着达也的每一句话。不知不觉中，家中充斥着达也和小黑奇妙的对话。

对于离别，达也似乎已经本能性地习惯了，毕竟从小就被迫和父母分离，又经历了外祖母之死。只要这世上有死亡，就注定会有离别，但对这个年龄的孩子而言，能够理解死亡非同寻常。我这么想着，突然意识到将来也会迎来和达也分别的那天。这样的想法让我心中一悸。

收养小黑一个月后，老师和达也正式进行了放生仪式。两人前往乌鸦巢所在的树林深处，在山崖上将小黑放飞。据老师说，小黑随即迎风展翅，在空中滑翔起来。

"它的飞行姿势还是有一点笨拙。飞了一阵就停在了山崖下的树枝上，还对我们啪嗒啪嗒地挥舞翅膀，肯定是在向达也君道别吧。然后就呼的一声飞走了。"

难波老师说，为了和小黑道别，达也应该下了很大决心。我虽然时刻陪在达也身边，却不知道他内心的想法。老师对待达也的态度并没有因小黑的离去产生变化，既没有特意安慰他，也没有避开乌鸦的话题。我只能效仿老师，当作什么事都没发生一样。

又到了养蚕的繁忙季节。一般的养蚕人通常会从农业协会买来接受过疾病检查的三龄幼虫。老师则是自给自足，让蚕卵过冬，到了下一年孵化出蚕再让其产卵。这是我第二年才学到的。刚出生的幼蚕叫作"蚁蚕"，小到肉眼勉强可见。达也去年似乎就对养蚕十分入迷，即便蚁蚕也能一眼就区分出来。

桑叶似乎也不辜负蚕宝宝旺盛的食欲，绿油油的，长势茁壮。由于桑叶的作用，幼虫排出的粪便富含叶绿素，据说提取出来可以制造牙膏和护发液。难波科技就在进行相关研究。老师和达也因此每天孜孜不倦地采摘着桑叶。间岛先生在这个时期也会格外精心地照料桑树,利索地把蚕吃剩的桑叶回收堆肥。

"老师,请您过来一下!"

间岛先生少见地在桑树园中大声呼喊。

被老师的"嗯嗯"声和达也的怪声所吸引,连刚回到家的由起夫先生也好奇地走进了桑树园。猛烈的日照被桑叶所阻隔,园内透着一丝凉爽,十分舒适。间岛先生和老师仔细地翻看着桑叶。由起夫先生和达也观察着桑叶的背面,头都要贴到一起了。上面爬着的是和雪白的蚕宝宝明显不同的偏黑毛虫。因为幼虫本来就不大,混在深绿色的桑叶里并不显眼。

"哎呀,这可真难得。竟然还有存活的。"

老师相当兴奋。据他说,这是野生蚕种,名为"野桑蚕",是现在的蚕的祖先。

"我小的时候野桑蚕在桑树林里到处都是,老师,这可是害虫啊。"

间岛先生说,野桑蚕会把桑叶吃光,所以养蚕人一发现它就会立即驱除。作为园艺师的间岛先生开始纳闷它们是从哪里冒出来的。

"哎呀,不行不行。这么难得的东西,可不容易见到。收集一点送到研究所,之后我们再观察桑树园的情况吧!"

间岛先生仿佛早就意识到会得到这样的答复,摇头叹了口气。由起夫先生回到了屋内,间岛先生和达也各自回去工作了,陪在老师身边继续寻找野桑蚕的只剩下我。

"人类从古代就开始养蚕,蚕早就成为一种被完全驯化的昆虫了,没有人类的喂养根本无法生存,更没办法凭借自己的力量飞翔。但野桑蚕不同,它是很一种很顽强的昆虫。"老师说着,小心翼翼地把停有野桑蚕的桑叶折了下来,"它们为了寻找食物四处游走,脚上吸盘的吸力也很强。总之就是生命力旺盛。它们肯定会在这片桑树林里不断繁殖,到时候会结茧,之后还会……"

老师兴奋地说着。与其说是对我解释,不如说是在自言自语。我静悄悄地走出了桑树园。

二〇一六年　春

　　虽然时常会有一些寒气，但天气还是日渐暖和起来，大海的表情也变得柔和明亮。我向海湾处望去，虽然入冬之后不再钓鱼，但加贺先生也会偶尔过来。去年秋天他好像钓到不少斑鲅、障泥乌贼和剥皮鱼。今天应该也在垂钓吧。丈夫还是比较喜欢陆上运动，对钓鱼毫无兴趣，只在崖下栈桥边的橡皮艇里午睡。这是他现在最喜欢的事情。山崖上长着几棵十分耐盐的全缘冬青，茂盛的树枝越过山崖伸展到了海面上方，刚好为橡皮艇营造出一片阴凉。丈夫就在小艇中随波摇动，等待加贺先生垂钓归来。
　　在摇曳的浪涛中，丈夫在思考些什么呢？又做了怎样的梦呢？
　　公司的经营十分顺利。泡沫经济破裂后，虽然有不少企业宣告破产，但难波科技却顺利地活了下来。泡沫时期，很多人因盲目扩张而走向失败，丈夫却反其道而行，果断将当年产生巨额利润的不动产部门和投资部门削减掉。虽然董事们和经营顾问极力反对，丈夫却坚持己见。如梦似幻般疯狂的泡沫时期最终破灭，大家才意识到他的做法是正确的。
　　丈夫如今依然恪守第一任社长朴实的经营风格，在纤维业维持着无法撼动的地位。他虚心听取消费者的需求，不断研发新品。在公司经营上也是勤恳踏实，丈夫不贪图盈利，公司的利润除了回馈给员工和股东们，还会贡献给社会，特别是在武藏野，积极展开环保活动。不过丈夫并未因此而满足。虽然切实履行着作为社长的责任，他的内心却是空虚的。

我觉得他是为了我，或者说为了我一个人无法承受的罪孽而活着。当我囚禁在后悔之中，因懊恼苦闷无法自拔时，陪在身旁支持我是他活下去的唯一目的。

丈夫从很久之前就如同被死神魅惑了一样，成了一副行走的躯壳，舍弃了自我。能够救赎他的只有死亡，而阻止他走向死亡这一美妙诱惑的，便是陪在他身边的我。为了让他能够从桎梏中解放，我无数次下决心离开他。但我要是独自弃世，只会让他更加自责，更加痛苦吧。回想起他为我所做的种种，对现在的他而言，最好的办法也许就是由我终结他的生命。这个想法令我前所未有地战栗起来。

我和丈夫互相慰藉，同时又互相伤害，我们就这样生存着。我们从不妄想安享晚年。罪孽深重的我们，总会迎来应有的末路，这也是我现在唯一的安慰。

放在旧饼干盒中的东西我看了又看。我无法忘记被锁在这些物品中的不幸回忆。这些物品正是我和丈夫的罪证。皱巴巴的天鹅绒包着的镰仓雕胸针，是师母亲手雕刻的。师母的作品，在难波宅邸被处理掉的时候就全都分送给想要的人了。虽然有不少很精致的作品，但丈夫毫不吝惜地悉数送给了当地机构和与师母有交往的人，留在我手中的只有这枚胸针。我轻抚着胸针的表面，其形状宛如百合花，但花名我已经想不起来了，只记得是开在武藏野的野花。我又用手指抚摸了一遍胸针，之后用绒布将其包了起来。

我用颤抖的手从胸针下面拿出一张泛黄的剪报。那是一九八六年八月三日，在当地新闻版面刊登的一则关于交通事故的短篇报道。我戴上老花镜，努力阅读着上面的文字。新闻的标题是《车辆坠崖起火两人遇难》。

　　八月二日下午四点十五分许，一车辆在调布市深大寺XX山崖发生事故，坠落在下方约八米的草地后燃起大火。消防车接到附近居民通报后立即赶往事故现场，但由于火势猛烈，扑灭大火后，消防人员在车内发现了加藤义彦先生（四十五岁）与石川希美女士（三十六岁）的遗体。经现场勘查判断，事故发生时，加藤先生坐在车辆驾驶席，石川女士坐在副驾驶席，当时恰在完成工作后的返程途中。事故发生的坡道十分曲折，警方初步判断事故原因是加藤先生驾驶失误。详细情况与遗体确认工作还在进一步推进中。

我已经读过很多遍了，甚至熟到能背诵下来。

这是关于我的挚友去世的报道。我经历了长久的挣扎，最终说服自己过去已无法改变，才能如此平静地阅读这篇报道。

丈夫不愿继续在车祸现场附近生活，我们便搬离了武藏野，在世田谷区买下一套公寓，两边轮流居住。而如今，我又来到了更为遥远的伊豆海边。虽然我也深知，我们的逃避是绝不可能成功的。

一九八六年　春

自那之后，加藤律师每次在难波家遇到我，都会关切地询问我的近况或是有没有什么担心的事。他最近很少与希美同行，应该是律师事务所的工作的原因吧，我对此也没有深究。毕竟希美平时也经常一个人来访，所以并没有什么不便。加藤律师关心我的时候，我也会毫无顾虑地和他商量达也和我的将来。即便是和法律专业无关的问题，加藤律师也会不厌其烦地帮我解答。他是个优秀的律师，不仅知识丰富，行动力强，还如此贴心，难怪事务所的生意那样兴隆。

一天，加藤律师在难波家办完一些手续后要离开时，边接过我递上的鞋拔边对我说："有件事想和你说。"于是我将加藤律师送到他的车边。远处传来书房落地窗被推开的声音。回头望去，戴着草帽的老师正迈下窗沿，朝着庭院里的养蚕小屋走去。加藤律师在他的奔驰车边和我谈了起来。

"是达也君的事情。"

"嗯。"

"你有没有想过把他送给别人收养呢？"

面对这突如其来的建议，我惊讶得说不出话。送给别人收养？我还真没想过。

"我这边刚好认识一个办理领养的律师。啊，我这么说还希望你别多想,但你觉得达也现在在这里生活得幸福吗。"

"这……是说我对他的照料吗?"我的声音开始颤抖。

"也包括这个吧。我这个人说话都是直来直去,不好意思。但对达也这个年龄的孩子来说,比起血缘关系,我觉得还是稳定的家庭环境更重要吧。"

"您是说,在一个有父母的家庭中吗……"

在一个稳定的环境中,有人爱护,能接受必要的教育和培养,不用为了躲债而辗转流离,我在心中继续说着这些。同时又意识到,此前我还没有从达也的角度观察过生活现状。达也一直跟着我这位没有判断力也没有经济能力的姨妈,甚至还曾因为我的见死不救而差点丧命。接受难波老师的好意,决定在这里和达也尽力生活下去,也不过是我一个人的想法。考虑到这孩子今后漫长的人生,这样的决定可能对他并不好。我黯然地看向加藤律师,他说得没错。他不仅经验丰富,头脑敏捷,而且总能全面客观地分析事物。照他说的去做肯定没错,我对此深信不疑。

"我觉得这对你也好。"

"对我也好?"

"嗯。如果你不用带着孩子,生活也会有所改观吧。"

我沉默着,说不清是受到了震撼,还是因此而觉醒了。总之加藤律师的话带给我很大的冲击。达也和我,我们居然还有别的选择。

"你应该多为自己想想。你为了全力照顾达也而放弃了自己的人生,对你而言,也并不是那么情愿的吧。"

的确如此。我们来到难波家,受到了很多人的照顾,我一直认为这就是人生最幸福的时刻。然而,这只是对我而言的幸福,对达也却是不公平的。为什么我一直以来都没有意识到这些呢?

我执意把可怜的外甥留在身边，却根本没有考虑过他的人生。

"我考虑一下。"我的声音小到几乎听不到，加藤律师将手放在我的肩膀上，我闻到了一股淡淡的男士古龙水味道。

"你可以再任性一点，毕竟你还年轻。"

加藤律师直视着我的眼睛。能够如此坚定地直视别人，应该是极为自信的人吧。他已经洞悉了一切，能看穿他人内心深处最纤细的部分，轻易动摇他人的想法。我不是真心爱着达也，以及对由起夫先生抱有好感的事情，恐怕早都被他看穿。

这位干练的律师将想说的话都说完了，之后向我告别，坐进车里。我站在院子里望着他的奔驰车远去。

"来，达也，试着叫一声叶子，叶……子。"

达也用莫名其妙的神情看着我。最近每天晚上回到房间，我都会趁我们独处的时候努力教达也说话。我想最后赌一把。如果达也奇迹般地叫出了我的名字，我就将把他送给别人收养的事情忘掉。而他还是叫不出来的话……他应该是叫不出来的。其实我的心中已经倾向于将他送给别人收养。

加藤律师提出的这个新选项在我心中日渐膨胀。而且他办事颇为高效，已经帮我找到了有意收养达也这样残障儿童的团体。团体里的夫妇大多学识深厚，有足够的资源可以教育这样的孩子。加藤律师甚至还帮我带来了领养家庭写的手记。手记里提到的孩子一个个都活得多姿多彩，通过被人收养有了更好的人生。

我的确动摇了。作为他的姨妈，能为达也做的最好的事情，可能就是让他回到一个温暖的家庭。既然决定了，那就事不宜迟。就像难波老师当时满一个月后就将小黑果断放归自然那样。但想着想着，我又想到和达也离别的场面，不禁有些心痛，似乎又觉得这是另外一种暗示。

哗啦!

我因为心不在焉,不小心打碎了手中的盘子。

"对不起!"

老师戴着夹鼻眼镜走进厨房。看到我弯着腰正在打扫盘子的碎片,便过来帮我。

"啊,我来就好。您不用……"我不小心划破了自己的手指。

"你看吧。"老师赶紧拿来了医药箱。

"不是什么大事。"

我在水龙头下冲洗手指,老师拿出药膏,示意我在椅子上坐下。

"老师……"我终于开了口,"我打算把达也送给别人收养。"

正在帮我贴绷带的老师停下了手上的动作。

"比起由我来抚养,送给别人收养应该对他更好。"为了听起来不像是任性草率的决定,我赶忙附上了一句,"这是加藤律师的建议。"

"加藤律师说的吗?"老师抬起头看了我一眼,又低下了头,慢慢将绷带缠在我手指上,"原来如此,是加藤律师这么说的啊。"

我还在等他的下一句话,老师却一言不发了。

因为没能从老师口中听到明确的意见,我越发不安,只能向希美袒露心声。

其实我原本就打算和这位挚友商量的,也做好了她会大吃一惊的准备。我向她说明了我对达也的想法,讲着讲着,我意识到自己像是在给放弃达也找各种理由以博得希美的认同。我并不喜欢这样的自己。希美也没有给我任何回答,谈话草草结束。我们并肩走了一会儿，借着买东西之名，我和希美一起走下了城山，在常去的商店街买完东西后，我们二人又沿着野川回家。

一向头脑敏锐的希美少见地沉默着，似乎在思考什么。我按捺不住开了口："我还没有完全决定，只是加藤律师热心地在替我们着想。"

希美突然抬起头，用锐利的目光盯着我，之后步伐开始凌乱，踢到了路边的野莓丛，几颗鲜红的果实跳动着滚下了山坡。"折翼的天使啊……"骑着单车的高中生从我们身边经过，哼唱着时下流行的歌曲。

"我很感激由起夫先生能够充当达也的父亲，但这毕竟不是真正的家庭。听了加藤律师的话我才意识到，达也需要一个安定的环境。"

"由起夫当他爸爸不行吗？由起夫当爸爸你当妈妈啊。反正由起夫也喜欢你。"希美说到这里又突然闭口，之后继续说道，"说真的，我知道。"

"别开玩笑了。"

我本想笑笑敷衍过去，没想到她却表示："我没开玩笑，之前我也说过吧，你和达也来了之后他就变了。"

"可能的确是这样。达也很喜欢由起夫先生，由起夫先生也很关心我。"

"不是这样的，由起夫他……"

"由起夫先生有喜欢的人了，每次半夜他接到电话就会出门。"

希美叹了一口气。

"你知道叫他出去的人是谁吗？希美。"

"不知道，我不知道他有喜欢的人，应该是工作上的电话吧，听说有的工厂是二十四小时运转的。总之，由起夫确实对你有好感，他肯定会反对把达也送走的事。他是真心想当达也的爸爸啊。"

我无力地摇摇头。虽说是青梅竹马，但她为什么会对由起夫先生了如指掌呢，难道她了解由起夫先生那空洞的内心？

"抱歉，说了一些奇怪的话。"希美不再说了，而是向我道了歉。

走到城山的山麓时，我和希美不约而同停下脚步。希美不打算走回难波家了。我本来还想继续追问由起夫先生的事，她却突然换了个话题。

"其实我的本名不叫'kimi'。父母给我取的名字是'nozomi'。但我不喜欢这个名字，所以自己改为'kimi'。"①

说完后，希美就和我道别了。

身穿卡其色针织衫和白色长裙的希美跨过野川上的小桥，朝着甲州街道方向快步走远。我目送着她的背影。

希美不仅整过容，还改过名字，和那个并非真正由起夫先生的人若即若离地相处着。老师说过，由起夫先生是一个可怜的人。莫非希美知道他的可怜从何而来？莫非她也知道由起夫先生深夜通话的对象是谁？谜团越来越多，我不禁打了个冷战。是什么维系着希美和由起夫先生的关系呢？绝不会是男欢女爱这种甜蜜的东西。潜藏在由起夫先生和希美内心深处的东西，一直维系着两人的关系。它有如沉寂在大西洋冰冷深海中的泰坦尼克号残骸，周围是由黑暗和水压所遮蔽起来的海底墓场。也许他们的灵魂就被囚禁在这种受诅咒的地方吧。

---

①两个词的发音写作汉字都为"希美"。

回家把买来的东西收拾好后,我就出门去接达也了。这附近只有达也一个人在橡木园上学,但最近橡木园的汽车会开到城山脚下,真是帮了我的大忙。蓝色的面包车缓缓驶来,我透过窗户隐约看到达也的脸,才注意到他被晒黑了不少。达也和老师同学挥手道别后下了车,冲着我微微一笑。他的表情越来越丰富了。

我们牵着手走上了坡道。

"达也啊,你听我说。希美阿姨呢,原来叫'nozomi'。"我对达也无话不说,已经养成了习惯,不过其实也不是说给达也听,而是说给我自己听,"但希美阿姨还是希美阿姨,这点不会变的,对吧?"

就如同由起夫先生依然是由起夫先生一样。即便他们有很多不真实的地方,但于我而言,希美仍然是我的挚友,由起夫先生依旧是我的挚爱。这些是没有变的。这样一想,我的心情平静了很多。我只能像老师一样下定决心,选择接受这样的两个人,用心感谢他们为我做的一切。

"达也啊,你想不想让由起夫先生当你真正的爸爸呢?"达也稍稍抬头看了我一眼,但马上被周围树林中的鸟叫声吸引过去了,"如果是这样的话也不错吧。"

如果真能这样的话……那我不会再想将达也送人收养的事了。刚刚希美表示由起夫先生对我有好感,而这所谓"好感",应该是包括达也在内的亲情吧。但即便如此,我梦想着和由起夫先生成为夫妻这事应该也没有大碍吧。我梦想着达也能够开口说话,叫由起夫先生一声"爸爸"。

"达也,试着叫一声叶子。"

我故意放大音量,稍稍用力握住达也的手,却还是徒劳。我们三个人恐怕永远都无法成为相亲相爱的一家人吧。对于这个孩子来说,我永远都只是"叶子",由起夫先生则是我的雇主。

"哟!小达,你回来啦。"

从桑树园里传来了间岛先生的声音,达也循着声音跑了过去。这孩子正在以自己的节奏适应着环境,这样将他托付给别人会是明智之举吗?我的内心愈发摇摆不定。

达也踮起脚观察着桑叶,间岛先生把树枝拉下来,指着上面,我也好奇地凑过去。粘在桑叶背面的是一个浅绿色的蚕茧,没有通常的蚕茧那般浑圆。

"啊,这是……"

"这个是野桑蚕的茧,越来越多了,上次找到的时候都还只是幼虫。"如果不熟悉,根本不会注意到这些不起眼的蚕茧,这些蚕茧孵化出成虫后,似乎会破茧飞走,"老师虽然说不用管它们,但不趁结茧时处理掉的话,成虫就会继续产卵,到时候就没完没了。"

达也一直跟在间岛先生身后。我则回到客厅的角落坐下,拿起一个藤编的篮子放在了膝盖上。篮子里放满了我编好的毛线花。我已经编得很熟练了,打算编一套床罩送给希美,应该可以在圣诞节前赶出来。我在手指上套上毛线,心不在焉地望着在院子里玩耍的达也。其实我没去过希美家,连她平时是不是睡在床上都不知道[①],却在这里一心织着床罩。我叹了口气,动起手指。只要专心织起毛线来,就能暂时把一切烦恼都忘掉。

"嘎!"好像是乌鸦的叫声。我抬起头看了看,不禁想到了小黑。如今它在哪里呢?应该是生活在大自然中,已经忘记被我们收养的事情,也忘记达也了吧。

[①] 有的日本人可能并不是睡在床上,而是睡在榻榻米上。

达也放走了小黑。而我，也该对达也放手了。几年之后，应该只会偶尔想起他吧。

我必须要下定决心了。

一九八六年　夏

"路上小心。还好雨停了。"

老师在玄关向我和达也道别。我们要去参加橡木园的亲子露营,计划在奥多摩的露营区住上两天一夜。雨从昨天午后就下个不停,现在刚好放晴。我准备好两天的食物,并把家中仔细打扫干净。

"您不用担心。我们都是大人了,什么事情都能自己解决。"老师还穿着睡衣。

"一定要按时吃药哦。"我站在玄关处,又叮嘱了一遍。从昨天开始我就向老师叮嘱家中琐事,比如何时服药,餐具和洗过的衣服如何处理,等等。老师笑着点点头。

"老师,不要开着窗户睡觉哦。"

"好的好的,我知道的。"

有一晚下起了大雨,但老师还在书房开着窗户睡觉,结果佳世子太太的镰仓雕作品都被淋湿了。

我用余光看到达也要把什么东西悄悄放进老师睡裤的口袋里。仔细一看,是一份用薄纸包起来的落雁[①]。是昨天幼儿园老师从金泽回来后,分给班上孩子的小礼品,达也还给我尝了一

[①] 一种日式点心。

份。刚才他把剩下的那份塞到了老师睡裤里。达也时常见到我将药盒放到老师的衣兜里，所以在模仿我吧。我本想提醒他一下，想想却作罢了。就当是达也送给老师的临行礼物吧。老师发现这小小的把戏后，肯定会笑着把落雁吃掉。

"那我们走啦。"

我拉着达也走出玄关，并让他转身和老师挥手道别，他却蹦跳着大叫道"唔咿，咕哒"。这是他生气或不安时会发出的叫声，不祥的预感一瞬间涌上我的心头。老师挥着手叫我们赶快出发。我把达也硬拉上了坡道，他甩着我的手朝后望着，我也跟着他回头。老师依然穿着蓝色条纹的睡衣，稍稍踮起脚向我们挥手。

殊不知，这是我们的生死离别。

虽说是露营，但我们住在小木屋里，并没有什么不方便之处。我们在小溪边玩水的时候，为了不让别人看到达也背上的疤痕，我给他在泳衣上面套了件T恤。不论是用树枝和橡果做手工的时候，还是大人和小孩一起准备咖喱饭的时候，达也都一直郁郁寡欢。我让他远离露营区的篝火，还摇晃陶铃给他听，可无济于事。难得出来玩一次，我希望他能开开心心的，但我也有点心神不宁。和达也一起上床睡觉时，我迟迟无法入睡。

所以，第二天定向越野途中，当橡木园的园长和达也的班主任从林中小径匆忙赶来时，我并没有特别惊讶。

难波老师在睡觉时心绞痛发作，等到由起夫先生早上注意到时，老师已经全身冰冷。麻木的感觉再次侵袭了我，那些人类该有的惊慌失措、悲伤难过等情绪，并没有涌上我的心头。

园长开车把我们送回了深大寺。坐在身旁的达也用迷离的目光直视着驾驶席的椅背。虽然我还没向他解释，但他已经意识到自己最喜欢的老师离开人世了。对这孩子来说，又失去了一个不可替代的人。

相同的事情再次重演，我已经支撑不下去了。

难波家里里外外乱成了一团。好几辆警车停在附近。因为老师不是在医院去世，而是在家中突然死亡，所以警方先进行了立案，法医走进书房调查老师的死因。幸好由起夫先生看起来情绪稳定，他可能也像我一样情感麻木了吧，他冷静地回答着警官们的提问，并配合警方进行相关程序。

加藤律师和希美也闻讯赶来。希美剪掉了及肩的长发，一看到她，我便感觉紧绷的神经放松了下来。

"请用茶……"警官们毫不见外地在家中走来走去，我的目光追随着他们，慢慢退回厨房。

"不用张罗了。"

达也吱吱吱地咬着牙发出呻吟声，希美见状把我们两人赶到了里屋。这天太漫长了。不，应该是太短暂了。

听希美说，平时专为老师看病的那位医生前来开具了死亡诊断书。过了中午，警察纷纷离开，宅邸一下子冷清了，我这才走出房间开始打理家务。虽然一点也不饿，但我觉得必须要准备饭菜了。在捏饭团的时候，我的泪水终于溃堤，潸潸地流了下来。老师不在了，老师不在了……我喃喃自语，仿佛要将这个事实铭刻于心中。

没有人去拿捏好的饭团，我就这么任其变硬。达也紧抿着嘴，一动不动。到了下午很晚的时候，我和达也还有希美才有机会瞻仰老师。警察刚走没多久，葬礼公司的人就赶到了难波家，屋内又嘈杂起来。老师依然身着和我们道别时的那套蓝色条纹睡衣。我仔细端详着老师的遗容，甚至忘了合掌祈福。我无力地望着老师床头放着的亚硝酸溶片。

"听警方的法医和医生说,老师是在睡觉时停止心跳的。"希美轻声在我身后说,"所以没来得及吃药。"

老师没有伸手拿药的迹象。据说,由起夫先生发现老师情况不妙的时候,老师的眉头还微微皱在一起,但死后僵硬的表情慢慢褪去,现在老师又变回了往常的和蔼样子。

"为什么偏偏是我不在家的时候,明明家中很少没人的。"

"即便你在家也一样吧,老师在半夜里发生什么谁也不知道,连住在同一屋檐下的由起夫都没注意到。"希美轻抚我的后背说道。

我不过是一个帮佣,应该不用安慰我才对。老师的家人——老师唯一的家人只有由起夫先生。虽然不是亲生父子,但老师把他认作儿子。到了傍晚,我才好好向由起夫先生表示了哀悼之意。由起夫先生还安慰了我和达也。

"发生这种事情真是抱歉。"他最后嘟囔了一句。

加藤律师和希美没有离开,难波科技的员工也替我们接待着闻讯赶来吊唁的各方宾客。由起夫先生和葬礼公司的人商讨着相关事宜,加藤律师也在场陪同。此外还有很多邻居赶来帮忙。我没有太多事情可做,只是一直静静坐在老师身边。

葬礼公司的人为老师换上了绸缎和服,用白布盖住了脸。我本来还担心达也会不会因激动而大闹,但最后发现是我想多了。他片刻不离地跟在我身边。我感觉他并不是心中不安,而是想要陪伴懦弱无助的我。

我感觉很茫然,这种情绪比母亲去世的时候还要严重。

"达也,我们去老师的书房待着吧。"

我把达也带到了静悄悄的书房。前来吊唁的陌生宾客在客厅里进进出出。我们毕竟不是家属,一直待在外面有些奇怪。

书房里并没有变化，佳世子太太制作的镰仓雕家具和文具仿佛述说着主人的离去。我坐在榻榻米的中央，望着挂在墙上的涂漆横匾。横匾上姿态神韵各异的小鸟，再也见不到佳世子太太深爱的老师了。我环视书房时，突然产生了一种异样感。

我又仔细看了一遍。一切都和往常一样，保持着老师生前的状态。直到昨天，老师都还在这里读书学习，休憩小睡，老师在屋内的气息还未褪去。

我说不清这种异样感来自何处。大概是因为我现在的思绪很混乱吧。远处传来了乌鸦的叫声，叫个不停。虽然出现乌鸦并不是什么好兆头，达也却因此而突然打起精神。我安慰他说："大概是小黑来和老师道别了吧。"

老师去世的当晚和入土为安之前都需要有人守夜，希美为此没有离开难波家。我真的很感激。

心脏有问题的人，在睡眠中因病去世的情况并不少见。在葬礼上，有位比老师还年长的当地人表示："虽然人走了，但也算善终啊，没有被病魔长久折磨。"不习惯穿丧服的间岛先生有些生气似的，始终双颊涨红，握紧双拳。我和间岛先生用眼神交流着，虽然一言未发，但心意相通。

藤原女士的女儿特地从滋贺赶了过来，前来吊唁。据说藤原女士无论如何都想亲自前来，但她在胆结石手术后又患上了胆囊炎，身体欠佳，只得让女儿代为出席。得知老师的死讯后，她的身体更是每况愈下。年迈的藤原女士应该在叹息吧，作为我的前辈，明明对我千叮咛万嘱咐过了，却还是发生了这样的事，我真希望能亲眼见她一面，让她当面教训我一顿，这样我反而好受些。

医生只在老师后背发现了尸斑，于是判断老师是仰卧着去世的，同时也证明了老师是病故。正如希美所说，即便事发时我在家中，恐怕也无能为力。但我内心的悔恨仍挥之不去。不论发生什么，我希望自始至终陪在老师身边。我知道这只是自己一厢情愿的想法，却无法控制住自己不去这样想。

老师给予了我活下去的力量，也教会了达也观察事物的方法，教导他世间万物皆有存在的意义，要细心观察身边森罗万象的事物，去惊讶，去赞叹，去怜爱。是老师教会了我们这些事情的重要性。虽然达也不会说话，但肯定在心中的笔记本里牢牢记下了老师的教诲。

老师的病故，对我来说算是做出人生抉择的一个契机，我必须要行动了。

"我留在这里继续工作不会有大碍吧？"

葬礼之后没多久，我就小心翼翼地询问了由起夫先生。他见我表情拘谨，十分体贴地回答我："当然没有大碍，一如既往，一切照旧。"

一如既往——我作为一名用人，现在开始服侍这个家的新主人——由起夫先生。虽说一切照旧，但我心中好像还是被刺了一下。

"谢谢您。"

我低头行礼。由起夫先生放心地微笑着，他把目光移回报纸的那一刹那，我暗自下定了决心。一边暗恋着由起夫先生，一边陪在他身边，真的十分痛苦。

我深知一切都出于自己的任性。虽然难波老师和由起夫先生对我恩重如山，但想到有朝一日我要目睹由起夫先生觅得人生伴侣，就感觉无法忍受。同时我也决定将达也送给别人抚养，那孩子需要一个新的环境。

我在电话中向加藤律师传达了我的想法，他爽快地答应了。

加藤律师说，在给人领养之前，要先将达也送到儿童福利机构，他们确认我作为养母确实无法抚养达也，并愿意将达也送人抚养后，会将达也送至儿童福利院，在这期间寻找收养家庭。

"别担心。我会拜托专门处理领养事务的律师，一定会让达也找到一个理解他，并愿意好好照顾他的家庭。"

"那就拜托您了。"我轻声说道，同时看着达也的背影，他正在院中眺望树林。之后我便开始漫无边际地想着，达也到最后也没有叫出来"叶子"。

我们确定了前往儿童福利机构的日期，我希望这是对达也来说最好的决定。虽然无法得知一个有语言障碍的五岁儿童的内心，但达也肯定很不希望离开这里。毕竟这里的生活对他来说十分惬意。即便如此，我还是不得不狠下心来把他送走。起初他也许会因为环境陌生而封闭自己，但不久后应该就会慢慢习惯拥有一个温暖的家庭。这是我绝对无法给予达也的。

面对我的想法，由起夫先生强烈反对。

"这就是你的错了，怎么能这么轻易放弃达也呢？"

"这和由起夫先生您无关。"我故意用冷淡的口吻讲道，"这是我和达也之间的事情。我也是无能为力，只希望那孩子能在一个正常的家庭里成长。"

"正常的家庭……"

由起夫先生一时语塞，脸色慢慢黯淡。由起夫先生突如其来的反应令我不知所措。

"我想过成为达也的爸爸啊。"他用微小的声音挤出一句话，"我以为能成为他的父亲的。"

由起夫先生小心措辞，目光四处游动。

"要是我们能结婚……"他皱着眉，努力挤出一句话，"要是能和你一起抚育达也的话那该多好。这不是为了达也,而是我真心的愿望,我希望你和达也能一直在我身边。"

我沉默了。我竟不知自己是开心,还是惊讶,抑或是困惑。我明明一直期望着听到这些话,现在却高兴不起来。

"但是……不行,我不能和你结婚。"由起夫先生又说了一句。

是因为深夜给您打电话的那个人吗?我本想这么问,但话到嘴边又咽了下去。

"您能这么说我很高兴。"我不想让自己显得那么可怜,于是无视了他的告白,"毕竟起初是我勉强您做达也的爸爸的,您就忘记这件事吧。"

"不行!不管我是什么身份,总之我就是不希望你把达也送走。听好了,我来想办法,一定会有办法的。"

你能有什么办法呢?我不希望听到这些。刚刚才说想要和我结婚,之后又立刻说自己做不到。他根本不知道这些话多伤害我,我的身心仿佛都四分五裂了。

难得见到由起夫先生如此直白地真情流露,我直视着他的脸,他右眼的伤痕忽然映入眼帘。这个人明明是冒牌的由起夫先生,而证明佳世子太太儿子身份的印记,又为什么会出现在他身上呢?我十分冷静地想着。

"是吗?由起夫这样说了?"

我还不能告诉希美我打算离开难波家,但还是把我和由起夫先生的对话全部告诉了希美。

"都是我的错,说了会让由起夫先生误会的话。他把我的话当真了,所以才会这样……"

"由起夫又不是傻瓜,"希美甩出来一句,"他应该是真心想过和你结婚。这完全是他自己的想法。"

"这我就不知道了,我是连想都不敢想能和由起夫先生结婚……"我的嘴唇突然颤抖起来,"我想知道,由起夫先生为什么一直都没结婚呢?"

希美开始结结巴巴,这很少见。

"我也不知道,但由起夫一直都很孤单,他的内心深处应该有一处永远无法填补的空白。他身为难波家公子的成就,大家有目共睹,所有人都觉得他该成家了。如果他选择了你的话,我会开心地送上祝福。但是啊,人骨子里的东西别人又怎么会知道呢。"

我惊讶地望着希美。她好像也觉得自己说多了,突然闭上了嘴。我的本能告诉我,面前的这个人,绝不只是由起夫先生的青梅竹马,她一定非常了解由起夫先生。他们两人一定被无法抗拒的宿命紧紧联系着。

说不定我之前一直想错了,也许由起夫先生和希美都知道他不是真正的难波由起夫。如果他明明知道所有事实,还待在难波家,到底是为了什么呢?

我脑中又一次涌起了幻觉,如同在长眠海底的腐朽豪华客船上惊醒一般。水流卷起的泥沙,冰冷刺骨的海水,都令我不禁战栗起来。希美整过容,甚至还变更过名字的读法,再加上冒充他人的由起夫先生,我觉得似乎一切都是经过精心设计的一出大戏,不知情的我只是被卷入了这场荒谬的闹剧里。而我,又在扮演着什么样的角色呢?

我一个人惆怅地思索着,还考虑要不要找加藤律师谈一谈。可一旦向这么重要的人挑明原委,就等于打破了我和老师之间恪守秘密的约定。我一时还下不了决心。

能够倾听我琐碎心事的人,只剩下间岛先生了,但我也不能对他挑明一切。在他修剪枝叶告一段落之时,我端来热茶,趁着攀谈之际,若无其事地说道:"由起夫先生和希美到底是什么关系啊?我怎么看也不像只有青梅竹马那么简单。"

间岛先生缓缓点起烟,深深吸了一口,吐了出来。"谁知道呢,我只是一个园艺师啊。"

他的回答如我所料。我也没有期望从他口中听到什么消息,所以没觉得失望。间岛先生望着被骄阳照得绿油油的庭院,自言自语般的继续说了下去。

"我二十多岁的时候正是日中战争时期啊,开战没多久我就被送到中国大陆去了。那是昭和十五年(一九四〇年)的时候,那场战争太惨烈了。"

树林深处传来山鸠深沉的叫声,间岛先生手中的香烟烟雾徐徐升起,飘向鸠声传来的方向。

"我被送到了一个叫河北的地方,那里有一望无际的平原,是个贫穷的农村。当时八路军,也就是共产党的军队,收编那里贫穷的农民打起了游击战。日本军队为了扫灭八路军杀红了眼,我们可没时间分辨哪些是军人,哪些是农民。只得听从长官的命令,将所有村民都视为敌人。"间岛先生怅然地望着远方,口吻还是一如从前那样平静,"我就说服自己,我们这么做是为了祖国,是为了天皇陛下啊。战争打久了之后,军官和士兵都变得残暴起来。理由之类的都无所谓了。军队里时常打着训练的旗号,虐杀抓到的中国俘虏。我们要是不服从命令的话也是死路一条。我们把村庄都扫荡了。在村里干过的事,我简直没办法说出口啊。我的心逐渐死了,不对,应该说是我故意让自己的心死掉了。我只是一名普通的步兵,不那样做我也活不下去。"

身为一名园艺师,间岛先生爱护着这里的一草一木。但万万没想到，他还有过如此惨烈的人生经历。

"结果还是人贱命大啊，我从那场地狱般的战争中苟活了下来。战争末期，我正准备登船前往南洋①的时候，听说战争结束了。听到这个消息的时候，我人在天津，之后去了青岛，被塞进了船里准备复员返回日本。我们部队的人都挤在甲板上，连看着对方的脸都是那样痛苦，因为大家的眼神都是一样的——是那种不管做了多么罪恶滔天的事，都要活下去的眼神。我们脸上都脏兮兮的，只有眼珠子还在发光。"

间岛先生深深吐了一口气。指间的香烟早就燃尽，落下一段段灰烬。他将烟蒂放入烟灰缸里，用力捻灭。

"那两个人眼里，也有一样的目光。我不知道他们经历过什么，毕竟也轮不着我去管。"

那种不管做了多么罪恶滔天的事，都要活下去的眼神……

间岛先生口中的两人关系虽然很不可思议，我却意外地非常认同。由起夫先生到底是什么人呢，希美之前坚信自己遇到的鬼魂又是什么来头呢？

橡木园就要放暑假了。某天书房里突然传来了达也的叫声，那不是急迫的求助声，听起来更像是惊喜的欢呼声。我一边用围裙擦着手一边走向书房。

老师的书房依然保持着他生前的样子，达也一如既往地自由进出。我走进书房，看到达也正一个人趴在地板上。

"你在干吗？"

"啊嘎噫……"达也指着地板。

"哎呀！糟糕。"

---

① 即东南亚。

地板上出现了一长串蚂蚁。从落地窗的窗边一直延续到老师平时休息的榻榻米上，是一条连贯的细长黑线。达也匍匐在地上，追寻蚂蚁的行军路线。我很诧异蚂蚁为什么会闯进室内。老师去世以后，屋里应该没有掉落过点心屑，我也一直认真打扫。蚂蚁队列的最前端消失在了墙上的书柜里，似乎是被最下面一层那本厚重的《原色岩石图鉴》所吸引。我把那本厚重的图鉴抽了出来，翻寻着蚂蚁钻入的那页。

打开书页，眼前的情景让我和达也感到疑惑，不知道究竟是怎么一回事。书里夹着一份薄薄的落雁。是老师目送我们出行那天，达也悄悄放进老师睡衣口袋里的。我轻轻拿起落雁，外面的薄纸已经破损，落雁的碎渣漏了出来。这是放在厚重的书本里面被压碎的。应该是老师生前做的，但为什么要把落雁夹在图鉴里面呢？达也一言不发地凝视着我手中的落雁。

老师去世时穿的睡衣是我亲自洗的，洗好后就放回了衣柜。那时口袋里已经没有落雁了。我还以为是老师吃掉了，但其实不是。我把视线移回嵌在墙壁上的书柜，从上到下来回审视。最后终于知道老师去世时，我为什么会有异样感了。

书的摆放顺序变了。我每天都会来打扫这个房间，无意间已经记住了书的摆放顺序。是谁把书重新摆放了呢？应该是老师本人吧，也只有可能是老师。难道就是为了把落雁藏到图鉴里吗？

应该不大可能。老师是爱书之人，这不像他的风格。而且老师对书本的摆放顺序是有讲究的。我在用掸子打扫灰尘的时候，一旦不小心把书籍插到其他地方，老师见到后都会立刻放回原位。据老师说，他有自己摆放书本的规则。但现在再看向书柜，书籍却摆放得杂乱无章。不仅顺序混乱，书脊也参差不齐，像是匆忙之中摆上去的。我应该早一点注意到。

这不是老师摆放的。是有人把书都拿了出来，重新摆回去的，而且相当匆忙。

我的视线移到书柜前，这是老师打地铺就寝的地方。老师就是在这里因为心绞痛发作而一命呜呼的。如果利用老师的幽闭恐惧症，其实是有可能诱发的。老师的衣服并不凌乱，周围没有打斗过的痕迹，尸斑也只有背后才有，所以法医才下了定论，说老师是在仰卧熟睡时病故，而非命案。

我的脑海中浮现出一幅可怕的场景。有人趁老师熟睡的时候，用厚重的书本在他身体四周严丝合缝地堆砌起一堵书墙。但即便如此，老师的上方还空着，这样不会形成密闭空间。我再次环视屋内，达也一屁股坐在榻榻米上，也跟随我转动着头。我的视线停留在佳世子太太制作的镰仓雕横匾上。我把落雁收到围裙的口袋里，从书桌前拿起椅子，站上去仔细观察匾额。巨大的匾额厚约两公分，用绳子稳稳地悬吊在墙壁的挂钩上，下边框刚好搭在拉门的门楣上。如此厚重的匾额，不挂好肯定会有危险。我把脸凑到门楣上仔细观察，终于发现了确凿的证据。门楣上堆积着一层薄灰。横匾由于常年放在门楣上，在薄灰上留有痕迹，但现在这个痕迹稍稍有些偏移。也就是说，有人曾取下横匾，之后又放了回去。

我茫然地站在椅子上。老师在熟睡时，有人用图鉴和学术著作等厚重的书籍将其围住，之后又用横匾盖在了老师上方。老师从漆黑中醒来，因此而陷入恐慌诱发了心绞痛。这样一来，当然不可能拿到放在枕边的药片。从惊醒到丧命，大概时间并不久。

不过老师做了一件事，就是从口袋中摸出达也偷偷放进去的落雁，夹入了书本里。虽然没有逃过死劫，但至少留下了讯息。

这说明……难波老师是被谋杀的。

那天剩下的时间里，我坐立不安。

我纠结要不要去报警。但我发现的线索能否成为杀人证据呢？有人拿出书柜里的书，之后又放了回去。横匾的位置有些偏移，仅此而已。他们会说这大概率是老师自己做的。而且，一个更可怕的想法侵袭了我。

能够实现我所设想的杀人行为的，只有由起夫先生。老师去世那天，家里只有由起夫先生和老师两人，知道老师有幽闭恐惧症的也只有我和由起夫先生。

他有杀死自己养父的动机吗？仔细想想，其实很多理由都说得通。比如由起夫先生用巧妙的手段伪装成了难波家的公子？难波家的金钱和地位颇具吸引力，做出这样的事不足为奇，可是由起夫先生不像是这样的人。心怀如此野心的人，大抵会流露出贪婪与强势，而由起夫先生正如老师所说的那样，是一个无欲无求的人。他表现出的只有耿直和朴素。希美说他内在"空虚"，老师则形容他是"无色透明"的。

然而我对由起夫先生又有几分了解呢？对于他的秉性和身世，我一无所知。间岛先生说他是"不管做了多么罪恶滔天的事，都要活下去"的人。如此淡泊名利的由起夫先生，难道也曾经为了生存而贪婪过吗？难道他也有过间岛先生在战争中经历的那种惨烈往昔吗？

我不能再向希美敞开心扉了，她和由起夫先生的关系绝非一般，而且她比佳世子太太和难波老师更了解由起夫先生。如果我向她坦白自己知道由起夫先生是冒充的，并且怀疑杀害老师的凶手就是由起夫先生，她一定会通风报信的。

"达也，老师可能是被由起夫先生杀害的。怎么办啊……我该怎么做才好？"

我能毫无顾虑吐露心声的人，也只有达也了。我只能向这个即将与我分别的可爱战友倾诉。不管我的唠叨多么愚蠢，达也都会老实倾听。

"达也以前最喜欢老师了对吧，老师也很小心地把你给的点心收在口袋里呢，可能是在临死之前想要告诉你什么。"

我看着达也的眼睛。那是和可奈一样的淡棕色瞳孔，有时我感觉他的瞳孔就像无机玻璃一样，可奈在不希望被别人窥视内心世界时，也会露出这种眼神。或许是出于动物的本能，为了弥补身体某方面的缺陷，其他的感官会异常发达。达也正努力思索着真相。我赶忙继续说下去。

"即使由起夫先生真的做了这么可怕的事，我也不会说出去。我打算做个糊涂的人。达也，我指的就是愚者。默默带着自己体内的毒素活下去，虽然不知道这个毒素日后会不会变成良药，但万事皆有联系。老师是这么教导你的，对吧？达也要记得这样活下去啊。"

我隔着T恤抚摸着达也因伤疤而凹凸不平的后背，紧紧抱住了他。年幼的外甥却用尽全力从我的双臂中挣脱出来，用冰冷的目光直勾勾地看向我。在他玻璃般的瞳孔里，我仿佛看到了徐徐燃起的火光。我不禁倒吸了一口凉气，开始为自己的鲁莽言语感到后悔。我虽然偏爱由起夫先生，但对达也而言，难波老师才是最重要的人。大人们编造出的歪理，对于纯真的儿童来讲是行不通的。在儿童单纯而直白的情感里，一直在甄别着善与恶，对于达也这样的孩子来说更是如此。我将达也硬拉入怀中，紧紧抱住。

就是在此刻，我为达也心中之毒撒下了种子。

我把佳世子太太亲手雕刻的镰仓雕胸针用天鹅绒包好放进小盒。我没有任何首饰，所以它是我的珍宝。这既是老师的遗物，又是我和达也相处时光的纪念。我开始慢慢处理各种事情。为了达也的领养手续，我已经去儿童福利机构接受了好几次面谈，因为有加藤律师的帮助，事情进展得很顺利。同时也拜托了橡木园，让达也被送到福利院后也可以继续在这里上学。这样一来，环境的剧变对达也产生的刺激能多少温和一些。

我婉转地向由起夫先生报告了事情的进展，并决定成为只听从于自己意志的愚者，原谅由起夫先生的一切。达也的事情告一段落后，我就打算离开由起夫先生。这种决心支撑着我，使我现在可以用平静而坦然的目光观察着一切。

最近由起夫先生常常显得十分紧张，我仿佛能感受到他四周凝结的空气。难道他察觉到我对老师的死因起了疑心？由起夫先生和希美的关系也开始发生微妙的变化。不同于以往，由起夫先生不再被动，好像有不可言喻的毁灭性力量敦促着他行动。反观希美，则没有了此前那种冷眼旁观的态度，显得十分无力，犹如森林里嗅到危险的小动物一般胆怯，完全不像她。

老师去世后，加藤律师和希美很少因公事来访了。但希美还是会来城山单独和我见面，我们漫步在深大寺周边，仿佛惜别般希望将武藏野的景致深深刻印在脑海里。我们缓步行于阴凉幽静的崖间小径、夏草丛生的河边、郁郁葱葱的杂木林，时而倾心于倒挂在树干上的小啄木鸟，时而惊诧于从树林中突然跳出的绿雉。

"我有件事情要告诉你，"我们二人并肩走着时，希美看着前方说道，"你可能觉得我帮了你很多忙吧。"

"嗯，我真的很感谢……"

"其实不是这样的。"

"嗯?"

"你才是我的救命恩人。"

我停下脚步看着希美,她也直视着我。她真是一个冷艳美女,短发也十分漂亮。我突然开始好奇希美原本的长相。不过又觉得这已经不重要了。令我着迷的是希美的内在,我喜欢她那种不向任何人卑躬屈膝,不卑不亢,一心向前的态度。她是一个内心坚定,不向任何事情屈服的人。当然,她的内心深处也有柔肠百结的脆弱一面。

"我也帮到了你一些吗?那就太好了。"

我想即便追问下去,她应该也不会敞开心扉,于是微笑着回应了她。

"能遇到你太幸运了。"希美稍显羞涩,故意放大声音。

之后她又用认真的口吻说:"所以说呢,"希美那双动过手术的明眸呈杏仁状,里面倒映着我的身影,"我希望你今后能一直幸福下去,活得长长久久,使之前受的苦都得到补偿。"

我回想起在小金井神社时,希美曾表示自己不想长寿。一个放弃了自己幸福的人,却对我送上祝福。我莫名有些难受。她应该意识到了我去意已决,我们在野川的河堤中央默契地相拥。潺潺溪流带来了丝丝凉意。

儿童福利机构通知我,他们同意收养达也了,观察一段时间后就会把达也送去儿童福利院。这件事已经不能再瞒着达也了。

"达也啊,叶子不能继续和你一起生活了,要帮你找新的爸爸妈妈。在那之前,你要先和其他的小朋友住在一起。知道了吗?"

达也的双眸中充满了泪水,滑落脸颊。我用围裙轻轻给他擦拭。如果连我都落泪,这个孩子一定会很痛苦,所以我努力地挤出笑容，不过也许只是一副又哭又笑的奇怪表情。

"对不起啊，达也，但这对你来说是最好的选择了。达也一定会过上幸福的生活，那时候也会忘记叶子。"我一边说着，一边对自己能否幸福感到不安。不，我一定要变得幸福，不然我把达也送给别人收养就失去了意义。希美也希望我幸福。

我只向加藤律师传达了自己将要辞去工作的想法，并希望他暂时对由起夫先生保密。加藤律师答应帮我介绍下一份工作，必要的话，他还可以当我的担保人，我真是过意不去。加藤律师解释道："你要是不好好还清债务的话也会给我找麻烦，所以你一定要有稳定的收入。"他说得对。在加藤律师的帮助下，我的生活得以重新出发，如果再让自己陷入困境实在说不过去。

"最关键的还是你的心态。你要是没有好好规划自己人生的决心，一切都是白费。你要和达也分开，同时又要离开难波家，短期内可能情绪不太稳定，所以我会尽力帮助你。"虽说律师以助人为本，但我们非亲非故，我感觉非常不好意思，不过还是决定接受他的帮助。

我收拾好了达也的行李，才发现他的东西出奇得少，甚至连一个小箱子都装不满。我把他上幼儿园用的书包放在了最上面，一直给达也带来莫大慰藉的陶铃又发出了清脆的响声。

"你想清楚了？"由起夫先生不知何时站在了房门口。

"是的。大家对达也都很好，不过我已经决定了。"

由起夫先生仿佛是为了抑制住涌上心头的感情，紧紧咬住牙关。我从他的眼中瞥到了他的内心世界，那里满是愤懑、悲伤和混乱，这种眼神和希美的一样。我突然感到莫名的愤怒，我一直都被蒙在鼓里。老师去世后，身边的人都闭口不提这件事。老师是不是由起夫先生杀害的呢？此时此刻我完全可以试探他，也许借此能窥探到由起夫先生内心深处的秘密。我却因为恐惧放弃了，我终究怕自己承受不住由起夫先生和希美尽力掩盖的事实。那事实绝对是阴险毒辣又令人发指的。

由起夫先生眼中涌起的情感也转瞬即逝，现在又恢复了以往的平静。

"达也正和小黑见面呢。"

"嗯？"

"就在捡到小黑的那个树林里，小黑没忘掉达也，你也去看看吧。"说完，由起夫先生默默将视线移向地面。我想摸摸他眼旁的伤痕。

家中没了难波老师，莫名多了几分陌生的氛围，我们三个人在餐桌上一直安静得有些尴尬。在别人眼中，这会不会就是父母和孩子组成的完整家庭呢？餐桌上的话题发起人一直都是老师，我深切地感受到这个家全靠老师的经营才得以维持。由起夫先生似乎也感受到了这一点，因此在家中用餐的次数越来越少。他总是会提前打电话告知我晚上不在家里吃饭。

这天，刚到黄昏时分，我就接到了他从公司打来的电话，说是外国贵宾抵达的时间延迟，今晚必须一直等着。

"我可能就在公司附近的酒店过夜了。"由起夫先生告诉我。

我和达也简单地吃了点东西。和以前比起来，达也变得能吃了，我注意到他开始挑食。不趁现在纠正他挑食的毛病，将来会给新的妈妈带来麻烦。要是老师还在的话，他一定会大方地告诉我："吃不下的东西不用硬吃啊。"老师讨厌的食物清单，还贴在我的笔记本上。

我又确认了一遍门窗是否锁好，之后躺到了床上。林中夜鹰孤寂的鸣叫声声入耳。比起我和由起夫先生，达也最怀念的一定是武藏野丰富多彩的自然环境吧。

我逐渐不去在意夜鹰的叫声，但这时又出现了一阵"嘀嘀嘀、嘀嘀嘀"的单调声响，这反常的鸣叫令人心烦，我睁开了眼。

但我意识到这不是鸟叫，而是由起夫先生房间里的电话响了。电话那头的人不知道由起夫先生不在家，正在呼唤着他。我猛地起身，决定做一件我不应该做的事情。

我悄悄走进由起夫先生的房间，静谧的月光照亮了床边的电话。我凝视着响个不停的电话，半梦半醒中我听到的夜鹰叫声，其实是清冷的电话铃声。我轻轻拿起话筒，战战兢兢地将它凑近耳朵。

"由起夫……"

黑暗之中我瞪大了眼睛。不会错的，话筒里传来的声音……是希美的。

"由起夫……快来，求你了……"

我从没听过如此孱弱无力又夹杂着哭泣的声音。她居然会发出这种声音。我拿着听筒，脑海中不禁浮现出希美颤抖着哭泣的样子。

我一声未吭，静静地将话筒放了回去。

由起夫先生今天没有上班，加藤律师和希美来到家里，好像是由起夫先生请他们来帮忙整理老师的遗物，今天先笼统地看看。

其实宅邸十分宽广，佳世子太太的东西一直原封不动，老师的私人物品就算这样放着也没有大碍，但我们还是将遗物大概清点了一遍。由起夫先生打算把有用的东西捐赠给和老师有关的团体、研究机构和学校，整理的过程中可能会遇到重要的文件资料，所以加藤律师也抽空过来帮忙。

希美的举止毫无反常之处，虽然她应该知道那天晚上接电话的人是我。我也以平常心应对，即便我知道了什么也和我无关——何况我不想再知道更多的事情了，也不会有人再让我知道了。

吃过午饭，简单休息之后，他们开始继续整理遗物。现在不需要我做什么，于是我去山下接放学回来的达也。我牵着达也的手，爬上了城山，我看到由起夫先生正走进庭院，他并没有注意到我。他走到加藤律师的奔驰边，拿起工具开始摆弄。是车子出了什么问题吧？由起夫先生的双手十分灵巧，自己的车出点小毛病都是亲自修理。

我们从后门走进家里，进屋后我让达也换了衣服。

"达也啊，加藤先生和希美阿姨今天来家里了。他们有很重要的事情要忙，你绝对不能进老师的房间，不要去添乱哦。"

我竖起手指叮嘱达也一定要安静，他一本正经地点点头，之后一溜烟跑进了院子。我留在房间里继续编织毛线花，我也不会什么别的了，有时觉得自己有点傻气，不过织着织着就忘记了一切。我思考着完成床罩之后有没有机会送给希美，等回过神来，已临近傍晚。我站起来，隔着窗户望向庭院。达也正从连接后面树林的小路向宅邸走来。我望着达也，觉得他的确长大了很多。回想刚到这里的时候，他连走路都走不稳，而现在的他健步如飞。他的脸上挂着笑容，应该是去和小黑见面了。

我也想见小黑一面。刚刚才和达也碰过面的话，它应该还在森林里吧。这恐怕是最后一次见面了，想起由起夫先生劝我也去看看小黑，我决定不妨照做。为了不让蹲在院子里玩耍的达也发现，我悄悄绕到他的背后钻进了树林。

野豌豆和野蓟花长势很好,形成了高高的草丛。向阳处的青草散发着苦闷的热气,不过很快我就走到了麻栎和青刚栎枝叶交错的树荫下。树林中独特的山风带着潮湿的气息,习习拂过我的脸颊。我还记得小黑出生的鸟巢。达也一定是常来这棵树下和小黑见面,这棵树的树根向外伸展着,犹如林中的小广场一般。我走到树下,却不见一只乌鸦,我开始呼喊小黑的名字,并在附近转了几圈,依旧徒劳无功。不过我也没期待能和小黑顺利见面,所以没觉得有多失望。

正要转身离开时,头上传来了啪嗒啪嗒拍打翅膀的声音。我抬头望去,高耸的树枝上停着一只乌鸦,正朝下看着。我认出了小黑,它则歪头观察着我。我正要呼喊小黑的名字,不料它先开了口。

"叶只!!"我惊掉了下巴。

"叶只!!"它又叫了一次,我确定没有听错。小黑张开双翅拍打了一下,又紧紧注视着我,仿佛在确认我是不是听到了。

我目瞪口呆,愕然地看着小黑从一个树枝跳到另一个树枝,拍打着翅膀飞了起来。嗖的一下,一个黑影落到了我的头上,我还是一动没动。

小黑主要是由达也负责照料的,现在小黑发出了类似"叶子"的叫声,只能是达也教给它的,应该是达也一直在这里练习"叶子"的发音吧。因为我总是强迫他叫出我的名字,所以那孩子就在树林里对着小黑进行练习。

我慌乱地跑出了树林,觉得自己真是一个傻瓜,为什么我要把达也送给别人抚养呢。我打着冠冕堂皇的幌子,说是为了他将来的幸福,实际上是我自己不想背负这么重的责任罢了。我一直没有体会达也真正的心情。老师明明跟我讲过,达也是希望跟在我身边的。达也选择了我，只不过无法表达罢了。他的内心一定非常焦躁，所以只能在树林里，向小黑倾吐自己的情绪。

现在还来得及。加藤律师刚好在场，一定要赶快停止领养程序。我焦急地往回赶，蝉鸣撕裂了我的耳膜，穿透树枝的日光在我身上胡乱地跳着舞蹈。

我穿过树林，回到了后院，跑过鸦雀无声的养蚕小屋时，加藤律师已经走到停车场，准备发动他的奔驰车。达也正蹲在院子的另一侧，希美站在他边上，加藤律师好像要一个人先走。我气喘吁吁地跑向加藤律师的车。希美在远处注意到了我，抬起了头。

"我有话跟您讲！"加藤先生摇下车窗，发现我的神情并不寻常。

"能和您单独谈谈吗？"

"上车吧。"

我打开副驾驶的车门坐了进去，奔驰缓缓发动。达也回头后站了起来，看到我在车里，便朝我跑了过来。

达也，等着我，我马上就回来了。加藤律师应该能理解我，我在心中嘟囔着，下山之前我们就能谈妥。车子开过玄关时，由起夫先生从屋子里飞奔出来，看着他的身影被渐渐甩在车后，我颇感意外。因为由起夫先生的脸色大变，匆忙穿上的鞋子还甩掉了一只，我不知道他为何会如此慌张。

达也试图追过来，希美用手臂拦住了他，虽然最后他挣脱了，但肯定追不上汽车。

"叶只！"达也大叫着。

加藤律师猛踩了一脚油门，一切都消失在了身后。

第二章　筑丰挽歌

一九六五年　冬

"姐，给你这个。"

昭夫推着破旧的单车走进土间①，伸出龟裂的手，递给我一把蕨菜干。

"这是哪儿来的？"

"这是野菠菜阿姨送的，让我们泡发了吃。"

我接过来，昭夫笑着转头走向门口，我追问道："正夫呢？"

"正夫在小广家门前玩呢。"

"天快黑了，叫他回来吧。"

昭夫应了一声就出去了。六岁的昭夫左腿不便，让他把腿脚灵活的弟弟带回来大概要花个一时半会儿吧。我站在土间，向里屋窥探。父亲扯着棉被睡得正香，破旧的棉被到处都有棉花漏出来，我轻声把蕨菜放到跟前的屋子里。冷风从粗糙的门窗缝隙中灌了进来，我把炉灶在土间里架了起来，开始准备做饭。虽然叫作炉灶，但其实就是大铁皮桶上扎了几个孔，里面放上从煤渣山捡来的煤渣当燃料。煤渣的质量很差，烟气大不说，还很难点着，很多人家都会拿煤渣混着焦炭来用。我打开充当米缸的糖罐，发现米已经见底，开始犹豫是花钱买炭还是花钱买米，但仔

---
① 日本传统建筑中的一种房间。一般位于室外和室内之间，不铺地板和榻榻米，因此不用脱鞋。主要用于作业和炊事。

细一想,手里的钱大概买什么都不够,索性扣上了盖子。

我们只能咬紧牙关活下去,坚持到下一次发放低保金。

"我回来了。"

妹妹律子回来了,咚的一声放下了肩上的书包。

"你回来啦,今天有点晚啊。"

"功课有点跟不上,被老司留下了。"

我们这里的口音把老师叫作"老司"。不知初中毕业进城工作的朋友们会不会因为口音被嘲笑呢,我脑海中浮现出几个好友的脸庞。

他们也一定过着辛苦日子吧,我却对他们羡慕不已,要是我也能离开这里该多好啊,我早就厌烦了每天都要发愁三餐,照料病重父亲和拉扯年幼弟弟的生活了。

年龄和我差两岁的律子曾经说:"等我中学毕业了,就去大阪东京之类的地方找工作,赚好多钱寄给你们,你们想吃啥就吃啥。"昭夫和正夫当时眼中放光地听着这番话。我很羡慕妹妹有这种心态。我把蕨菜干泡进水里,取出一小把米。律子还穿着校服,用坑坑洼洼的锅淘起米来。

"爸今天怎么样啊?"

"我刚回来,不知道。他正睡觉呢。"

"哦。"

父亲两年前在三池煤矿事故①发生时受了伤。三池煤矿事故是日本战后最严重的粉尘爆炸事故,死了四百五十八人,还有八百多人一氧化碳中毒,父亲就是其中之一。如今父亲因为后遗症失去了劳动能力,我们一家迁到了现在居住的废矿聚居地。

---

① 又称"三井三池煤矿爆炸事件"。一九六三年十一月九日,发生于日本九州福冈县大牟田市。

"姐，配菜吃什么啊？红薯？"

"不，今天有萝卜。把它和蕨菜一起煮了。"

律子应声开始给炉灶生火。"唉，煤剩的不多了啊，明天让昭夫和正夫去煤渣山再捡一点吧。"

律子被滚滚黑烟呛得咳嗽起来。黑烟升到屋顶后，不久就慢慢散去了。我们家可谓千疮百孔，直接用煤炭生火也不会有危险。

"咱们这个家真是好啊，不用担心一氧化碳中毒。"

我嘘了一声，将手指放到嘴唇上。律子吐了吐舌头，看了一眼里屋，父亲正甩开棉被从地上起身。

"爸，我回来了。"

"哎呀，头好疼！"父亲没理律子，却突然叫道，"希美（nozomi），快拿头巾来！我头要裂开了！"

父亲从我黑乎乎的手中接过头巾，紧紧地卷在了头上，充血的眼睛都被吊了起来。他的睡衣胸口敞开着，单薄的皮肤下面一根根肋骨清晰可见。父亲仿佛受到了惊吓一般，竖起耳朵东张西望。

"刚才是不是咚的一声响啊。"

"没有啊，啥都没听到。"

"不对，肯定是响了。快跑啊，黑烟就要滚过来了！吓死人啦！"

父亲一脚踢开棉被，走到土间来，又不小心踢倒了炉灶，把好不容易点着的煤渣弄得飞溅。

"小心点啊！"

我从后面拽住父亲，却被他大力甩开了。真不知道他这瘦弱的身体哪来的这么大力气。律子也来帮忙，父亲却不顾我们二人，横冲直撞，家里唯一值点钱的锅碗瓢盆叮叮咣咣掉了一地，放在土间角落的单车也被撞倒了。

"救命啊！吓死人啦！"

昭夫和正夫站在家门口，看到这一幕不敢进来。

"快去把小勇叫来！"

昭夫一瘸一拐地跑了出去，没过多久小勇就从长屋另一头赶来了。高大的小勇从上方把父亲按住了。父亲还在大声叫唤着，发出野兽嘶吼般的声音。

"叔叔，你叫那么大声是要吓到别人家的！"

"就是的，消停一会儿吧。昭夫，去把门关上。"

昭夫把正夫拉进家里，咯噔咯噔，费劲地把单薄的门板拉了起来。以前要是闹出这么大的动静，长屋里其他的住户肯定会来看热闹，现在大家都习以为常，见怪不怪了。但如果闹得太久，还是会传来"烦死人""王八蛋！再不消停我就削你"之类的叫骂声。父亲听罢一定会气得面红耳赤，和邻居吵上一架。每次发生这种情况，父亲都会掏出一个小黑本在别人面前挥舞。

"看清楚了！老子可是在大煤矿当过矿工，有国家证明的！有这个本子，老子到了北海道都能在煤矿找到工作！"

这个黑色的小本子，是煤矿离职者求职证。和普通的失业证明不同，持有此证的人在职介所能受到特别优待。在昭和二十年代（二十世纪四五十年代），这个小本子还能在找工作方面派点用场，但现在如同废纸一张。即便如此，父亲还是视若珍宝，每次一拿出这薄薄的小本子，旁人都会丢下一句"白痴"，之后侧目离开。

父亲喘着粗气，肩膀一上一下，好不容易才被小勇拖回了房间。我听到屋里传来牙齿咯咯吱吱打战的声音，父亲似乎还在害怕，可能幻想现在还在昏暗的矿坑内被黑烟追逐着。在坑道里吸入大量煤气的受害者会患上缺氧症，终其一生都会受到剧烈头痛的困扰，还会失眠、耳鸣、痉挛，产生各种幻觉，无药可医。父亲病痛缠身，医生却一口咬定这是心理作用，不算是后遗症，我们也因此拿不到多少工伤赔偿。

"事故发生时死了很多人，还有很多人受重伤，所以一氧化碳中毒的人就被晾在一边了。在塌掉的坑道里爬了好几个小时才重见天日，塞一个橘子，打了一针就被打发回家了。"

母亲恨父亲当时没能拿到足够的补偿金，抛下我们离家出走了。

"已经没事了。"

小勇回到土间。父亲盖着棉被，像小孩一样啜泣着。

"谢谢，真不好意思。"

"没事。"小勇拍了拍正夫的头，离开了。

"赶快做晚饭吧！"律子利索地把煤炭渣收集起来放进了炉灶，"唉，幸亏这个锅没事。"说着把米下了锅。受惊的昭夫和正夫终于笑逐颜开，律子爽朗的性格是家里唯一的光芒。

"妈妈新年会回来吗？"

正夫的一句话，让我和律子面面相觑。我们只告诉年幼的两个弟弟母亲是出远门打工了。

"谁知道呢，妈妈的工作肯定很忙吧。"

正夫脸上的笑容一下子就消失了，拿筷子鼓捣着破碗里稀得像粥一样的米饭，啪嗒啪嗒落下了眼泪。

"为啥啊，为啥妈妈要这么卖力工作啊？"

说着就哇的一声大哭起来。正夫虽然调皮，却是个爱哭鬼，但这也没办法，毕竟他才五岁，正是最粘母亲的年纪。昭夫在一旁咬牙忍住情绪，律子和昭夫年龄差这么多，是因为中间还有一男一女两个孩子，出生没多久就夭折了。对女性来说，看到骨肉死去肯定痛彻心扉，所以母亲走的时候还把为这两个孩子做的简陋白木牌位带走了。律子还嘟囔过："活人不带，倒是把死的孩子带走了。"

母亲是在今年入夏时消失的。父亲变成现在这样以后，不能在煤矿继续工作，一家人迫不得已搬到了这个废弃的矿工宿舍。这里的宿舍楼贴山壁而建，早就破旧不堪，和废墟没什么两样。沿着远贺川的支流，筑丰深山一带的山谷里曾经有不少中小矿坑，被称作"小野矿"。如今小野矿接连倒闭，靠挖矿为生的一二百人就全都来到这里，这儿俨然变成了低保生活者的聚集场所。和三池矿坑朝气十足的生活不同，这里的每个人都对未来毫无憧憬，已经厌倦了人生，不过是苟活而已。

"真让人不舒服。这里的人，眼神都是死的。"

母亲厌恶住在这里的人。父亲疯疯癫癫的行为，使我们家在这个废矿聚居地十分扎眼，但我们几个孩子凭着顽强的生命力，很快就适应了这里的生活。搬来后，我在山脚下的中学读了一年半书。

正是因为来到这里，母亲内心才崩溃的吧。单靠低保金无法生活，很多人都会背着社会福利机构偷偷出去打工。在我们家，背负这个任务的自然就是母亲。每天一大早，母亲都会坐上火车前往北九州的工地。有时为了省下往返的交通费，她经常夜不归宿，连续两天在工地干活。趁着外出打工一去不归的人恐怕也不只母亲。

发现母亲失踪的时候，我还跑到北九州的若松港找过她。我以为她一直在港口搬运货物，不料她早就辞职了，转到港口工人的食堂打工。听说这里有位年轻男性搬运工和母亲同时失踪了，我不知道他们是不是在一起，这件事我连跟律子都没说过。

"唉，已经睡着了。本来还想用热水给他擦擦身子呢。"律子抱起正夫说道。正夫和昭夫因为营养不良，皮肤上满是疥疮，他们动不动就乱抓，导致身上到处起皮。这里的地下水因为流经煤渣山变得温热，我们都把它当成洗澡水来用，估计外面的人知道后会惊讶地说："这全是矿毒的水，哪能用啊！"

我脱下正夫满是补丁的上衣，在十平方米的小房间内给他打上地铺，之后用柄杓从瓮里取了一小匙水，把饭碗洗了。我们这里的水龙头是共用的，每天早上出水，而且只有一个小时，打水是一件麻烦事。人们大多派小孩拿着桶去取水，但昭夫无法胜任这项工作。昭夫走路时上半身晃得厉害，走着走着桶里的水就洒得差不多了。因为我们住在三池矿坑的矿工宿舍时，还在蹒跚学步的昭夫被运煤的翻斗矿车碾过脚。

"该做作业了。"

见昭夫和正夫都睡熟了，律子拿出笔记本放在了装苹果的纸箱上。电线下垂挂着的灯泡摇摇晃晃，妹妹的影子随之在破旧的榻榻米和门板间晃动。

这番情景，简直像从封闭坑道中爬出来的幽灵，我迷迷糊糊地想着。

我骑着单车顺坡而下，任凭冷风吹打着脸。离家越远，我的心情就越自由爽快。能得到这辆单车实在是太好了。

为了寻找母亲，我去了好几次若松港。一位食堂老板看我可怜，给我介绍了一份工作，地点就在离家最近的火车站附近。最棒的是，走路就能到工作地点。筑丰有很多内脏烧烤店，大概是因为这一带住着很多韩国和朝鲜出生的人。我打工的公司经营生肉加工与销售。我跟他们说明了家中的困难，不断低头恳求，最终他们雇用了我。这附近的居民大多厌恶住在废矿聚居地的人，他们看不起贫穷的我们，还说我们"不干净""没文化"。不过我早就习惯了。

虽说有了工作，但主要是在加工厂里做保洁和一些杂活儿，收入并不多。不过我挺知足了。为了不被取消低保，我只能偷偷来这里上班。福利制度对废矿聚居地的居民十分严格，要是被福利机构工作人员或者民生委员查到谁买了电视，喝了酒，吃了牛肉，就会被取消低保。本来低保也只有一两万。

我是穷人家的孩子，但从来不邋遢，而且识字。刚从中学毕业时，我就暗下决心，至少要做到这些基本的事情。面对令人垂涎欲滴的肉，我从不会偷偷据为己有，我对仅有的几件衣服也爱护有加，经常换洗，还经常用满是矿毒的温水洗澡，在学校成绩也比较好。

虽说是离家最近的车站，每天走路往返也要四十多分钟。蹬三轮车送肉的大叔见状送了我一辆旧单车。这是一辆男式单车，还时常掉链子，但对我来说是重要的代步工具。

"小勇！"我看到哈着腰披着水蓝色运动外套的背影吆喝道。小勇两手插着口袋转过了头。

"昨天谢谢你了，多亏有你帮忙啊。"

"嗯。"

我下了车，和小勇并排走起来。

"你上工还来得及吧。"

"嗯，来得及，今天出门早。"

小勇应了一声，之后把视线移向地面。他的祖母经常唾沫横飞地教训他："别成天哈着腰走路！住在倒闭小野矿的宿舍有这么丢人吗？"他却仿佛对自己挺拔的身材倍感羞愧，每天依旧低着头走路。

今年春天①，同年级学生因为集体就业②都离开了，留下的人不多，其中就有我和小勇。我因为要照顾父亲和年幼的弟弟无法脱身，不得不留下，母亲也一心阻拦我去参加集体就业，现在回想起来，母亲大概那个时候就在盘算着离家出走了。

小勇是因为特别的理由留了下来。他学习成绩出众，中学老师甚至觉得他参加集体就业太可惜了。所以在老师的安排下，他边工作边上起了定时制高中③。废矿聚居地的小孩很少有上高中的，起初他的祖母对此反对，但在老师的劝说下最终同意。大家都叫他的祖母为"阿升婆"，据说最近她风湿恶化，经常浑身疼痛。可能就是因为这样她才不愿放小勇走吧，而且阿升婆一开始收留小勇就是为了让他照顾自己。

"好冷哦。"

吹拂的冷风刺痛着我的双颊。沉默寡言的小勇只是"嗯"了一声。我从三池煤矿搬来，中学是在这里上的，是一个完完全全的"倒闭小野矿矿工的孩子"。父亲要是在神志清醒时听到这话，他一定会气得发疯吧。因为在学校经常被农家和有正当工作人家的孩子歧视，废矿聚居地的孩子一直非常团结。那些孩子的父母肯定也张口闭口贬低着住在倒闭小野矿废矿聚居地，靠低保维持生活的我们吧。

---

①日本的学校是三月份毕业和四月份开始新学年，所以是春季毕业。
②集体就业，日文名为"集団就職"，是日本过去的一种雇佣制度。战后日本恢复经济之后，进入了高度成长期，很多大城市的商店和工厂需要农村出身的低学历劳动者（多为初中毕业），因此诞生了这样一种雇佣形态，后来随着产业结构和教育方面的变化而消失。
③利用农闲、早晚等业余时间进行授课的一种日本高中制度。

面对这样的学生和父母,我们废矿聚居地的孩子必须团结一致,以捍卫我们最后一丝尊严,所以我们之间大多关系不错。因为很多人从小就一起玩,互相称呼小名就成了习惯。我开始想念那些再也见不到的儿时好友,我叫"希美",他们都亲切地称呼我为小希,小勇的本名是中村勇次。

小勇和阿升婆并没有血缘关系。小勇的母亲生下小勇以后就上吊自杀了,住在隔壁的阿升婆为了让他照顾自己,抱着捡便宜的心态收留了他。

小勇的亲生母亲,据说是在小野矿还在经营的时候和老公一起搬到这里来的。她老公没过多久就死于坑道塌陷事故,小勇的母亲当上选煤工以后,生下了小勇,但孩子的爸爸却是一个谜,她为此痛苦不堪,最终选择了上吊自杀。虽然听起来很悲惨,但这种事在这个被世俗抛弃的聚居地里根本不新鲜。一直高高在上的社会福利机构对这种事也漠不关心。

没人敢对脾气火爆、性格乖张的阿升婆有什么不满,所以小勇就这样被她拉扯大了。阿升婆年轻时在小野矿附近谋生,和矿工结了三次婚都没能生出孩子,是盘算着上了年纪后需要有个人照顾自己才收留小勇的。当年的阿升婆,曾在如蚁巢般复杂昏暗的矿坑里爬来爬去,背煤炭的重量不输给壮年男工,因此人们都对她有几分敬重。而如今的阿升婆,背上留下的只有长年背煤篓压出来的丑陋肉瘤。对于不识字的阿升婆来说,小勇是她的眼睛。

"被那种老太婆收养,你也是倒了八辈子血霉啊,不过也比饿死好。"我似乎听别人对他这样说过。

不过阿升婆抚养小勇应该也花了不少心血。在我们这个贫困底层的聚居地就不用说了,矿工家庭的孩子夭折根本不是什么稀奇事，比如我们家就死了两个孩子。很多当妈的女人都因营养不良而挤不出奶水，只得拜托他人，甚至要送出值钱的物品讨要一点珍贵的奶水。牛奶之类的就更是奢望了。奶水要是实在不够，就只能把面粉兑上水煮熟，或是把洗米水煮熟来给婴儿吸食。到现在还是能看到这样养育婴儿的父母，但实在是无法责备。

"不知道大家新年的时候会不会回来。"回想起昨天正夫的话，我不由问道。我和小勇的中学同学里，住在这里的一共有二十个人。

"第一次过新年，应该会回来的。"

能够排解背井离乡的忧愁回到这里的孩子是幸福的。肯定还有不少人因为掏不出返乡旅费而不得不留在城里，有很多毕业离开的人，三四年之后就会渐渐辗转远去，音讯全无。

我脑海中浮现着每一个和我要好的朋友，因为没有钱买毕业纪念册，我只能把回忆都深深刻在脑海里。

我还有一个十分珍贵的宝物，一本叫作《筑丰挽歌》的摄影集。有位叫泷本的摄影师，住在废矿聚居地里，用相机记录人们的生活。去年摄影集出版成册以后，因为里面有我的照片，所以泷本先生特意送了我一本。我们这里偶尔会有报纸记者和杂志摄影师过来采访（虽然日本逐渐富裕了，但还有我们这些社会底层的人，他们是来了解底层人的情况），但还从来没有像泷本先生这样与我们朝夕与共的人。中学三年级某次放学后，我和小勇正走向坡路最顶端的废矿聚居地，泷本先生突然向我们举起了相机。我看到后，让他等会儿再拍，并摘下了小勇头上的扁平学生帽，戴在了自己头上。

直到收到摄影集，我才想起还有过这件事。照片中的小勇，站在路中央不知所措,似乎还没决定要摆出什么样的表情,我则在一旁露出畅快的笑容。这本摄影集里也有不少我的好友,所以我总是会翻来翻去。年长的孩子用大盆帮弟弟妹妹洗澡,男人们叼着香烟斜靠在长屋前面,老人们穿着皱巴巴的睡衣和兜裆布,目光涣散地呆坐在屋子里——每一张照片都是只有真正住过这里的人才能拍出来的。

走近车站,会遇到熙熙攘攘的出工人群,小勇要在这里乘火车去三站外的汽修厂工作,之后还要去高中上课,因此每天都很晚才回家。

我快速跨上单车。"小勇,上班的时候要小心哦!"

小勇举起手做出回应,之后转弯消失。

"无产阶级是啥意思啊?"律子突然问我。

"你又瞎记这些乱七八糟的玩意儿。"

我这么回了她一句,律子则咯咯地笑着离开了。大概两个月前,有个年轻人突然住进摄影师泷本先生家里,嘴里常挂着这些词汇,小孩们觉得有趣,就模仿起来。

新年转眼间就过了,挣来的一点钱也都用来买年糕吃了。母亲当然没有如正夫所愿回家,但正夫难得吃到年糕,也不再闹着想妈妈了。

和我关系很要好的小惠从大阪回来了。对我来说,新年最开心的事就是能见到久违的好友,小惠如今在一家鞋店工作,店主还包她住宿。

"大阪可有意思了,到处都是人啊。大家都穿得漂漂亮亮的,吃着好吃的东西。"

"那些人是怎么过上那么好的日子的呀?"

"当然是因为现在经济好啊,现在可是伊弉诺景气①。"

"伊弉诺景气是个啥呀?"小惠没有理我。不过,回大阪那天,小惠哭得很厉害。

既然能出版摄影集,泷本先生应该是个很厉害的摄影师吧。但他过年期间还是住在了矿工宿舍里。他的个性倒是很适合这里的生活,他虽然会喝点酒,但也没吃过什么好东西,基本上不刮胡子,平时穿得也很邋遢。即便我对他有好感,但再怎么看,他也只像一个三十多岁的失业男人。他那里偶尔会有一个年轻访客,也是一副穷酸样,不过因为年轻,所以更有活力,经常说着一些让人听不懂的话,比如他嘴上经常挂着"团结与革命""剥削""反抗体制"等唬人的词汇,还逢人就滔滔不绝地宣传自己那套理论。

但他得到的只有别人的嘲讽。"小伙子啊,要是你讲的那堆玩意儿能让我过上好日子,我就奉陪到底,但听你说了一堆我也听不饱啊",或者是"怎么看你怎么都不像好东西,你是政府派来的奸细吧"之类的怀疑。泷本先生似乎觉得这个人还算有趣,就没有赶他走。

"那家伙是个失意的人,现在就像一个空壳子。"泷本先生说。据说这个男人在三池煤矿纠纷的时候还是大学生,作为全日本学生自治会总会成员前来支援,绑着头带在小屋里和工会的人争论了好几天。泷本先生曾经认真地和他说:"安保斗争和三池煤矿纠纷在性质上完全不同啊。安保斗争只能说是学生们的庆典,三池煤矿纠纷却与百姓生活息息相关,目的是撤销对工人们的解雇,关系到民生。"对此那个人又会口沫横飞地反驳,整栋

---

①指日本一九六五年到一九七〇年期间的经济高速增长期。

长屋都能听到二人的议论声。

三池煤矿纠纷落败之后，这个男人从大学退学，开始辗转流离，一边工作一边到处推进劳工运动。他的革命梦想破裂，完全成了一个寄居在社会底层的空壳。因为这个原因，住在这里的人都称呼他"空壳子"，没有人知道他的真名。

他听说父亲以前在三池煤矿工作而到我家访问，但被一氧化碳侵蚀的父亲讲话时常毫无逻辑，从他口中问不到像样的事情，空壳子只能失望地离开。后来我又见到空壳子，是在居民和掌管着矿工宿舍的前煤矿矿主之间的斗争中。

我们搬到这里，渐渐和居民混熟以后，慢慢了解到以前小野矿矿主的经营方法惨无人道。矿主会专门看准一些穷得叮当响又四处流离的矿工，给他们一笔钱安顿在这里，之后就把他们当作犯人或是奴隶一般使唤。

矿工被迫在连一根梁柱都没有的高危坑道里工作，由于煤层品质不佳，很难挖到可用的煤。即便如此，一旦挖不出煤就会遭受一顿毒打。如果能赚到钱，很多人还是会咬牙坚持，但矿主拖欠工资是家常便饭，这样一来工人根本没办法养家糊口。可矿工又没有钱逃离这里，加上意志早被磨得精光，所以就慢慢变成了只会屈从的动物。谁要是胆敢忤逆矿主和工头，或是向偶尔前来视察的矿山安全监督人员诉苦，矿主就会故意制造坑道崩塌的事故，让矿工不死也得残废，无法继续工作。

"这可是比监狱还要过分啊。"母亲曾脸色铁青地说道。这附近潦倒的小野矿大抵如此。正因为这样，父亲才会逢人就得意地挥舞自己的黑色小本子，母亲也始终没能融入这里的生活。

我虽然不理解其中错综复杂的机制，但空壳子所谓的剥削一直存在着。因为现实中我们一家正深陷其中，我更是深有所感。

能源政策转变以后，小野矿一个接一个地倒闭了，原来的矿主们都摇身一变，放起了高利贷。小野矿本来就产不出什么好煤，即使关了也没有大碍。前矿主手上还有二十来栋摇摇欲坠的长屋，一栋长屋能住五户人家。只要有这些屋子，他就能过起不愁吃穿的收租生活。住在这种地方的人大多是低保户，每月领到的微薄补助根本无法维持生计，走投无路的时候，就会一边暗地里打工，一边又不得不向高利贷伸出手。

这座矿山的前矿主名叫竹中丈太郎，人们都叫他"恶魔竹丈"。竹丈颇为吝啬，连自己的住处都很简陋。这个六十有余的男人膘肥体壮，一个人住在煤渣山前面的高地上。他之所以会住在矿工宿舍附近，就是为了时不时向我们放贷，同时方便讨债。也有人说他是为了监视曾经受雇于自己的矿工。

"竹丈和政府那帮人臭味相投。"去东京打工的小修以前经常跟我们说从父母那听来的传言，这样的传言并非空穴来风。因为竹丈在对付拖欠债务的人时，都会威胁他们："你小子再不还钱的话，我就去福利机构那里揭发你了哦。你们家女儿在北九州偷偷打工呢吧。"

总之，这里的居民都厌恶蛇蝎一般的竹丈。但也必须承认，正因为有他，我们才得以苟活。母亲离开后，向竹丈借钱的工作就交给了我，我对此十分厌烦。

空壳子注意到了这种残酷的剥削行为，就准备拿竹丈开刀，呼吁大家奋起反抗。但没有一个大人理他，泷本先生也劝他放弃。空壳子斗志不减，一个人跑到竹丈的住处打算直接找他谈判，却被打得遍体鳞伤，沮丧而归。空壳子不知道竹丈在暗地里还和黑社会勾结。以前在招揽中小煤矿失业矿工，还有惩罚破坏规矩或是劳动不达标矿工的时候，出面为竹丈办事的，据说都是类似小混混的一群人。从经营煤矿生意那时起，竹丈就一直利用着黑社会。

被打之后，空壳子仿佛丢了魂一般，终于闭上了嘴。即便如此，他还是无处可去，只好一直赖在泷本先生那里不走。泷本先生拍好照片，他就帮忙在长屋一间被布置成暗室的房间里冲洗。

父亲有时候会在家附近散步。因为生病，他的平衡感不是很好，走起路来摇摇晃晃，即便如此他也会坚持出门，虽然偶尔会跌倒在路旁的沟渠里。

"知道我家的志津子去哪儿了吗？"

他在路上逢人就问母亲的去向，应该是已经意识到母亲不在家中了。我偶尔觉得，既然他都糊涂了，还不如糊涂到脑子一片空白得好。他看起来太惨了，但我们又无计可施。

在这种地方，大家对男女之间的各种八卦从来都见怪不怪。比如什么夫妻缘尽分手、男人和别人家的女人私奔跑路、因怀疑妻子偷情大吵大闹打到见血之类的。在这墙壁薄如纸片、门窗歪歪斜斜、天花板处处剥落的长屋里，任何风吹草动都会立刻传遍邻里。

不知是听了谁的忽悠，父亲相信竹丈知道母亲的下落，曾经几次跟踉跄着走上后山的山坡，逼问竹丈母亲的下落。竹丈每次都矢口否认，只是说："有工夫来跟我说这个，不如快还债呀！"然后便把父亲轰走。到家的父亲每次都会把一口烂牙咬得咯吱作响，气愤地说："真窝火！肯定是他把志津子藏起来了，还说那些瞧不起我的话！"

"爸，这不可能啊，别再瞎闹了。"

不管我怎么说，父亲都不肯接受。不过这也不是空穴来风，竹丈的好色是出了名的。听说在经营煤矿时，有受伤不能上工的矿工向他讨一点米，竹丈就让那人带自己的老婆过来，让他为所欲为。为了眼前的温饱，真的会有人委屈地把自己的老婆带给竹丈。听说竹丈的老婆也因此对他心生厌恶，煤矿倒闭的时候就带着孩子离家出走了。竹丈现在年过六十，还是有类似的传言，估计他的好色已经到达病态的程度。

平时每次看见身着大裃，将毡帽压低遮住眼睛的竹丈走在矿工宿舍的路上，我都会不寒而栗。冬天他会在和服外披上一件黑得发亮的天鹅绒外套，围起围巾。这些打扮是他的一贯风格。

"明天就要发低保金了吧，你可别忘了还钱哦。"

听到这句话，平常再怎么嚣张的男人都会嘿嘿地低头傻笑。每次见到竹丈这副德行，我都不由得想去帮助空壳子。竹丈这样的人，应该是所谓"资本主义的走狗"。那家伙令人生恶的背影也被刊登在了《筑丰挽歌》中。在泷本先生的镜头前，任何人都是平等的。

在这个社会底层的聚集地，母亲曾经非常扎眼。她虽然谈不上是美女，但皮肤白皙、身材丰满，还算小有姿色。所以听说她在若松港和年轻的搬运工搞地下情时，我大抵是相信的。我和母亲完全相反，瘦得皮包骨头，颧骨很高，脸上还长着一颗丑痣。此外我待人也一直都很冷淡。律子则遗传了母亲的优点，待人温柔，人见人爱。她明明一直以来吃得不怎么样，身体却长得比我健康许多。

"小希在家吗？"门板咯噔咯噔的被拉开，走进来的是住在对面的菊江阿姨，"我抓到些鲤鱼，来分给你们一半，拿去炖了给昭夫他们吃吧。"

菊江阿姨提着剁好的鱼走了过来。

"哎呀,真是谢谢!"

"酱油还有吗?"

"嗯,还有。"

套着男士和服外袍的菊江阿姨向里屋望去。父亲这几天一直咳嗽不止,今天也是闷声咳个不停,肯定是当年吸了太多煤灰把肺搞坏了。菊江阿姨耸了耸肩,离开了。

以前煤矿地下坑道塌陷的地方,现在刚好形成了一个池塘,栖息着鲤鱼、鲫鱼、鳌虾,等等,可供食用。这对于住在矿坑宿舍的人来说是不可多得的蛋白质来源。为了有的可吃,大家也会开垦附近荒芜的野地种菜,到了春天还会分头进山采摘野菜,入秋以后则会挖蘑菇和采橡果。不论是大人小孩都会倾巢出动,为了糊口想尽办法。

由于我们是之后才搬来的,很难参与到之前住民的谋生活动中。但母亲失踪之后(这种事瞬间就会传遍整个矿坑宿舍),家里只剩下了一氧化碳中毒的父亲和我们这几个孩子。因为可怜我们,邻居会时不时把食物分给我们一些。可能是沦落为不完整的家庭后,我们才得以被正式认同,成为这个极度贫穷群体中的一部分。住在对面的菊江大叔,擅长在坑道的池塘里捕鱼。"他也就只会抓抓鱼了,除此之外一无是处啊。"虽然菊江阿姨一直这么说。

菊江阿姨之所以会把抓来的鱼送给我们,是因为昭夫和正夫曾经耐不住饥饿,跑到对面的人家,把大叔从中餐馆垃圾堆里捡来的虾头偷偷拿走准备吃掉。那些虾头是大叔用来当鱼饵的,菊江阿姨见状从他们两人手中拿回虾头,为他们煮了一锅珍贵的米饭,之后捏成了饭团。这件事我是从律子口中得知的。当时律子边敲两人的头,边教训"偷吃鱼的话也就算了,偷吃人家的鱼饵是怎么回事啊,丢死人"。我这两位弟弟平时一受责骂就会眼泪汪汪的,但那次却因为难得吃了一顿饱饭而嘻嘻笑起来。

二〇一六年　春

　　我的房间位于角落，一个阳台面朝大海，还有一个阳台可以俯瞰结月的庭院。结月占地广阔，有日式庭院区、草坪区、花坛区、水池区等，漫步其间即是良好的运动。庭院对面有片树林，是开拓这里时留下的。因此结月的宣传语便是"远离都市喧嚣的自然之地"。

　　树林里栖息着许多鸟类，有时会看到在海面上翱翔的鹰隼等猛禽，或者是灰椋鸟、小山雀、长尾山雀、白鹡鸰等小鸟。每当听到小鸟的鸣叫，我就会想到武藏野。

　　乌鸦也经常飞来，有时会看到它们在我位于五楼的房间阳台对面扇动着翅膀。偶尔不见踪影，但也能听到它们从树林中传来的"嘎嘎"声，好似在威吓着什么。听说它们还会乱翻结月丢出的厨余垃圾。

　　我又想起了曾经的事。达也在难波家养过乌鸦，那是一只很聪明的鸟，名字好像叫小黑。它会认人，对达也、老师和丈夫都很亲近，对我们两个女人却很冷淡。

　　加贺太太来到了我的房间。一看她的神情，就知道她憋着一肚子话。她抿紧嘴唇，额头上青筋隆起，似乎还能看见涌动的血液。原来她和速水太太终于大吵了一架，幸好我当时不在场。她怒气未消，向我宣泄着怒火，好像是因为速水太太对曾是护士的加贺太太说了一些轻蔑的话。

"说得好像是我当护士的时候，把我丈夫骗到手的。"

"是吗？这确实有些过分。"

虽然我并不觉得过分，但还是附和着她。

"速水舒舒服服地坐在院长夫人的位子上，恐怕根本不知道护士为照顾患者奉献了多少，也不知道护士对地区医疗做出了多大贡献。"

加贺太太越说越起劲，在我面前口沫横飞，讲述她照顾过多少病人。还说有些女人进入大公司就是为了找结婚对象，或者是将里面的富二代作为目标，但她完全不一样。

我苦笑着。加贺太太应该大致了解我的经历，所以才这么说的吧。那样子好像在说，我是为了被那家主人看上，才去做女佣的。

我不曾在意别人的眼光，不过还是希望别人认为我和丈夫的关系是幸运且常见的。虽然真相更加自私、卑劣、残酷，而一味隐瞒此事的我们是罪大恶极之人。

没一会儿，加贺太太又开始念叨自己有多辛苦。比如如何克服战后粮食短缺的困难，因兄弟姐妹太多而不得不提早工作，住进医院边工作边考取护士执照，和丈夫结婚后受到公婆和丈夫姐妹的欺负，等等。

"唉，跟你我才说这些。有的人连辛苦的苦字都不知道怎么写，每天只是悠哉度日。这种人根本不知道什么是真正的人生。"

她在贬低从小养尊处优的速水太太。我微微点头，优雅地回以微笑。

加贺太太应该也没体会过真正的贫穷吧。她不会知道，因想念不在的母亲而流泪时、狠心抛弃相依为命的兄弟姐妹时、为了活下去而做出可怕的决定时，以及从内心深处感到绝望时，是怎样的感受……

我眼底又浮现出那一幕。那是很久以前，从潺潺河水中浮起的鬼魂化成拖着尾巴的球体，悄声无息地逼近我时的场景。我开始浑身颤抖。

一九六六年　春

烦恼了好一阵，最后我向政府提出申请，让昭夫晚一年上小学，因为我没办法让瘸着腿的昭夫独自上学。我在申请书上写了明年正夫会陪着昭夫一起上学，但明年的事谁也说不准。律子应该会离家去上班，父亲的身体估计会每况愈下。

民生委员来家里查看状况，他是小野矿山下一家商店的老板，一个戴着高度近视眼镜、长着龅牙的中年男人。我偶尔会在矿工宿舍看到他，所以认得他的长相。我们申领低保，而他掌握着我们的生杀大权，因此十分嚣张。他看了昭夫的腿一眼，便毫无顾忌地在家中走来走去。

"大叔，好点没？"

父亲躺在地上，他屈膝蹲在父亲身旁问了一句。当看到麦秆从破旧的榻榻米里跑出来时，他夸张地皱着眉说："有跳蚤啊！"接着又站了起来，跨过父亲，打开破旧的壁橱看了看，发现里面并没有像样的东西。有些人家会将电视藏在柜子面，所以他想检查一下吧。发霉的馊味从壁橱中飘散出来，他啧了一声，接着用力关上壁橱门。一直迷迷糊糊看着民生委员的父亲，被那声音吓得全身僵硬。

"你干什么！跑到人家家里来，像个小偷一样！我家没有东西拿得出手！都是连当铺都不要的东西！"

民生委员慌慌张张地想要离开，却被破旧的榻榻米绊倒，父亲连起身的工夫都省了，朝着一屁股坐在地上的民生委员爬去，那样子吓到了刚才还目中无人的民生委员。偏偏此时，父亲的痉挛发作，翻起了白眼，并且四肢抽搐、口吐白沫，民生委员见状发出哀号。我把昭夫和正夫拉到我身侧，在土间的角落一直看着父亲。我们对父亲的病症已经见怪不怪了，但对于镇上的商店老板而言，这怪病发作起来应该看起来人不像人、鬼不像鬼。民生委员跑到土间来，打算穿上木屐，却把木屐踢飞了。

"什么嘛！不是很嚣张吗，也会怕一氧化碳中毒症？真丢脸！这么点小事，就把民生委员吓成这样！"

敞开的门外响起了落雷般轰隆的声音，不用回头，也知道说话的人是阿升婆。民生委员没工夫再虚张声势，慌慌张张地跑了出去。追着他的背影看去，只见他刚好和阿升婆碰个正着。个子矮小却很硬朗的阿升婆推着手推车，故意找碴儿似的挡在了他面前。她刚回来，大概是和往常一样去捡废铁了。我们这里连没有工作的老年人也要挖地收集铁管、铁钉、螺丝等物品卖给废铁店，以换取微薄的收入。民生委员躲开推车，匆忙离开了。

一周之后，我收到了政府寄来的昭夫延迟入学的通知书。

阿升婆天不怕地不怕，据说连竹丈都不怕。我没有见她笑过，她谁都敢怼，我想很少有人会喜欢她。读初中的时候，我问过小勇好几次，问他怕不怕阿升婆。小勇的回答总是一句："我对她没有喜欢不喜欢这一说，因为她是把我养大的亲人。"

我觉得自己并没有问什么令人难堪的问题，小勇似乎从小就经常被问到这个问题，看不出他是在硬撑或感到痛苦。在这里，出生时的环境已经决定了一切。小勇边上高中边打工的行为导致阿升婆的低保被停发了，他对这事颇为内疚。阿升婆也因为这事讨厌福利机构的工作人员和民生委员。

阿升婆的一生也很凄惨。据说她被身为矿工的父母带进矿坑时才九岁，从那之后就一直在暗无天日的地底过活，穿越过无数座矿山。但对这些事情，她总是轻描淡写地用一句"我都忘光了"带过。她的口头禅是："人啊，死之前算盘上的账都会算清，做了坏事是逃不掉的。"

阿升婆说话的口气总像在生气，她长相凶恶，说话难听，而且喜欢使唤小勇。她总觉得是她养育了本该夭折的小勇，所以自己当然有这个权利。

"勇次！人呢？勇次！"

长屋对面传来了呼唤小勇的声音。有些人或许会天真地认为，因为阿升婆过去是粗鲁的女矿工，所以才不太会表达爱意。但这个想法对阿升婆完全不适用。她不让小勇跑到别处去，或许是因为害怕小勇就此离去。具体情况我不是很清楚，但听说小勇从小就经常遭到无情的打骂。她应该也知道自己很讨人厌吧。

初中的班主任长谷川老师来劝说阿升婆让小勇去上高中时，阿升婆说："让他读书有什么好处吗？老师啊，读了高中就能挣大钱吗？可以的话再说。"

听到阿升婆的反问，长谷川老师哑口无言。偷听到这段对话的菊江阿姨大骂："这个死老太婆太可恶了！"后来长谷川老师介绍小勇到汽修厂工作，阿升婆跑到竹丈家借钱，小勇这才能够就读定时制高中。

如果可以，我也想上高中，因为我喜欢学习。我偶尔会借小勇的课本来看，了解新的知识让我非常开心。空壳子说，蔓延在这里的贫困和饥饿，其根源是无知。他说得应该没错。上过大学的空壳子和摄影师泷本先生懂得许多事情，而懂得许多事情之后，必定不想再住在这里。

难道我无法逃离这里吗？难道我的生活就是照看父亲，思考弟弟的未来，然后找个门当户对的男人结婚生子吗？

每当想到这儿，我就觉得很难受。总有一天我会在泷本先生的照相机里变成黄脸婆吧？这里连一丝希望都没有，然而为什么父母要给我取名为"希美（nozomi）①"呢？

春假时，城市的大学生组成服务队来到了这里。他们穿梭在筑丰地区仿佛被人遗忘的废弃矿坑聚居地，辅导孩子们的学习和生活。没有任何娱乐活动、连玩具都没有的孩子纷纷跑到服务队的卡车边上。其中不少是没有好好去学校上学的孩子，父母懒惰、交不起学费、给家里帮忙、在学校遭到歧视或欺凌，不去学校的理由非常多。

下班途中，我停下单车一看，只见空壳子在不远处站着。他正用清醒的眼神专心观察着大学生们的举动。这是我第一次认真看他。他头发凌乱，身上穿了件领口松垮的T恤，但是仔细打量，就会发现他五官端正，莫名让人觉得很有教养，然而锐利的眼神却如同一根刺。他有天赋，但也狡黠。这两者并存，总有些说不上来的不平衡……让人觉得有些不舒服。

大学生们开始注意到空壳子了，空壳子的气质显然与这里的居民不同。看准时机后，空壳子走近大学生，和一个看上去是队长的人交谈起来。看到这里我就回家了。太阳下山后，昭夫和正夫回来了。

"姐，服务队的课堂就开在野菠菜阿姨边上的那间房子里，他们要教我们写字。"

---

① nozomi 有"希望"之意。

"咦，有房子了？这样也好，但他们是怎么借到房子的呢？"

在此停留数日的大学生服务队总是在卡车旁边搭好的帐篷里，让小孩子过去。大学生在帐篷里给小孩子讲故事，给他们唱歌或是教他们写字，小孩子非常喜欢他们。如果这些大学生能教晚一年上学的昭夫读书写字，那真是求之不得的好事。大学生还会分配给他们别人捐赠的旧衣服。

第二天，我从昭夫口中的野菠菜阿姨那里听说了这件事。她养鸡，经常摘野菠菜这种杂草来喂鸡。

"福利机构的人做了件好事。原本竹丈不肯把空屋子借给大学生服务队，是他们去交涉的。反正只用四五天而已。"

据说是大学生服务队找到福利机构办公室，让他们去跟竹丈交涉，把上个月刚空下来的房间无偿提供给他们。竹丈身为房东，把房间出租给申领低保的家庭，由此可以从政府那里领到房屋出租津贴与修理费用。因此，竹丈也不好拒绝福利机构办公室的请求。

"不直接去找竹丈说，真是妙啊。这样那个小气鬼竹丈就不会拒绝了。"野菠菜阿姨好似打心底里佩服一般，继续说道，"你知道吗，出这个点子的人是空壳子，那个人果然厉害，毕竟上过大学！不知道他怎么会待在这种地方。"

她重新拿起抱来的野菠菜，拖着沉重的脚步慢悠悠地离开了。空壳子到底是个怎样的人呢？他平常总是一副对小孩子没兴趣的样子，也许只是想向那群大学生摆出前辈的架子吧。

大学生服务队在的这段时间，空壳子每天都泡在临时学校里，还细心地教昭夫写字。昭夫用短短的铅笔在大学生服务队发的本子上写着字，看样子很高兴，我不禁有些心痛。

最后一天，大学生们在泷本先生的家里举行了告别会。泷本先生买了酒菜招待大家。空壳子少有地表现出了兴致。野菠菜阿姨一直在隔壁观察大学生服务队的活动,据她说,大学生服务队里好像有女生暗恋空壳子。

"仔细看的话,他长得还挺不错。"对空壳子刮目相看的野菠菜阿姨说道。大学生们在遮雨板和拉门都破掉的房屋中吵吵闹闹,一直持续到深夜。

第二天,大学生服务队到下一个地方去了,那间空屋子马上住进了新的贫困家庭。空壳子要是在大学生服务队的刺激下,多辅导一下孩子们的功课就好了,但偏偏未能如此,空壳子又恢复成空壳子了。

我向正在矿工宿舍里四处拍照的泷本先生说起这件事,他笑着说道:"普通人不太能理解那家伙吧,因为他有好多副面孔。"

我露出不解的神情,泷本先生把相机对准正在玩破桶箍的小孩,又继续说:"也许有人觉得他很有魅力,但也许有人觉得他很可怕。我觉得他自己也不知道自己的真面目。但重要的是,他一点也不苦恼。或者不如这么说,能这样表现自己,他反而很享受。"

我越来越听不懂了,皱起了眉头,泷本先生笑着说:"小希最好还是不要和那么复杂的男人扯上关系。"说着再次按下了快门。把这样的人留在家里,泷本先生究竟是城府深,还是冒失草率,或者是欠缺考虑呢?

野菠菜阿姨告诉我,空壳子偶尔会收到信件,大概是认为他很有魅力的女生寄来的。在这里没有所谓隐私,我试着回想见过几次的开朗又无忧无虑的大学生的样子。我记得有三名女生。她们看到这么贫苦的生活环境,不知道有何感想呢?会觉得我们可怜吗?会对将这些人弃之不顾的社会感到愤怒吗?还是说,她们为自己没有出生在这样的环境中感到幸运呢?

大学生服务队的活动结束之后,他们可以回到大学,尽情地埋头学习,可以去看电影,可以兴奋地谈天说地,还可以买漂亮的衣服、好看的书籍和好吃的东西。我不是笨蛋,这些我还是知道的。现在我明白什么是"伊弉诺景气"了。不过这是另一个世界发生的事情,和这里毫无关系。

矿山的坑口牢牢封闭,我们再也无法获得生活来源。而曾经好似被吞入地底的干活的人们,腰弯了,眼坏了,躺在破旧的小屋里,妻子和儿女忍受饥饿,只能依靠微薄的低保和借高利贷过活。煤渣山长不出一草一木,坑口附近至今仍有一台洗煤机,已经生锈变红,逐渐塌瘪。泷本先生把如此荒凉的景色收进照片中,是为了展示给其他人吧。看过《筑丰挽歌》的人或许会轻叹一声:"唉,竟然有这么悲惨的地方。"但这并不会为我们带来改变。尽管现在泷本先生和空壳子与我们在一起生活,但他们早晚会离开的。即便他们离开,我也不会有什么感觉。

野菠菜阿姨说给空壳子寄信的女生来看他了。她卖力地告诉大家:"人家是认真的!空壳子也很高兴。"

那个女生喜欢的,是不属于这里的空壳子。如果两人要结婚,也会是回到他们所属的社会之后的事吧。

这里有比贫困和饥饿更可怕的东西,那就是绝望。

父亲的病情越发恶化,有时好几天不吃饭,有时会狼吞虎咽,之后又全部吐出来,有时还会整晚不睡觉,像野兽般叫个不停。隔壁那个低保家庭有九口人,挤在一间小房子里,有夫妻二人、六个孩子还有孩子的祖父。虽然那家因中风而卧床不起的丈夫无法行动,但身体硬朗、曾是矿工的孩子祖父经常来我家破口大骂。不管是夜晚还是早上,只要父亲大声吵闹,穿着脏背心、裹着围腰的老爷子就会赶过来。

"烦死了！我们家也有病人啊！我也想体谅你们，但忍耐也是有限度的！"

他说的不无道理。我和律子无论谁在场都会低头道歉，然而老人家最终还是忍无可忍，跑去向房东竹丈告状。竹丈解决事情的办法很简单，不是找小混混来威胁，就是无情地把一家人都赶出去。下一户贫困家庭很快就会补上来，他的口袋又会充盈起来。我不知道从这里被赶出去的话，我们还可以去哪儿，虽然这里破破烂烂的，但好歹是有屋顶的房子，我们也只住得起废矿聚居地了。

有一天，竹丈出现时，我浑身都僵住了。他在入口的台阶处一屁股坐下，跟之前的民生委员不同，他不怕脏，也不怕父亲奇怪的举动。父亲在里面的房间坐起来，用冒着火似的眼神盯着竹丈。

"喂，没必要这么生气，休息一下，抽一根？"

竹丈从怀里掏出一盒和平牌香烟，递给了父亲一根。父亲足足盯着烟卷看了一分钟，才用颤抖的手接了过来。竹丈替父亲点上火，父亲轻吸了一口，接着便激烈地咳嗽起来。

"啊，抱歉，你的肺早就不行了。那就别抽了，你要老实一点，隔壁大爷气得唾沫横飞的。"

香烟从父亲手中滑落，律子跑去捡了起来，但榻榻米上已经有了焦痕。

"哈，你这女儿和她妈长得真像。"竹丈咧嘴看着俯身收拾香烟的律子，"胸也变大了，还垂下来了，这个跟她妈妈也很像。"

竹丈的话还没说完，父亲便吼了起来，接着他枯枝般的小腿跨过被子，从后面抱住了竹丈。竹丈的毡帽飞了出去，掉到了土间里。

"你终于承认了！是你把志津子带走了！我早就忍无可忍了！"

律子想阻止父亲，但只是拉破了他睡衣的袖子。竹丈很冷静，轻易便摆脱了消瘦的父亲。父亲仰面摔倒在地上。

"还说这种话。你的老婆是跟年轻男人跑了，大家都知道。"

"放屁！你把志津子藏到哪里去了？"

父亲仍不死心，正面扑向竹丈。就在他要抓到竹丈时，被竹丈踢中了肚子，律子尖叫了一声。父亲就像是被折叠起来一般，弯着身子飞了出去，撞到墙壁，不断呻吟着，嘴里吐出一口血来。

"听好了，我今天一个人来，已经对你够好了。下次可没这么简单，别忘了你还欠我一大笔钱！"

竹丈捡起毡帽，拍掉灰尘，盛气凌人地离开了。

律子甚至忘了照顾父亲，逼问我："姐姐，怎么回事，竹丈说的是真的吗？妈妈和别的男人……"

"不知道！我怎么会知道。"

我从家里跑了出去，在马路对面玩耍的孩子不知道在高兴什么，昭夫和正夫也在其中，还好他们刚才不在家。家里传出父亲痛苦的声音和律子呼喊我的声音，但我朝着和孩子相反的方向快步走去。

竹丈说律子长得像母亲，这让我非常吃惊。我知道自己长得丑，和律子比起来相形见绌也没有不满。如今听到别人说这种话，我也没有什么办法。母亲也比较疼爱跟自己长得像的律子，总是带着外表可爱又讨人喜欢的律子出去。而她总是对我说："你怎么老是板着一张脸，脸那么臭，就算穿得漂漂亮亮的也没用。"律子的确更适合穿漂亮的衣服，但我又能怎么办呢。我曾怨恨无忧无虑地跟在母亲身边的律子。母亲离开时没有带上律子，这让我心里平衡了许多。已经逐渐平息的妒忌重新燃起，我快步爬上煤渣山。堆得老高的煤渣不断滑下来，非常难走，但我没有减慢速度。

我恨母亲吗？肯定恨，但是……我也想她，想要见到她。我在煤渣山的山顶，压低声音哭了起来。

竹丈走后，父亲变得暴躁起来，动不动就想打人。以前他身体健康，在三池工作的时候，酒后就经常打人，酒品极差。母亲总是被打得鼻青脸肿。但其他人家也是这样。那次事故之后，父亲不能喝酒了，应该是身体吃不消了。搬来这里之后，剧烈的头痛、呕吐、痉挛发作都让父亲虚弱不堪，随之而来的，则是异常丰富的幻想。

母亲外出工作之后，父亲就开始怀疑母亲出轨。靠着幻想过活的父亲开始对母亲施加暴力，而且方法极其阴暗，他会把母亲扒光，然后检查她的每一寸身体。从事体力劳动的母亲若是身上出现瘀青，就会被父亲逼问是谁弄的，说是撞到了竹篮，父亲也不会相信。

"这怎么会是竹篮的痕迹，这是什么烂借口。"

被幻想操控的父亲，不知为何满是力量。他会突然扇母亲巴掌，大叫着骑在摔倒的母亲身上，不断扇她耳光，有时还会掐她的脖子。当搬运工的母亲很有力气，能灵巧地闪躲开。父亲被细细的手臂挡开，更加怒不可遏。

"到底是哪个男人？你说不说！"

他会一边吼着一边扑上去抱住母亲，有时蔫掉的阴茎会从兜裆布里跑出来。

"不要停，但孩子们都还在……"

听到母亲这句话后，我们就会松口气，走到外面。住在长屋的孩子都很早熟，我很小就见过父母做这件事了。我想父亲是通过和母亲亲热来消气，母亲也知道这一点。他们恐怕只是形式上做出亲热的样子，无法真的做爱，但我觉得这也是一种仪式。可能母亲对这种日复一日的生活感到厌倦了吧，所以才希望有人能把她从这绝望的生活中带走。

现在已经没有可以让父亲消气的人了。竹丈带走母亲的幻想在父亲的心中生根发芽，于是他把抑郁愤怒都发泄在我们身上。他总是焦躁不安，我们根本无法讨他欢心。之前，他顶多把家里的东西摔到墙上，并没有针对某个人。现在他假想的对象是竹丈，或者矿坑事故时在矿道碰到的可怕东西。战栗和愤怒驱使父亲向假想敌走去，他双眼充血，牙齿外露，厉鬼一般，那吼叫的声音怎么听也不像是人发出的。为了按住他胡乱挥舞的手臂，我被打过好几次。律子和我一起按住他，结果却被他咬了肩膀。我们用沾满汗渍和污垢而变硬的被子将他裹起来，任他叫到筋疲力尽为止。

每当这时候，邻居们都不敢出声，因为没人想受牵连。我和律子在的时候还好，有时我们工作结束或从学校回来，会看到昭夫和正夫被父亲殴打而大哭不止，那个时候真的好心疼。

"爸，你干什么！昭夫和正夫这么小，你太过分了！"

发泄完的父亲正呼呼大睡，我还是忍不住破口大骂。父亲状况好时，会忘记吃过的苦头，闯进竹丈家。我已经不想再阻止父亲的这种行为。竹丈不在家的话还好，他在家的时候，两人就会大声吵架，结果就是父亲被竹丈手下的小混混殴打，然后跟跟跄跄回到家中，浑身沾满血迹和泥土。不过那之后父亲会老老实实躺上两三天，因此这样反而比较好。

我不禁思考，该怎么结束这种人间炼狱。

二〇一六年　春

　　结月每个季节都会有一场巴士旅行活动，每次目的地不同。今年春天决定去赏河津樱花。我因为腿脚不便，基本上不怎么参加。虽然他们一直劝我去，告诉我坐轮椅的人都参加了，但我还是毫无兴致。不过河津樱花我倒是非常期待。观赏日本最早盛开且呈桃红色的河津樱花，是最赏心悦目的事。

　　这次来了两辆巴士，加贺太太有些感冒，但为了赏花还是选择参加。

　　"不去赏花的话，总感觉春天还没到呢。"

　　还来了几辆专门搬运轮椅的面包车，工作人员推着轮椅，从我们旁边经过。

　　"天气真好，正是赏花的好日子。"

　　田元女士看到我，对我笑了笑。渡部跟在她身后，推着轮椅，轮椅上坐着一个装有义肢的老人。老人似乎对渡部说了什么，他弯下腰来应答。他们经过时发出一阵吵闹的声音，渡部背的帆布包上挂着许多钥匙串、吊饰，还有带铃铛的护身符，叮当作响。加贺太太听到后立马皱起了眉头。

　　"哎，都是什么啊，那些东西。"

　　"听说是他买的纪念品。不仅有日本的，还有从世界各地买到的……"田元女士苦笑着回答。

"所以说，那个背包是他的宝贝咯。"

听到我的话，加贺太太的表情更加不悦。我从身后一直看着用升降器把轮椅放进面包车的渡部。

"真是让我起鸡皮疙瘩。那就是个肮脏的垃圾而已，干吗非在外出活动的时候背来啊。"

加贺太太用目光寻找着应该已经去送行的事务长，或许又想告渡部的状吧。我拉起她的手，迅速上车。

樱花已经过了盛开期，开始凋谢。为了避开游客高峰期以及考虑到老年人的情况，结月通常选择在这样稍微温暖的日子出游。粉红色的花瓣漂流在河津川的河面上，这样的风景也不错。我们下车在河边漫步，使用助行器的人、坐轮椅的人，还有像我这样拄拐杖的人，大家都按照自己的节奏欣赏着樱花。老人们抬头仰望伸展至头顶的花枝，露出孩童般的表情。

可能是在阳光明媚的春日里，大家都返老还童了，又或者是回忆起了什么，就连在巴士上一脸不悦的加贺太太都笑得很开心。他们都有可以每年赏花的童年，一想到这儿，我的心里就有些郁结。

我活下来了，正在抬头赏花，但其实我对生存并没有那么执着……

几片花瓣飘落在我银色的头发上，我用指尖轻轻拨落。

一九六六年　夏

因为父亲的殴打，有时我会带着无法隐藏的眼周瘀青和唇角伤痕去上班。工厂的人只会对我投来轻蔑的目光。我来自倒闭矿山的社会底层，在这里并不受欢迎。没有人会问我原因，送我单车的大叔看到我也会避开视线。

对瘦弱的我来说，连橡胶围裙都异常沉重。我在加工厂的水泥地上洒水，拿甲板刷用力刷洗。肉片、血液、剁下的骨头都随着水流而去。冬天时，水冰得让人发抖。那时我还没有习惯，经常在湿滑的地板上摔倒。全身弄湿之后，更冷得要命。主任看到我站着发抖，便会呵斥我，还用刷子打我的腰。

夏天虽然不会发生这种事，但要将处理内脏产生的废弃物用桶装起来丢掉，非常辛苦。腐肉臭不可闻，而且桶重得让我走起路来摇摇晃晃。如果把桶里的东西打翻在地，又少不了被臭骂一顿。

我想读书，却无法上学，这令我心情沉痛。我又想起来见空壳子的女大学生，为什么我不能生在那样的家庭？究竟是谁决定的？如果说是命运，那也差得太多了。就连在这里工作的年轻女生，我都和她们格格不入。午休时间，她们聚在一起用收音机听音乐，而我则独自坐在较远的地方听着——没带便当的我没有和她们同桌吃饭,据说音乐来自一支名为"Group Sounds"①的男子乐队。

遇到小勇的时候,我一定会问他在学校学了什么,我太渴望学到知识了。比起食物,我对知识更为渴望。小勇告诉我,现在公害问题已经成为日本的严重问题,好像有痛痛病②、四日市哮喘③什么的。他还说三池煤矿爆炸事故的责任无法判明,最后三井财团免受起诉。

"这些事我们都不知道,根本没有人联系我们。"我茫然地说。

小勇回答:"你的爸爸也是受害者,如果一氧化碳受害者的法律制定好,肯定会联系你们,给你们赔偿。"父亲现在的症状早就被排除在一氧化碳中毒患者之外,所以我们想重新诊断一次,但我不知道该怎么办手续,实在是令人烦躁。我想学习更多的东西,变得更聪明,至少能保护自己。

我梦想着自己能够上大学。我做了一个梦,梦到和那个大学生服务队的女生交换了身份。我出生于良好的家庭,受到良好的教育,只需要努力就能拥有美好的未来。满身污渍、血渍,穿着厚重橡胶围裙的我,在梦里变成了其他人。

不久之后,加工厂里丢了肉,那是用包装纸包好,放在工作台上的上等肉。到了配送时间也没有找到,因此在工厂里引起了不小的骚动。大家分头去找,但还是找不到。社长从办公室赶来,主任被大块头的社长骂得脸色铁青。大家赶紧从冰箱里拿出相同部位的肉来处理,女职员因午休时间被占用而不停抱怨。在超过配送时间很久之后,送货员才把货送了出去。

---

① 二十世纪六十年代中后期日本的一支摇滚乐队。
② 一种源自镉中毒的疾病。患者痛感遍及全身,活动受限。
③ 四日市哮喘事件于一九六一年发生在日本东部海岸的四日市。因众多石油冶炼和工业燃油聚集于四日市,造成了严重的空气污染,最终导致居民发病。

不一会儿,我被叫到了办公室。

"喂,你把肉藏哪儿去了?"社长问道,而我愣在原地,"会偷肉的人,只有你了。"

我终于明白了他的意思,他认为我就是小偷。

"我不知道,我没有偷。"

我一个劲儿否认,但社长完全不听。

"看看,我就说吧!"

穿着工作服的社长夫人站在旁边叫道。

"不是我!我真的什么都不知道,不信的话,请打开我的包检查,里面什么都没有。"

"检查了又有什么用?你肯定早就给外面的人了!"

"老公,别跟这种小偷废话了,浪费时间。"

不管我再怎么解释,他们也不听。我被安上莫须有的罪名开除了,还被扣了一周的薪水。他们说,我偷走的肉比扣的工资值钱。

我连骑单车的力气都没有了,迈着沉重的步伐推车往回走。通往矿工宿舍的坡道上,有个破旧的小仓库。居民用锯子锯走了柱子和壁板,带回家当修理材料或燃料,因此这里已经没有了房屋的样子。放置在外面的榻榻米吸了水,变得坑坑洼洼的。我坐在榻榻米上,涨红的夕阳正沉入对面乱糟糟的街道。在夕阳完全消失、夜幕降临之前,我突然了解了这个世界的运转规则。

世界分为两部分,一部分受惠于经济发展,变得越来越好。举办奥运会、修建高速公路,只要好好工作,就能变得富裕,可以实现小小的梦想。

但在下面的那个世界,住着每天食不果腹,甚至连读书写字都没有机会的人。整体看来,这个下层世界就像沉淀的渣滓一样，即使上层的人有机会接触到，也只会默默移开视线。

回过神来时，周围已经完全黑暗，安静的脚步声传来。

"你怎么了？"

穿着连体工作服的小勇站在我面前，想必是刚从定时制高中回来。

"小勇，我们怎么样才能离开这里呢？"

小勇没回答，扶起了倒在路边的单车。

"你如果找到了方法，第一个告诉我，我一定会跟你走。"

小勇驼着背，背对着我，一言不发。我跟在他身后，似乎看到黑暗尽头出现了微光。

想要爬出地狱，凭我一个人办不到，但或许两个人就会有办法。

我找不到新工作。我问了之前介绍我到加工厂的那家食堂老板，但被拒绝了。港口搬运的工作也不要我。随着煤炭产业衰退，若松港的工作机会急剧减少。在以煤炭为主要能源的时代，煤炭被称作黑钻石，当时成千上万的煤矿工人像父亲那样被赶到地下，以饱受折磨的劳动换来煤炭。而当主要燃料变为石油之后，他们便被人无情地抛弃了。

山穷水尽，我连让律子带去上学的饭团也做不出来了。

"没关系，像我这样的还多着呢。"律子说。

矿工宿舍的孩子太穷，因此学校老师会多带一些便当到学校，分给他们。比起感激，我感受到的更多是接受施舍时的那份不甘。我的心理应该已经不正常了。

暑假时，大学生服务队又来了，我用这种别扭的心态看着他们，他们这次好像一开始就向空壳子请教该怎么组织活动。

"那家伙过去是组织干部。"泷本先生说。他说组织干部是在劳动者中负责推动组织活动的积极分子。不知出于什么原因，空壳子获得了大学生们的信任，作为领袖大展身手。他平时在矿工宿舍明明就像个吃闲饭的，真是奇怪。我想起泷本先生曾经指着空壳子说："也许有人觉得他很有魅力。"

听说这次大学生服务队会待一周左右，昭夫非常高兴。这次他们也跟竹丈借了空房间，就在我家隔壁。隔壁中风的先生死后，太太带着六个孩子到其他地方去了。独自留下来的祖父不知何时也不见了。有传言说，是竹丈把他赶走了。

奇怪的是，曾经互相针对的空壳子和竹丈竟然好到可以一起喝酒了。从他赖在泷本先生家不走这件事来看，或许空壳子就是有收买人心的本事吧。

我实在是无法喜欢竹丈。又到了领取低保金的日子，我和其他申请者一起到镇政府的窗口排队。领到钱后，立马跑到竹丈家，还了上个月的利息，再向他借这个月生活费。甚至有人愚蠢到感谢竹丈。然而陷入这种循环的人，只不过是一直向竹丈支付高利贷利息的奴隶罢了。我们只是拼命拿政府的钱来供养竹丈。尽管我意识到了这一点，却只能和其他人一样。我不禁对自己感到生气。

我讨厌看到那家伙的脸，但只有我能去找他，因为我知道竹丈会以下流的眼神看律子。我听说他到长屋的居民家时，曾经让别人的女儿当他的小妾，当孩子的父母感到惊讶时，竹丈则会笑称是开玩笑。但也有传闻，真的有人把妻女送去充抵利息，真是令人毛骨悚然。

大学生服务队一来，空壳子就像变了个人似的，总能听到他在隔壁麻利干活的声音。即使小朋友回家了，他们也会你一句我一句地讨论到深夜。大家好像对一九六〇年安保斗争时的"斗士"空壳子崇拜不已。父亲几天前痉挛发作，十分严重，失去了施暴的能力。

我很快就知道仰慕空壳子的女大学生是谁了。他们两人丢下挤在一起睡觉的学生，悄悄到外面交谈。我白天看到过她，是个身材娇小、皮肤白皙的人。其他女大学生显得强势一些，外表就像积极分子，而这个女生给人朴实纯良的印象。我在家做事时，她客气地跟我说话。我教她如何打水，告诉她有温热的地下水，还借给她洗衣服用的水盆。她告诉我她叫栗本京子，因为她和昭夫与正夫混得很熟，所以她也称呼我为"小希"。

"小希真厉害，这么会帮家里做事，很辛苦吧。"

我仔细端详京子的脸，她的年纪应该跟我差不多。她参加大学生服务队，游走在贫穷的筑丰地区，帮助改善当地人的生活和辅导孩子学习。但她和我们有本质上的区别，她是住在另一个世界的人。

我为了生存而做的事，在她眼里只是"帮家里做事"。她活在我们无论如何也去不了的那个世界……她天真地以为将自己的世界和这里的世界相连，再通过这种小儿科的活动就可以拯救这里的人，真是既可爱又残忍。

"怎么了？"

我一直盯着她看，她露出虎牙对我微笑。我则表示没什么。为什么京子是京子，我是我呢？我们年龄相仿，挨在一起洗衣服，是什么让我们差别这么大？我不知道答案是什么，但肯定是一种宿命般的东西。因为我再怎么期望，也不可能成为京子。

一周转瞬即逝，昭夫又拿到了新的笔记本，上面有京子漂亮的笔记，给他当范本。也不知道京子和空壳子有没有进展，在大学生服务队来的期间，挺拔（按照菊江阿姨的说法）的空壳子飘飘忽忽的,很难看出他的想法。不过大学生服务队的人都知道京子暗恋空壳子,为她打气。

最后一晚,听说要在竹丈家设酒宴时,我惊呆了。我早就做好他们会在隔壁的空房吵吵闹闹的准备了。听说是空壳子争取来的。

"空壳子还真会巴结竹丈。那个小气鬼竹丈会在家里招待大学生,真是太阳从西边出来了。"野菠菜阿姨讽刺了几句。

那天晚上,我看到空壳子来接大家。在他的催促下,大家走出房间。空壳子和京子亲密地挨着,走在最后。

为了节省电费,我家很早就熄灯睡觉了。他们可能是半夜才回来,但劳累的我完全没有发觉。

凌晨时分,隔壁传来一阵骚动。天应该还没有亮,我好像听到有人在哭。接着是一些人在讲话,偶尔能听到男学生粗鲁的声音。

"啊,吵死人了!"

恢复精神的父亲大吼一声,隔壁一下就安静了。

他们迅速收拾东西,一大早就慌慌张张地出发了。我以为离开时京子会来和我打声招呼,但她并没有来,我有些失落。

大学生服务队离开后,我听到了奇怪的传闻。据说学生们半夜回到了隔壁的空房,但空壳子和京子留在了竹丈家。空壳子和竹丈聊得很开心,并说之后会送京子回去。后来发生的事就没人知道了,总之空壳子离开了,留下竹丈和京子独处,京子好像被竹丈强暴了。原来早上的哭泣声是京子的吗?我的嘴里仿佛被人塞进了什么苦涩的东西,非常难受。毫不知情的昭夫一直模仿着京子的字迹练习写字。

不久之后,竹丈被警察带走了。有人说是京子报了案,不过这只是传闻。而我实在不明白,既然空壳子和她在一起,为什么会发生这种事?空壳子不是京子的男朋友吗?至少他该知道京子的心意啊。

这件事情结束后没多久,我又到煤渣山去捡煤渣了。我不停地爬上爬下,要捡到能用的煤渣,必须爬过好几座不高不矮的煤渣山。来都来了,我就想着去背后的山里采一些老鹳草。母亲曾教过我,把老鹳草晒干后可用来止泻。去年我还拼命采过一些交给母亲。我又想起母亲了。

这时,山谷深处传来了说话的声音,是泷本先生和空壳子。由于采矿,这里曾经全是煤渣,寸草不生,而如今山脚下生了许多灌木和高高的杂草,两人在一棵矮树的树荫下面对面站着。那棵树是山樱桃树,梅雨时节会长出许多红红的水嫩的果实,可以让孩子们填饱肚皮。正夫今年就等不及吃了一些还未成熟的樱桃,那时没有老鹳草煮给他喝,让我苦恼了一阵。

"在竹丈家的时候,你怎么没保护好京子?"泷本先生用前所未有的严厉口吻质问道。

应该是那件事吧。这么说来,京子真的被竹丈强暴了。在长屋里说话会被别人听到,所以他们才特意来这里的吧。空壳子的声音很小,听不太清,我便低下身子,悄悄靠近。

"最近你和竹丈走得很近,你应该很清楚他什么性情吧。"

我不能走到山樱桃树那里去,所以躲在了稍远一些的草丛中。

"我也没想到会变成那样。那时候我真的很想吐,就跑到外面醒酒……"

"那也没道理让京子独自在里面待上将近一个小时吧?这不是一句不小心就说得过去的。"

面对愤怒的泷本先生,空壳子的表情有些僵硬,被骂得渐渐低下头来，无言以对。空壳子真是个笨蛋，他根本不了解竹丈这个人。不是住在这里的人，根本不能真正理解那个人有多奸恶、暴戾和好色。京子为了贫困孩子那么努力，真是太对不起她了。她是个清纯的女孩，应该还是个处女。一想到她被年过六十的男人玷污，我就觉得胸口被压上了一块石头。

泷本先生说完后转身离去。他拨开杂草快步向前，朝通往小屋的路走去。我从草丛中凝视站在原地的空壳子。好不容易有爱慕自己的女生，结果却让别人糟蹋了，他一定很后悔。靠着山樱桃树的空壳子双肩微微颤抖，我想他应该是在哭吧。

但我错了。那家伙在笑。最初是轻声窃笑，不一会儿就看着没有果实的山樱桃树仰天大笑，一副打心底里感到好笑的样子。

那一刻我终于明白了，空壳子到底是怎样的一个人。

这个人是故意设局，把自己的恋人送给那头野兽。不，不是恋人，从一开始，他就对京子毫无感情。不然他不会做出这样残忍的事情。

难道……一个冷酷又可怕的想法让我浑身颤抖。那天晚上，说不定他和竹丈是同谋。为了把天真无邪的京子当成玩具一样玩弄，他故意装作对她有意思，把她留在自己身边，最后就有了那样"精彩"的结局。

煤渣从旧麻袋里掉了出来，空壳子立马收起笑声看向这边。我慢慢地从草丛中站了起来。我们相距十米左右，看着彼此。不知从哪儿飘来一阵烧火的烟味，远处汽笛声响起，空壳子倏地微眯起双眼，好像爬虫一般，我不禁全身汗毛直立。

我立刻转身跑开，即使被灌木绊倒、被树枝打到，我也没有停下脚步。我想尽快离开这卑鄙又变态的家伙。

竹丈接受了几天调查之后，又恢复了自由之身。难道警察真的相信他什么都不知道？还是说，警察和他已经串通好了呢？总之，他没有被定罪。空壳子还是住在泷本先生那里，好像什么事都没发生一样，继续给泷本先生帮忙。不过泷本先生说自己今年冬天就会离开，所以空壳子也只会住到那个时候吧。真希望他赶快走人，就像泷本先生劝我的那样，我不想和空壳子有任何瓜葛。

听说阿升婆得了白内障，视力越来越差。她向所有人抱怨小勇挣的钱太少，没法让她看医生。小勇不想辍学，因此一到休息日，就会像阿升婆以前一样去捡废铁。我在家照看父亲感觉很痛苦，因此看到小勇我就会跑出去。

"你为什么非要管阿升婆呢？你们又没有血缘关系。她老是说难听的话，你没必要一直照顾她吧？"我跟在推着推车的小勇身后。

小勇停了下来，我以为他是要回答我，结果他往碎石路的下坡走去。那边的土里半埋着一个小部件，像是从汽车上脱落下来的。

"这里之前发生过事故，这是摩托车消音器盖子的碎片。"在汽修厂打工的小勇对车很了解，"说不定还有其他的，我到那边找一找。"

我拨开杂草，用木棒挖土。我们没有说话，专心做着手上的事。小勇挖出消音器盖子的碎片，放进推车里。我把我能想到的关于空壳子的事全都告诉了小勇。不知道他有没有在听，他一直沉默着，只是用阿升婆做的钩爪寻找铁片，我很快升出了一股郁闷之情。

"泷本先生和空壳子不久之后都会回到城里，而我们却只能在这里一直做这种事，要是能跟大家一样去城里上班就好了。"

我对小勇很放心，所以把平日里的想法都告诉了他。

"次郎他……"小勇终于开口了，"在名古屋学习木工，结果从很高的地方摔下来，伤到脊椎了。"

"脊椎？"

"他再也站不起来了，他妈妈很痛苦。"

我瞬间说不出话来，但立马反驳小勇道："所以呢？所以你就不去别的地方？你害怕会变得和他一样？"小勇回过头来，用悲哀的眼神看着我。即使如此，我还是不停地说，"我因为住在这里，就被人当作小偷，还得跟竹丈借钱，一生都过着这种凄惨的生活。只因为我在这里长大！但这又不是我选的！"

小勇好像又找到了什么，低着头专心挖土。我只是站着，俯视着他。

"小勇，阿升婆什么都用钱来计算，所以她说过，人生就像打算盘一样，在死之前账都会还清的，恶有恶报。"

"没错，像竹丈那样的家伙绝对会遭天谴！"

小勇故意说得像个小孩子，我笑了起来。小勇能留在这里真好，如果是我一个人，恐怕早就心如死灰了吧。

和小勇聊过之后，我稍微打起精神，回到家中。我只捡到了六根生锈的钉子和一条短铁丝。我将它们丢在门口的竹篓里，等再收集一些，就拿到废铁店去卖。独自在家的昭夫走了过来。

"姐姐，爸爸刚才在那边跌倒了。"他指着门外面说。

父亲好像不在屋里。

"他去哪儿了？"

我深深叹了口气。他一出去就会给别人添麻烦，最近他开始出现记忆错乱，曾经和他搭话来戏弄他的人，现在也开始对他避之不及。

外面响起了父亲的喊声。

"希美,拿去买肉!"

父亲从肮脏的睡衣口袋里拿出了几张百元钞票。

"你怎么会有这些钱?"

"别管了,去买肉!今晚吃寿喜烧!"

这时,野菠菜阿姨的老公脸色大变地跑了进来。

"不好了,那钱是从竹丈家偷来的!"

大叔说,他去竹丈家还钱,当竹丈拿着手提保险箱出来时,父亲突然冲了进去。

"你爸对竹丈说,'这钱是你把我老婆骗走后弄来的,必须还给我',就从正在数钱的竹丈手里抢走了钱!"

大叔慌张地说:"赶紧还回去,等竹丈收好保险箱后就会找上门来了!"

然而父亲却非常冷静。

"说什么傻话,这是我的钱,被竹丈拿走的钱。"父亲理直气壮地说。我感觉一阵晕眩,父亲竟然去拿别人的东西,而且他完全不知道自己做了什么。我和大叔想从父亲手里拿走这几张百元钞票,父亲非常愤怒。我被他撞出去,后脑勺猛地撞到进门处的台阶上,吓得昭夫大声哭喊。

这时候,竹丈缓缓出现,并没有带着他的手下。看他冷笑的样子,似乎并没有真的生父亲的气。

"石川,赶紧把钱还给我。敢从我家偷钱,还挺有种的嘛。"

我想站起来,却感到一阵头晕目眩。我摸到了一种令人不悦的湿乎乎的东西。应该是后脑勺流血了。

"还什么还!你先把志津子还给我!"

"别生气,你也知道这个人脑子不太好使。"

大叔从父亲手里拿过百元钞票,数好之后还给了竹丈。父亲没有反抗,但用异常愤怒的眼神盯着竹丈。在那双眼睛里,闪烁着不寻常的光芒。

"我看你也活不久了,这次就饶了你……"

竹丈一边收钱一边说,他话音刚落,父亲就猛地扑到了这个放高利贷的家伙身上。突然的撞击让竹丈在门口处仰起身子,瘦得仅剩骨头的父亲用身体将竹丈扑倒在地。

"喂,你干什么!"

竹丈非常愤怒,脸和脖子红成一片。父亲继续使劲压住竹丈,黑色的破单衣不停晃动。他发出根本不像人的声音,就像妖怪一般。大叔只能惊慌失措地大喊:"这下该怎么办!"

然而父亲的力量并没有撑多久,毕竟他根本没吃什么东西。不一会儿,他就倒在地上,满身灰尘。竹丈不停地喘气,双肩抖动,最后厌恶地歪起嘴说:"对,你老婆很不错哟!我好好疼爱了她。她爽得很呢!还不停地一直要,我的身子都要吃不消了。"

父亲大张着嘴巴,呆呆地仰望着竹丈,口水从嘴角流到下巴。

"你别开玩笑了,这人会当真的。"

大叔努力拉竹丈出去,却被竹丈推开了。竹丈用充满戏谑的眼神看着父亲,而父亲双手撑在身后,一句话也说不出来。竹丈在父亲面前坐了下来。

"你就对志津子死心吧,她说不会回到你这里了。就你这样,还睡得动老婆吗?我每晚都会好好疼爱她的,你就放心吧。她每晚都爽到升天,下面根本合不拢,就像要把我那家伙吞掉似的!"

"别说了!"

外面传来一声怒吼。不用看，我也知道是小勇的声音。他不知何时来到了门外，可能是昭夫叫来了他。竹丈慢慢转身，优哉游哉地站起来，拉好和服领子。

"是你啊，这蠢货烦死了，我稍微逗逗他罢了。"

小勇伫立在门口，面无血色，没有回话。两人隔着门槛对峙，竹丈率先挪开了视线。

"阿升婆怎么样了，眼睛好点了吗？"

"不知道，你出去。"

竹丈爽快地跨出门槛，擦肩而过时，他拍了拍小勇的肩，似乎在他耳边小声说了什么。小勇的表情始终很僵硬。

我呻吟着站起来，流出的血已经有些凝固了。

"太过分了，那人就知道胡说八道。"

大叔伸手想拉父亲，但是父亲茫然若失，双目无神。昭夫用鼻尖蹭了蹭我的肩膀。"姐，有血……"听到昭夫的声音，小勇大步走过来。

"你没事吧？"

当小勇用湿毛巾压在我伤口上时，我感觉很舒服。大叔扶着父亲从我身边走过，父亲喃喃道："是志津子，他说的就是志津子。"

从那时开始，父亲彻底崩溃了。

二〇一六年　春

　　岛森小姐回来上班了。听说她好不容易才找到可以照顾孩子的托儿所。

　　"我可没想到会休息半年，身体都变迟钝了。"

　　"不会啦，照顾小孩也很不容易吧。"

　　"不会，很轻松。公公婆婆就住在隔壁，帮了很多忙。"

　　岛森小姐比以前丰满了，向我说了一句"今后也请继续多多关照"就离开了。岛森小姐这次不负责照顾我了。我的介护员依旧是田元女士。之前聘用的临时工好像有一个辞职了。结月算是个不错的介护机构，但年轻人很难在这种地方做长久。

　　渡部和一个二十多岁的女生留了下来，继续在这里卖力工作。女生不负责介护工作，而是在餐厅和咖啡厅负责搭配饮食。她的眼角有些下垂，看起来很可爱，声音尖尖的，喜欢开怀大笑。她的制服上绣着"里见"两个字。消息灵通的加贺太太说，她为了取得营养师资格而进入了职业学校，结果因为学得不好而四处打工。不过她对饮食业很有兴趣，希望将来能开一家自己的店。

　　"所以啊，如果你要开店至少得拿到食品卫生人员的资格才行。这里的工作很轻松，你要趁现在好好读书。"

　　里见并未对加贺太太多管闲事的忠告表示反感，总是扭捏地回答"是呢"。她是当下年轻人的典型代表，指甲涂得红红的，还会突然剪个朋克风的短发。只有里见会做出这些与结月养老院风格不符的事，有时会令众人大吃一惊。虽然她和渡部的情况不同，但同样会让上司紧张。

加贺太太讨厌这种年轻人，会恶毒地批评他们。但不知为何，她很喜欢里见。里见常常把其他入住者晾在一边，在食堂里和加贺太太聊个不停，即便被上司看到后又会挨骂也无所谓。

我跟丈夫聊着这些琐事，他静静地听着。我们的对话只会围绕日常生活进行。我们只有现在，不看过去，也不看未来。我们已经习惯了这种生活方式。

没事的时候我也会叫一叫"由起夫"。丈夫听到这个称呼会立即抬头回应，我便感到安心。对我来说，这个名字有着特殊的意义，即使我知道这并不是他的真名。

现在即便加贺先生不在，丈夫也会一个人到海湾的栈桥去，躺在那个绑在木桩上的橡皮艇里。他每周都会来结月，也许是一直面对我很痛苦吧，又或许是因为我总露出痛苦的表情吧，他在橡皮艇里一躺就是几个小时。总之，多亏了加贺先生，丈夫有了一个可以放松的好地方。

丈夫来的时候，我总是祈祷能够天气晴朗、风平浪静。因为如果是波涛汹涌的日子，丈夫就会满脸遗憾地眺望着海湾。

一九六六年　秋

父亲无法控制情绪。他一哭就哭一整天，而一旦发怒，就会乱扔房间里的东西。

昭夫和正夫总是心惊胆战，现在已经不敢靠近父亲了。他们仿佛和怪物住在一起，全身戒备，紧绷着神经。父亲的头痛也不再是仅仅缠上头巾就能解决了，他已经成为某种幻想的俘虏，总是喊着"吓死人了！吓死人了"满地打滚，接着又口吐白沫地昏倒过去。我不知道，一氧化碳中毒能让一个人崩溃到如此地步吗？

父亲越来越像个野兽，连我们是他的孩子他都不知道了。我是照顾他的人，所以他对我的态度还好。从他口中断断续续的话语中，我推测他将我当成他年轻时住的大仓库宿舍里的煮饭婆了。帮他换衣服时他很配合，但帮他擦身子的话他会生气，有时还会像小孩子一样尿裤子。父亲的房间充满了异样的臭味，那是氨臭、体臭、霉臭等，有些呛眼睛。

丢掉工作后，我的事情还是不少。菊江阿姨把她耕种的农田借了一小块给我种菜，我还要到很远的地方去捡拾废铁和煤渣。这时候，去山里挖竹笋是很重要的工作。为了寻找食物，大家都你争我抢地去挖竹笋，然后晒干保存。

我们的生活费完全不够，但我尽量不去找竹丈借钱，只能多花点工夫干活儿。所以我无法一直在家,昭夫和正夫因为不敢待在家里,所以总是跟着我。我太累了,母亲的重担都转移到了我身上,我连憎恨她的力气都没有了。

我一边洗着父亲脏兮兮的单衣和内衣,一边希望父亲赶快死掉。不久前,我还在想父亲要是死了该怎么办。父母去世或者离开孩子的话,孩子会被福利机构带走,听说兄弟姐妹会被拆散,送到托管机构。有人去那里看过,说生活状况很糟糕。我曾经害怕失去父母,然而我已经不是小孩子了。前几天我满十七岁了,明年九月一日我就十八岁了,应该可以独自抚养弟弟妹妹了吧。

虽然父亲变成了这样,但他还记得母亲不在家中这件事,又听信了竹丈的那番话,他更加确定母亲就在竹丈那里。他有时到处乱晃,在路上碰到竹丈,就会二话不说上前质问,还曾经被竹丈抓着脖子拖回来。

"怎么放这个怪物到处跑!把他拴在柱子上才行!"竹丈生气地大骂,离开时还不忘讥讽,"在他脖子上挂上那个黑本子,他应该会更开心呀!"日复一日,父亲的幻想越来越严重,我不知道这种日子要持续到何年何月。

白昼日渐变短,在这荒凉贫瘠且满是煤渣的土地上,如今只有麒麟草还在开放。天转冷的时候,隔壁的阿姨送给我一件旧法兰绒睡衣。大学生服务队离开后,隔壁住进了另一户人家,是一对老夫妇和一位五十多岁的寡妇阿姨。阿姨有个女儿在广岛结婚了,她偶尔会把女儿的旧衣服送给我。法兰绒睡衣洗过很多次,但还能穿,白色的布料上有许多彩色的纸气球图案。律子冬天的睡衣已经磨损得很严重,我便把睡衣给了她。

"真的送我了?"

律子开心地穿上了睡衣。衣服很适合她。在七八平方米的里屋，父亲正枕着枕头，炯炯有神地盯着这里。昆虫在屋后的麒麟草上鸣叫，我们姐弟四人裹着两床棉被睡觉。母亲离开后唯一的好处就是我们可以用两床棉被。之前是母亲和弟弟们用一床，我和律子用一床。

精疲力尽的我躺下后很快就睡着了。天气变冷后，跟我一起睡的昭夫成了我的暖炉。半夜里，一阵轻微的说话声吵醒了我——嘟嘟囔囔，没有语调，就像诵经一般。应该是父亲又做噩梦了，在说梦话，或者是睡不着又开始幻想了。没过一会儿，隔壁也发出了声音。

"爸，你干什么？"是律子的声音。我心想就让律子去安抚他吧，但那个诵经般的声音听起来像是"志津子、志津子，你是个好女人，志津子"。我立刻睁开眼睛，猛地起身打开电灯。在昏暗的灯光下，我看见父亲正钻进隔壁的棉被里，他压在律子身上，正想解开她的睡衣。

"住手，住手，住手……"

律子惊慌失措，结果腰带一下松开，睡衣整个敞开，露出两颗浑圆的乳房。我明白过来父亲要做什么，脑子里一片空白，我上前抓住父亲。

"你干什么，住手！"

父亲面无表情地瞥了我一眼，在他心中我就是个煮饭婆而已，他布满青筋的手臂用力一挥，结结实实地打在了我的脸上。就算他现在非常瘦弱，但怎么说也是曾在地下挥着十字镐挖煤的矿工，再加上当他开始幻想的时候，就会有超乎想象的力量。此刻的他，年轻力壮，正要和妻子做爱，散发着不允许任何人干涉的气势。

"听话，很快就完事了。"

不,难不成他知道是律子,还故意这么做?我一下火冒三丈。难道他憎恨老婆,就想侵犯女儿?我看着背靠木板门,踢掉被子,不停挣扎的律子。她什么时候这么丰满了?由于吃不饱饭,她身子瘦弱,反而衬托出隆起的胸部,大腿似乎也比以前丰满。律子自己肯定也没注意到吧。

"姐,救我!"

律子的话让我回过神来。我从父亲身后开始拉他,想让他离开律子的身体。但精虫上脑的男人我完全拉不动。"啊!"律子大叫。父亲吸住她裸露的一侧乳房,很快把手伸向她的内裤。仔细一看,父亲早已解开了兜裆布,那个无力下垂的恶心东西正随着身体晃动。

"我会让你爽的,怎么这么不听话。"

"你弄错了!我不是志津子!"

灯光照亮了律子下腹那丛薄薄的阴毛,父亲的手在她身上游移着。我拼命阻止父亲,脸上又被他打了一下,嘴角破裂。正夫像是被棉被推出来一般,睡眼惺忪地跑了过来。他感到事态严重,开始号啕大哭。父亲又抓住正夫小小的身体,把他摔了出去。瘦弱的正夫被摔到了土间里,肩膀撞到水泥地,继续哭泣。父亲的暴力,常常让正夫的肩膀脱臼。

看到正夫的样子,我脑中的某根弦突然断了。我赤脚跑到那边,抱住正在哭泣的正夫,跑到厨房的水槽边。冰冷的水槽上放着凹进去的砧板和有缺口的菜刀。我抓起菜刀回到房间。父亲那根软软的阴茎正压在律子的下腹部,我把菜刀架在他的脖子上。

"快滚!"我发出威胁,父亲抬头看我,充满肉欲的眼神令人作呕。这个人想要侵犯自己的女儿。

"再不滚,我就弄断你的脖子!"我已经不是他的女儿了,我就像外人一样，冷酷地说着。

"那么想睡女人的话，到别的地方去！敢在家里做这种事，我就弄死你！"

律子在父亲的身下，小声说道："姐……"她可爱的睡衣几乎被剥光了，身体接近全裸。我是认真的，我真心想杀了这个男人。握着菜刀手柄的手满是力气，只要深深一刺，再迅速抽出来，就可以结束一切。我咬紧牙关。

就在这时，昭夫从旁边撞了过来。

"不要！不要杀了爸爸！"

父亲的身体突然僵硬，手脚抽搐，是痉挛发作了。他的睡衣散乱，当场翻倒。刚刚一直摩擦着律子身体的器官失禁了，把起毛的榻榻米弄得脏兮兮的。律子连忙起身穿好衣服。我趁势把没有意识的父亲推回隔壁那间七八平方米的里屋，然后嘭地一声关上门，这些事让我累到不行。

在棉被上的昭夫和在外面的正夫都大声哭泣。我慢慢地站起来，把正夫抱回棉被里，他的肩膀果然脱臼了，手臂无力地垂着，还在哭泣。我和律子靠在推拉门上，一直听着两个弟弟的哭声逐渐变小，变成抽泣，谁都没有说一句话。

没过多久，律子也坐着打起了瞌睡。睡着的三人脸上都挂着泪痕。我握紧菜刀，没有合眼。隔壁传来父亲打呼噜的声音。

这里……就是地狱，专供阿修罗吃小孩的地狱。

而我也是阿修罗。我没有改变想法，也不觉得自己会后悔。我只知道，要完成已经下定决心的事，否则又会重蹈覆辙。黎明时分，我缓缓起身。昭夫为父亲求饶的声音在我脑子里挥之不去。

我轻轻打开门，来到寒冷的室外，白色的雾霭从煤渣山那边飘来。同时，长屋尽头的门打开了，小勇走了出来。他看到我，惊讶地站住。我仍站在原地，看着他快步走来。

"你在干什么？"这时，我才注意到自己手上还握着菜刀，"发生了什么？"

我没有回答，拉着小勇走到长屋后面，赤脚踏入麒麟草的草丛中。生命力强韧的植物掩盖了我们的身体。

"小勇！"

在黄色的花朵中间，我和小勇面对面站着。"你能帮我杀掉我爸吗？"

我把菜刀塞给他，小勇看着我，神情异常冷静。

"那个人已经不是人了，你帮我杀掉他好吗？"

小勇瞪大了双眼，目光凌厉地看着我。

"你是认真的？"小勇没有惊慌，也没有询问详情，只说了这句话。

我回过神来，从他手中拿回菜刀。

"我是认真的，但不该拜托你。对不起，你忘了吧。"

我正要转身离开，小勇抓住我的肩膀，把我转过来面对他。

"小希，你要杀了你爸爸？"

我点了点头。

"这样你会被抓的，你的弟弟妹妹就没人照顾了。"

"是的，可是拜托你的话，被抓的就会是你。我竟然没有想到这一点，真是傻子。"

"你如果是认真的，就再等一等，我有个想法。"

这下轮到我害怕了。

"算了，别提了，忘了吧。"

小勇突然拉我过去，紧紧抱住我。

"我也决定了。其实我早该决定，只是一直没下定决心。就这么做，可以吗，小希？"

我不明所以，但应了一声。寒风萧瑟，黄色花朵疯狂地在我们四周乱舞。

我找医生把正夫脱臼的肩膀接了回去，医生同意等到我们下次领低保金时再支付费用。正夫吊着一只手，另一只手牵着我。这种事他已经遇到过好几次了，早就习惯了。本来就爱说话的正夫给我讲了好多事。他还太小，不能理解昨天晚上发生的事，只知道父亲又像以往一样施暴，害他受伤。我只是含糊回应，他带着欢快的口吻说："什么嘛，姐姐你都没有在听我讲话。"即使是去找医生，他也很开心能和姐姐一起出远门。

我脑子里全是小勇说的话。他到底在计划着什么，杀掉父亲还能不被抓？想到这儿，我对自己竟然能轻易接受杀死父亲这件事感到吃惊。我对计划杀掉父亲已经没有罪恶感了。我已经打定主意，开始思考怎么行动了。

泷本先生终于决定离开废弃矿坑聚居地。他离开后，空壳子似乎也不打算继续待在这里。律子接受了毕业指导，表示想参加集体就业。我曾经感到一成不变的东西在一点点改变。即使只是微小的改变，也有可能产生砂石塌方一般的作用，我在这疲倦的废弃矿坑聚居地感到了这种征兆，静静等待它的到来。

不论发生什么，我应该都不会惊讶。我已经将命运全部交给了小勇。

十天之后，小勇告诉了我他的计划。我听后感到一阵毛骨悚然。站在我面前的小勇与我过去认识的小勇简直判若两人。

"让竹丈去杀你爸。"

他甩下这句话，然后目不转睛地看着我。他居然……我不禁屏住呼吸。

我的任务是让父亲相信竹丈藏起了母亲，而小勇的任务是让竹丈相信父亲偷了他的钱。我的任务比较简单，因为父亲已经精神失常了。

"我会去偷竹丈的钱，然后给你爸。"

"行得通吗？你知道他把钱放在哪里吗？"

话一说出口，我的脑中立刻充满了不安。竹丈视财如命，要是存的钱被偷，他一定会非常生气。但可能和上次一样，如果对方是父亲，他不会在意那么多，顶多带几个小混混过来，收拾父亲一顿，把钱拿回去，再扬长而去。毕竟把神志不清的父亲杀掉，成为杀人犯，实在是有些划不来。可是如果他知道偷钱的是小勇，又会怎么样？小勇最后肯定只剩半条命。不，万一被警察逮到，小勇还会留下案底。

明明是我拜托他杀掉父亲，我却害怕了。

"不行，我还是不能让你卷进这件事。抱歉，对你说了不该说的话，算了吧。"

"不，我已经决定了。要是成功，竹丈也会被逮捕。"

"我做不到。"

小勇紧紧抓住我的手腕。

"犹豫了？"

"不是，我是真心想杀了我爸，这个想法没变。但我不该拜托你，这跟你没有关系。"

"听我说！"小勇把我拉向他，他的五官在我面前放大，那气势把我镇住了。

"我想报复竹丈。"

"啊？你和那家伙有仇吗？"

"有，其实他是我爸。"我以为我听错了。

"……真的？"我的声音有些颤抖，"这到底是怎么回事？"

"那家伙强暴了我妈，因为她还不上钱，只能任他欺负。阿升婆说，我妈每天晚上都被他凌辱，生下我以后，就上吊自尽了。"

"小勇，你什么时候听阿升婆说的？"

"从小她就讲给我听。她说我刚生下来，脐带都没剪断，我妈就扔下我自尽了。"

"这些人……太过分了。"

"什么？"

"竹丈很过分，但阿升婆也很过分。这种事应该瞒着小孩子吧。"

小勇仿佛是为了让自己冷静下来，深吸了一口气。

"所以竹丈是我妈的仇人。小希不用担心，我也要找那家伙复仇。"

"不过……他是你爸爸啊。"

我说完后，小勇皱起眉头，用力甩开我的胳膊，我险些摔倒。小勇告诉我的真相，实在太过残酷。

他继续说，竹丈知道小勇是自己的孩子，阿升婆抚养小勇期间，他一直事不关己，但妻子和孩子离开后，他才想到只剩下小勇这个血脉了。出钱让小勇去上定时制高中的人就是竹丈。阿升婆并没有向他借钱，而是直接要求他出钱。竹丈似乎有意让小勇继承自己的事业，阿升婆也知道这件事。

"我才不要和那家伙一样放高利贷！"

最近，竹丈经常叫小勇过去，让他一点点接触自己的工作。这也是小勇想出这个计划的契机，小勇知道竹丈藏钱的地方，他说偷钱再嫁祸给父亲很简单。

"小希,只要我们两人联手,这件事就会成功。你我的心愿就都能实现了!"

我的心愿是父亲死掉。小勇的心愿是让竹丈变成杀人犯,从而被逮捕。

"绝对不会出问题的。我去办这件事,你看着就好。"

我被小勇说动了,点了点头。

从这一刻起,我们成了共犯。

到了秋天,筑丰的矿工宿舍变得更加寂寥。农村地区正是秋收时节,但这里没有农作物可以采收,不过有个类似祭典的活动。最外面的煤渣山前有座小庙,里面祭祀着山神。小寺庙会悬挂上注连绳①,煤渣山的山脚下也会竖起驱邪用的幡布。由于这里没有神官,因此都是由一位年过八旬的老爷爷代劳,这位老爷爷过去是工寮宿舍里管事的。从前好像还会抬神轿游行,非常热闹,但现在已经不可能举行这些活动了,只能走个形式。没有人因此而兴奋,反而觉得更加寂寥。

小勇拿了一把匕首给我,要我煽动父亲去找竹丈。即使是竹丈也不可能立马就使用凶器,但如果让父亲拿着匕首过去,竹丈一定会暴跳如雷。竹丈要从父亲手中夺走匕首非常容易。小勇推测,竹丈认为父亲偷了他一大笔钱,现在又来要他的命,所以竹丈不会轻易放过父亲。

"那家伙,没什么人把他放在眼里,所以不太会生气。但只要一抓狂,就会搞不清状况,连自己在做什么也不知道。"

即使小勇这么说,我还是很不安。事情会这么顺利吗?说不

---

① 日本神社里的一种草绳。

定会发生预料之外的事。

"别担心,我来负责搞定竹丈。那家伙现在相信我说的话,真的!"

"是吗……"

小勇塞给我的匕首既沉重又可怕。

小勇之所以选在祭典这天,是因为汽修厂放假。虽然废矿聚居地还是如往常一样,但其他地方会过这个节日。小勇一早就要到竹丈那里偷钱,然后动一些手脚,栽赃给父亲。

"小勇,我好怕,我觉得事情会变得无法收拾。"

小勇安慰我,说竹丈根本不把杀人当回事,还说他当初经营这个矿场时,就会毫不在意地命人把反抗的和不听使唤的矿工杀掉。搞不好小勇母亲的丈夫在塌方事故中遇难也是一场阴谋,是竹丈为了得到他的母亲。不过这种事我实在说不出口。

我把匕首藏在衣服里面,和小勇告别。这把匕首的杀伤力比之前那把有缺口的菜刀强太多,我已经无法回头了。

现在是学校的假期,律子带着昭夫和正夫去挖竹笋了。昭夫腿脚不好,不能去深山里,但他们应该到傍晚才会回来。我慢慢走回家,不知哪家的钟沉沉地敲了两下。我在家门前停下,心想我就要杀死父亲了。父亲虽然粗暴,但在三池时,他一直卖力工作养活全家,心情好时还会带我和律子去看电影。昭夫脚受伤时,父亲背着他跑到医生那里,对方明明是内科医生,父亲却逼人家务必想办法。然而这都是过去的事了,如今在门里的父亲已不再是那时的父亲。我认识的父亲在三池煤矿瓦斯爆炸事故时就死了。

我深吸了一口气,用力打开了木门。

"爸!"我慌乱地跑进去,"我找到妈妈了!"

我双手撑在台阶上大声说道,但在昏暗房间里的父亲没有任何反应。

"妈妈就在竹丈那里!我刚刚看到了!"

父亲浑浊的眼睛里闪出光芒。"啥?"

"我说,我找到妈妈了!竹丈之前把她藏起来了,她现在正在竹丈家里哭呢。肯定被欺负得很惨。"

"志津子……"

"快去!爸!快去救妈妈!"

父亲手忙脚乱地从被子里爬了起来。

"是吗,找到志津子了!竹丈那个家伙,一肚子坏水!我绝对饶不了他!"

父亲穿上了木屐,木屐已经严重磨损,如同草鞋。

"可是太危险了,搞不好有小混混在!"

"没事!这算什么!"

父亲双眼充血地回头看着我。

"您拿上……"

我把匕首塞到父亲怀里。父亲把它按在和服上,看了看。他明白了那是什么,然后又看着我。那一瞬间,我感觉昔日刚毅可靠的父亲又回来了。他必须守护好母亲,把这个重要的女人带回来。我看到了他身上的气势。

"等我回来!"

父亲飞奔出去,而我无力地坐在土间里。心中的恐惧和后悔都消失了,我完成了我该做的事,然后平静地想着,父亲再也不会回来了。

竹丈把父亲杀了。太阳完全落山之后,这个消息传来了。

竹丈家并不挨着长屋,虽说只是一幢不太精致的小洋楼,但远比矿工宿舍坚固，四周还有围墙。如果不是出了大事，是不会有人注意到的。有个居民去找竹丈借钱，在黑暗的房间里发现了倒在地上的父亲，于是连忙跑来通知我们。我们正在寻找没有回家的父亲，律子还说："这么晚了还没回来，好奇怪，不会又去竹丈那里了吧。"我没有理她。我们分头寻找，但是都没找到。

警察很快就来了，他们不让我们进入现场，只告诉我们父亲在竹丈家被刺死了，要我们在家等消息。律子板着脸一言不发，只是告诉昭夫和正夫找到父亲了，但他们也感觉到不对劲，不吵不闹，沉默地观察着姐姐，之后或许是饿了，就睡着了。

小勇人在哪儿，竹丈被逮捕了吗，我们的计划成功了吗？我对此一无所知。

我们没能去见父亲，只有刑警来问了问话。我按照事先和小勇商量好的，说父亲趁没人在家的时候跑了出去，一直没回来，我们便担心地四处寻找。律子的回答也是如此。

"是谁杀了我爸？他是怎么死的？"

刑警告诉我们，父亲是被尖刀刺死的，凶器还未找到，正在查找凶手。

"查找？肯定是竹丈啊！不会错的！"律子不满地说。

四十多岁的刑警毫不掩饰脸上的不悦，扔下一句："查找就是查找。"他应该是看不起我们吧。

竹丈行踪不明。有车站的工作人员看到他慌慌张张地上了火车。据那名工作人员说，竹丈将毡帽压得很低，穿着他喜欢的那件黑色天鹅绒外衣，围着围巾，所以他一定没有看错。竹丈的手上还提着方形的旅行包，然而，却不知道他去了哪里。

大家都知道父亲屡次冲到竹丈家搞事情。在警方看来，虽然不确定是蓄意谋杀还是意外致死，但竹丈确实杀了父亲，并带上所有钱逃走了。

第二天下午,父亲的遗体被送了回来。我们没有说话,也没有流泪,只是茫然地迎接了冰冷的父亲。过了一会儿,昭夫和正夫哭了起来,但应该不是因为悲伤而是感到害怕吧。

菊江大叔和菊江阿姨从早上就一直待在我们家,帮我们打理一切。"不能让你爸睡这样的棉被。"他们这样说,然后找来了一床干净的棉被,让父亲睡在他生前从未睡过的松软被子上,我们帮父亲换上家里最好的单衣。

当摸到冰冷僵硬的父亲时,我的手不禁发抖。我总感觉他马上就要坐起来,抓着我说:"希美,你竟然对我做这种事!你是一个杀死自己父亲的可怕女人。"

当然,这是不可能的。他现在只是一具尸体,不用再承受幻想和苦痛了,不会再殴打弟弟,也不会再把律子当成母亲了。我静静地看着躺着的父亲,心中的躁动逐渐平复下来。如果现在还心乱如麻,当初就不会想杀死他了。我做了正确的事。

父亲被杀一事传遍了废矿聚居地。人们陆续前来,无不痛骂竹丈。那些痛骂的语气中,都有种松了一口气的感觉。折磨人的放贷者变成了嫌疑犯,被警察追捕,大家心里都感到高兴,谁会怪罪这种事呢?而我只是想见到小勇。

在筑丰,祭奠死者被称作"啃骨"。为何会有如此壮烈的说法,没有明确答案,但我倒觉得这个说法很合理。

"石川大叔要办啃骨会吗?"

"要办啊,被竹丈那种人杀掉会很不甘心吧。不好好办的话,他会死不瞑目的。"

这话不知道谁说的,我感到后背一凉。

父亲的啃骨会办得不小。平时,这里的人死了连和尚也不想来，因为请不起人家，但这次不知谁跑到附近寺庙请了和尚。尽管很简单，但还是好好念了经。布施的钱都是邻居帮我们凑的。狭小的长屋里挤满了人，大家都低头倾听佛经。来吊唁的人挤到了门口，其中有阿升婆，但我没看见小勇。

在过去是工寮宿舍管事的那位老爷爷的指挥下，父亲的遗体被送至镇上的火葬场火化，并于当天埋葬在公墓。据说低保家庭无须支付墓地费用，因此一切都非常顺利。我不知弟弟他们是否能理解父亲死亡这件事，他们一回家就精疲力尽地睡着了。

再见到小勇，是那天稍晚的时候。

律子小声在我耳边说："姐，小勇在外面。"我急忙跑出去，却没见到他的身影。偌大的月亮在天空中露出脸，那几乎是个完美的满月，我不由得停下脚步抬头仰望。一阵细微的声音传来，我定睛一看，小勇正站在我家面前那条坡道的中间。月光很亮，我可以看到他的表情。他的脸上有痛苦和悲伤，还有一丝凶狠。我不敢靠近他，我们两个人拖着长长的影子，远远地望着对方。

我很害怕，但我必须要问问他的情况，这一切都是因我而起。我慢慢朝小勇走去。

小勇环顾四周，离开了大路，走上一条小径。他踢开低矮的草丛，快步向前走去，一句话也不说。到底怎么了？我绷紧全身的神经，这样无论他待会儿对我说了什么，我都能撑住吧。

小勇绕过一个煤渣山，停了下来，这里离我以前偷听泷本先生和空壳子对话的地方很近。走到这里来才觉得冷，我们躲开骤然刮起的大风，在灌木丛与麒麟草的分界处坐下。

这时我才注意到小勇右眼的眼角贴着纱布，里面用油纸和创口贴按住了。

"怎么回事，受伤了？"

"没什么。"小勇不耐烦地拨开我的手。

"竹丈跑掉了。"我面向前方,装作若无其事地说。小勇没回话,我继续道:"也好,反正不久就会抓到他,他跑不掉。"小勇仍旧低着头,一言不发。

"小勇,谢谢你。我也算是如愿了。"

"事情没有我想的那样简单,其实竹丈看穿了我的计划。"

"什么?"

"你爸掏出匕首扑上去的时候,瞬间就被制服,匕首也被抢走了。"

"嗯。"

"然后他看着我,问钱是不是我偷的。我顿时哑口无言。想想也是,知道怎么打开保险柜的只有竹丈和我,你爸不可能打得开。"

"然后呢,然后怎么样了?"

"他在我面前刺死了你爸。刺了三次,不,四次。"

父亲的肩膀和腹部中了好几刀,但最后是因颈动脉被切断大量失血而死。我闭上双眼,父亲浑身是血,痛苦得满地打滚的样子浮现在我脑海中。

"竹丈把沾满鲜血的匕首丢开,对我说:'这就是你想要的吧,我帮你实现了',然后……"小勇吞了一口口水,"然后他说:'把钱拿出来。我杀人了,必须逃走。跑路需要钱。'"

小勇吓得不行,把藏起来的钱交给竹丈后,慌忙逃走了。竹丈后来应该是换上了那件黑色外套,带上行李逃走了。据说他把那件沾满血的衣服丢在了家里。

说到这里,小勇重重地吐了口气,全身发抖。在明亮的月光下,他看起来非常憔悴,毕竟亲眼目睹了可怕的杀人现场。而让他变成这样的人是我。我用手指轻抚他眼角的纱布。

"这伤是?"

"被竹丈弄的。"小勇没看我,小声地说。

说完后,他就不再吭声。一定是竹丈挥匕首的时候伤到他了。让小勇经历这种事,我有些过意不去。我的手指从纱布上往下移,停在了他的嘴唇上。那嘴唇的炙热让我吓了一跳。

"你身上好热啊,"我依偎在小勇身上,"我的身体冰冰的,给你降降温吧。"

小勇没说话,把我推倒。他压到了我身上,然后静静地俯视着我。

"好啊。"

我拉过小勇的手,放到了自己身上。地面好凉,但小勇的身体就像燃烧着一样。我们已经分不开了,此前我对小勇没有特别的感情,他只是一个可靠的伙伴罢了,我们都生活在这如同垃圾堆的地方。但如今我们是共犯,有着共同的秘密。从某种意义上说,这或许也是一种"相爱"吧。

他忘我地吮吸着我,好像要从我体内榨出凉水喝干一样。我的身体仿佛是一个装满水的瓮。不过他把我打碎了也没关系,把我举高再用力摔碎,我只会更加痛快。

小勇进入了我的身体。好热。我们的身体连在了一起,这让共犯关系更加牢固。我睁开眼睛,望着小勇肩后的银月。

竹丈被通缉了,却毫无踪迹,也有人说本地警察根本没有认真办案。

父亲死了,之前的民生委员过来,问我们姐弟有何打算。律子抢在我前面答道:"我明年会上班挣钱,在那之前请继续让我们领低保金。"

"没有成年监护人就无法申领啊。"

民生委员的脸色很难看,但我们以无处可去为由据理力争。在这个垃圾堆似的倒闭煤矿宿舍里,像我们一样境遇的大有人在。父母外出工作不回来的、生病长期住院的,因各种事情而家庭破碎的情况并不少见。

民生委员问我们有没有亲戚。能称得上亲戚的,只有母亲的妹妹德子阿姨。德子阿姨一家住在长崎,靠卖蔬果为生。母亲向人家要过很多次钱,所以人家早就和我们断了来往。母亲失踪时,他们的反应也很冷淡。他们家的生意并不好做,加上孩子多,应该没办法照顾我们。父亲的死讯我都没通知他们。

民生委员完成了例行的公事,转身离开了。

小勇还和阿升婆住在一起,还是会去汽修厂上班,业余时间去定时制高中。他右眼角的伤口似乎很深,原本应该让医生缝合才行,但他没找医生,所以留下了丑陋的伤痕。邻居问起来,他只说是在汽修厂弄伤的,之后大家也就不再问了。受了重伤也看不起病的人在这里多得是。

我一边琢磨着去哪里找工作,一边恢复了日常生活。昭夫和正夫呆呆地跟朋友说:"我爸死了。"但不知道他们对这件事理解到什么程度。律子的坚强和邻居的帮助支撑着我。

进入十一月后,天气更冷了。筑丰的冬天寒冷刺骨。起初因为竹丈不在,欠款得以一笔勾销而开心的居民,如今也因无处借钱而感到烦恼。过不了多久肯定会有其他放高利贷的人过来吧。泷本先生开始准备返回出生地千叶,至于寄居在他那里的空壳子,则无人记得了。

父亲死后大约一个月,就在入冬前不久,空壳子在路上叫住了我和小勇。

"正好,我有事找你们两个。"空壳子说话的时候,我感到有些厌恶。他邀请我们到泷本先生的屋里。泷本先生不在家,据说是到千叶准备移居一事了。

泷本先生租了两间相邻的房间,一间当作暗房,因此有多余的空间给空壳子用。房间里摆了好多装满行李的纸箱,空壳子用脚把纸箱踢开,开辟出一个空间,叫我们坐下。

"这里都打包收拾好了,所以我就不泡茶了。我打算这个月回札幌①老家。"这时我才知道,空壳子来自遥远的北海道,"我没什么行李,但最近忙着收拾泷本先生拍的照片,毕竟他会不停地按下快门。"

我们两人都不接他的话,但空壳子毫不介意地继续说:"那天啊……"空壳子脸上露出了令人生厌的微笑,似乎在为什么事高兴着,"那天的月亮也很漂亮,泷本先生说临走之前想拍一下月亮和煤渣山。他就一直等月亮呈现出最好的角度,他确实是个很专业的摄影师。"

我不知道空壳子想说什么,但我本能地觉得不是什么好事,所以我紧绷着身子。空壳子拿出几张照片,说是他洗出来的。我不想看,但小勇凑了上去,于是我也去看。照片中的煤渣山与月亮,并没有什么异样。明明是司空见惯的肃杀风景,但拍成照片之后再看的确不一样。

"看这儿。"空壳子指着照片说。明亮的月光照着煤渣山山路,有个小小的东西被拍了进去,应该是个人,推着什么东西走路的人。从月亮的位置来看,当时应该相当晚了。我觉得有些奇怪,这么晚了会是谁?一旁的小勇脸色越来越苍白,我惊讶地看着他。

---

①札幌为北海道的政治与经济中心,是日本的大城市之一。

"这就是举行祭典那天。"空壳子说。

这次换我浑身颤抖了,是父亲被竹丈杀害的那一天……不祥的预感贯穿全身。

"你们看,这个是驱邪幡,到了早上就会被收走,只有祭典当晚才会有。泷本先生就是因为可以拍到这个才特地出门的。他说他知道好像发生了什么事,但还是想去拍拍满月和煤渣山。"

空壳子好像用舌头舔了舔嘴唇,一直看着我的脸。

"我有点好奇……"空壳子又拿出了一张照片,"于是把这部分放大了。你们看看,作为摄影师的助理,我技术还不错吧。"

是小勇,肯定是小勇。他推着推车,还能看得出铁锹的长柄从推车里冒出来。在煤渣山的山脚下,他的脸被某户人家的灯光照亮了。即使画质很差,还是一眼就能看出那是小勇。

"你的……"空壳子突然指着我说,"你的爸爸被竹丈杀掉那晚,勇次在做什么呢?"他的笑声有些刺耳,"在搬运什么呢?还带着铁锹,是想掩埋什么啊?"

小勇的身体突然开始发抖。

"怎么了,小勇,你干吗发抖啊?怎么回事?"

"看来你也不知道。"空壳子冰冷的声音沉入我的心底。

"你在说什么?"

"你眼睛上的伤怎么回事?"

空壳子无视我的话,指向了小勇的右眼。

"这是在汽修厂弄的。你觉得是怎么回事,你说说看啊。"我的声音也有些颤抖。

"这是被竹丈刺伤的吧。就在你……"空壳子越说越得意,"就在你杀死竹丈的时候。"

小勇发出一声轻哼。空壳子没有放过他。

"没错,是你把竹丈杀死了,然后用推车把尸体埋在了煤渣山。但你没想到在返回时被拍进了照片里。"

我感觉全身的血液都被抽空了,大脑一片空白。我在等小勇否认,但他只是盯着空壳子,默不作声。

"在照片里看到你的身影之后,我就一直在思考为什么。现在我推理出了这个结论,不过没有任何证据。"

"那当然了!这么荒谬的事……"

空壳子挥了挥手,示意我闭嘴。

"所以我去看了啊。去煤渣山寻宝,我找到了。"空壳子语调愉悦地说,"我发现了竹丈的尸体,就在那座最老的煤渣山后面。那里的煤渣都被人捡光了,不会再有人过去,但那里有填埋的痕迹,我就挖开看了。"

小勇的肩膀无力地垂下。

"别担心。确认之后,我又埋好了,而且比你埋得更好。现在上面盖上了枯草,没有任何痕迹。善后工作还是要做好啊,凶器也不该和尸体埋在一起,那上面有你的指纹啊。"

小勇杀了竹丈,怎么可能?竹丈明明乘火车逃跑了。

"亏你花了那么多工夫,目前还看不出哪里有破绽。你穿着那件高调的和服,装作乘火车逃跑,这一招还真不错。"

我惊愕地看着小勇,已经无法反驳空壳子了。没错,竹丈是小勇的亲生父亲,这么看来,两人的身形还真像。小勇把毡帽拉低,再穿上黑色外套,戴上围巾,像竹丈那样挺起胸通过检票口的话,工作人员就会认为那是竹丈吧。

"我还没给泷本先生看这张照片,拍到你的只有这一张,就算把它拿出来,他应该也意识不到这是张有意思的照片。"

所以,该怎么办才好呢?空壳子说完后打量着我,这让我想到了吐着信子的毒蛇。

"你要去告诉警察？"口干舌燥的我挤出这么一句。

"不，这样就没意思了。"

我死死地盯着空壳子。这个人不是我们这种正常人能够理解的。他能够把即将成为自己女友的大小姐京子故意当成满足竹丈兽欲的诱饵，或许他曾热衷于学生运动，但绝不是基于崇高的信念。

他是为了煽动别人、受人瞩目、控制别人。然而这样获得的满足感也让他厌倦了，没有什么事是他真心热衷的吧。"他在享受扮演自己。"说这话的泷本先生早就看透空壳子的本质了。

觉得无趣的空壳子很快放走了我们。如他所说，他不会为了正义而揭露我们的罪行。他就是想抓住别人的把柄，之后居高临下地折磨别人。

一想到他做事的标准是有趣或没有趣，我就对他感到恐惧。

"一开始我想到过事情不会那么顺利，但实在没料到竹丈会看穿我的计谋。"

小勇无精打采地说道。我们在一间废屋的阴暗处坐了下来，小勇垂头丧气，不愿看我。他又对我讲述了事情的经过。竹丈刺杀父亲后，一直到说出"这就是你要的吧"都和他之前说的一样，要小勇把钱还回去也是一样的。可小勇不听，当竹丈脱掉被血溅到的和服，准备换另一件衣服时，小勇拿起竹丈丢掉的匕首，从他背后刺了过去。

赤裸的竹丈大意了，大概是没想到亲生儿子会杀自己吧。在铺开的棉被上，小勇举刀连连刺向竹丈，然后直接用吸满鲜血的棉被把他裹起来，再用绳子绑好。所以竹丈的血没有滴在榻榻米上。

"我马上用推车把死尸推到远处的草丛中藏了起来,然后打扮成竹丈的样子赶往火车站。在车上的厕所里换了衣服,到合适的地方下了车。我偷偷把那个旅行皮包从窗户丢出去了。等我走了好久回到家时,你爸爸的尸体已经被发现,引起了骚动,所以直到深夜我才能把竹丈的尸体掩埋起来。竹丈家跟我们这里有一段距离,所以没有人看到。我不知道泷本先生正在那里拍照。"

没想到空壳子会把照片洗出来,发现小勇所做的事。我没法用运气不好来安慰他,这种没用的话根本帮不了小勇。空壳子会去哪儿?不管去哪儿,他都不会忘记这件"好玩"的事情,此后我们就要被那个爬虫般冷血的男人玩弄于股掌之间了。

"我去自首。"小勇落寞地说道。尽管我已经料到,还是非常激动。

"不行,绝对不能去自首!"

"小希,你不必内疚,这是我自己决定的事。"

"小勇!"在阴暗的废弃小屋中,我使劲摇动小勇的肩膀,"逃吧,我们只能逃了!用竹丈的钱,逃到其他地方去!"

我想把小勇拉起来,但他没有动,还说了一段令人恶寒的话。

"让你爸断气的人是我。我杀掉竹丈,用棉被把他卷起来的时候,你爸还在呻吟,虽然已经奄奄一息了,但还没有断气。所以,我割断了你爸的喉咙……杀害你爸的是我,你还愿意和我逃走吗?"

"愿意!"我没有犹豫,"谢谢你小勇,谢谢你帮我杀死爸爸。其实我爸早就死了,在煤矿事故的时候他就死了!"

小勇悲伤地皱起眉头,右眼角的伤痕更明显了。

小勇拿出藏好的钱,那是好几沓万元钞票,我从没见过这么多钱。他拿了一半给我,我拿着跑回家。律子在准备晚饭,吃惊地看着面如土色的我。

"听我说，律子，仔细听好。"

"怎么了，姐？"

"我要离开这里，必须离开，不能跟你们在一起了。"

在律子回答前，我打开壁橱的门，取出白布。当我拿出几沓万元钞票时，律子惊愕地叫了一声。我迅速解开律子套裙上的纽扣，用白布卷起钞票，缠到她身上，律子一动没动。

"你带上昭夫和正夫到德子阿姨那里去，把一半的钱给她，请她帮忙照顾你们。只能给一半，剩下的必须藏起来，必须自己留好。"律子点头，聪明的妹妹已经知道我陷入不妙的境况了，"德子阿姨爱钱，给她钱她就会帮忙。知道吗？到时候要好好用这些钱，也要多动动脑子。"

"知道了。"律子没有多问，但最后用恳切的眼神看着我，"姐姐，我们不会再见了吗？"

我直直地看着她。"嗯，不会再见了。"

我紧紧抱住靠过来的律子，缠在她肚子上的钞票发出了涩涩的声音。我们都没有哭。

简单收拾好行李，我偷偷跑到了小勇家。为了掩人耳目，我将门关得死死的。

"婆婆，我把钱放在这里，你用这笔钱生活。"

小勇把一包钱放在阿升婆的枕头边，阿升婆躺着转过头来，看着我们，眼睛突然睁得好大，用浑浊的双眼盯着我们。

"你要丢下我？我把你捡回来养大，你竟然要丢下我！"

"婆婆，对不起。我有我的苦衷，我不能再待在这里了。"

"你这个白眼狼！"白发凌乱的阿升婆抬起头来吼道。

我待不下去了，拉了一下小勇的袖子。小勇低头走到外面的房间，匆忙穿上帆布鞋，没有再回头看。他背着身子关上门时，阿升婆的怒吼声响起。

"勇次，你别想丢下我不管！即便你忘了，老天爷也会把账算清楚的。人在死之前，该还的都要还清。"

我觉得阿升婆已经隐约猜到小勇犯的罪了。但她还是会把这来路不明的巨款藏起来，之后小心地用。

我们在昏暗的小路上暂时分开，因为不想让人知道我们一起行动。我沿着铁路走到了第二近的车站上了车。小勇则搭乘巴士到更远的车站上车。我非常害怕，寒意席卷全身，但仍然如被附身般往前走着，一步一步远离废矿聚居地。律子此刻在做什么呢？应该在说服昭夫和正夫，准备带他们到德子阿姨那里去吧。

铁路的另一侧是远贺川。这一带的小野矿还在开采时，煤炭要经过洗煤机清洗，机器排出的污水就直接流入河里，因此这条河又被称为"善哉川"[①]。现在已经没有当时那么脏了，但夜晚的河水看起来还是黑乎乎的。

我在朦胧的街灯下打开手提包，确认里面的东西。即使给了律子一部分，我还剩下了足够的钱。包里的信封皱皱巴巴的，信封的厚度诉说着我和小勇的罪孽，我打开它的时候非常害怕。现在的我不仅是个小偷，还是个杀人犯。无论今后的人生如何，这一事实都无法抹去。

换洗衣服的下面放着《筑丰挽歌》。只有它是我真正想带走的。当我把它拿出来时，夹在里面的小本子掉到了包底，这是父亲珍藏的小黑本。应该是匆忙打包时不小心放进去的。

"这东西……"

[①] "善哉"在日本西部指加了年糕片的小豆粥。这里用来形容河水污浊。

父亲就是靠着这个小黑本活下来的,他所建立的家庭在今晚破碎了。我将小黑本扔向了远贺川,微弱的落水声在黑暗中响起。

就在这时,小黑本掉下去的地方突然出现一束光,我吓得退了几步,光束像柱子般立在我的面前,然后慢慢变圆,变成一颗光球在河上摇晃。

"吓死人啦……吓死人啦……"这是父亲的声音。

"爸……"

我杀了他。现在他死不瞑目,变成了鬼魂。我拿起脚边的包在河川旁的堤岸上不停奔跑。他的鬼魂变成一条细长的线在河上追着我。

"别过来啊,爸!"

我害怕得不敢停下,眼泪被风吹着飘散在空中,最后我双腿一软跌倒了,之后突然觉得都无所谓了,逃也没用,父亲不会原谅我的。我倒在地上,自暴自弃地躺着。鬼魂在我上方转了一阵,接着突然化为碎片飘向了别处。

我在火车上与小勇会合。我苍白的脸色让他吃了一惊,但他没问什么,我们在硬邦邦的座位上靠在了一起。

二〇一六年　春

自从患上缺血性股骨头坏死症，我一直在结月的专属医院就诊。骨科医生建议我尽快手术。

"在这里动不了这种手术，我给你开转院单。你想去哪家医院，静冈县的，还是以前在东京看过的医院？"

"我还忍得住。"

"嗯。"

医生面带愁容，诚恳地说："但骨头会先坏死，然后几个月甚至几年之后才会感到疼痛。这时候骨头已经塌陷了。"

其实我现在时不时都需要服用止疼药。

"在骨头变形之前进行手术效果更好。总之不能错过这个时机。"

我还是不太想动手术。医生给我说了任其发展的后果："现在你只是髋关节疼痛，但不久后就会开始腰痛、膝盖痛。髋关节坏到不得不换人工关节的时候，可比现在要麻烦。"

很多老年人讨厌手术，医生应该觉得我也是其中之一，但其实不是。我是没想过让自己的身体好起来，也没想过让自己过得更舒服。结月的入住者最关心的就是健康问题，还有他们经常提到的生存价值，但我对这些毫无兴趣。我觉得身体要是不行了，就该自然地接受。丈夫对自己的身体应该也是这种无所谓的态度吧。不过他若是知道我必须要动手术，肯定会劝我接受。我决定暂时隐瞒医生的建议。

我拄着拐杖，慢慢走出医院，看到速水太太正走向沙龙。她眉开眼笑的，身边围了好多人。加贺太太和她们擦肩而过，然后眼尖地看到了走廊另一侧的我。

"难波太太，一起喝点茶吧。"加贺太太邀请我。

"好啊。"

我对养老院里的派系之争不感兴趣，只是顺着她的话接受了邀请。走进咖啡厅后，我和加贺太太相对而坐。里见知道我们的喜好，为加贺太太端来了玉露茶，为我倒了一杯咖啡。里见和加贺太太随口交谈了几句。我不知道她们两人为何合得来，不过我也不知道为什么加贺太太喜欢找我聊天，所以便安静地边喝咖啡边眺望着窗外的景致。

"我和她是同乡。"

或许是加贺太太觉得我无聊，突然转过来对我说。

"是吗？你们是哪里人？"

"九州哦。"里见故意用九州腔说。

我把咖啡杯放回碟子上，发出一声脆响。咖啡洒了一些出来。

"没错。是熊本，我们是火国的女人①。"

"啊，难波太太，你不会也是九州人吧。"

"不是……"我瞬间语塞，"我是在东京下町出生的。"

"是吗。我以前羡慕东京人，但现在觉得乡下比较好。"

里见和加贺太太聊了一通熊本的特产，之后便离开了。

"那孩子说她不想开店，而是想结婚了，不知道在想什么

---

① "火国"又称"肥国"（两者在日语里发音相同），是日本古代的一个行政区域，今为日本熊本县雅称。

呢。"加贺太太笑着说,"应该有心上人了吧。我都不知道现在的女孩子是以什么为标准来选择结婚对象的。"

我没有搭话,加贺太太也沉默了。

"你总是喝这种黑咖啡,胃受得了吗?"

她就像是突然想到这个问题似的,看着我的杯子。其实我每天都喝好几次黑咖啡,她已经说过好几次一样的话了。

"没事的。我从年轻的时候就开始这样了,戒不掉。"

我双手捧住杯子,继续说道:"这应该就是咖啡因成瘾了吧。"加贺太太耸了耸肩。

我回到房间,望着大海。水平面另一侧的太阳,好似一颗熟透的果实,其光芒就像滴落的果汁,在波浪上延伸出一条深浅不一的红色通道。

这红色让我联想到血。于是我移开了视线。我喜欢看大海的表情,但唯有此时的大海让我心神不宁。

我的挚友死于车祸。这一切恍如昨日,历历在目。

达也当时在我旁边。她从树林里跑出来的时候,达也马上就发现了。我看到她向正要开车出去的加藤律师跑去,不知为何她特别焦急。加藤律师打开车门,让她坐进副驾驶。

达也冲过去追赶已经发动的汽车,我赶忙伸手阻止,但达也挣开我的手,边追边叫:"叶只!"

我立刻明白过来,他在叫"叶子"。这是他第一次说出有意义的词。我呆呆地望着他边追边叫的背影,伫立在原地。由起夫从我身后跑过来,同样拼命去追赶汽车。由起夫很快就超过了达也,消失在坡道上。我怔住了,待在原地没动,只是凝视着刚刚奔驰车停着的地方。那里有一块黑色污渍。

那是油渍。我凝视着这块不祥的油渍,拼命转动大脑,想解读那块油渍传递的信息,可是大脑却拒绝捕捉真相,只有身体条件反射般地动了。我跑出去,抓住了达也,把这个挥舞双手,不停抵抗的小孩带回了家里。我带他走进那间位于最里面的房间,并用力抱住了他。

"呜呜呜呜呜……"

达也满脸都是眼泪和鼻涕,拼命挣扎,但我没有放手。

警笛声从远处传来。一辆辆警车驶向城山的山脚。我浑身颤抖，但依然按住达也。终于，达也没力气了，只是默默流着眼泪。

不知过了多久，我听到由起夫返回的声音。找到满身大汗的我们之后，他在旁边坐了下来，沉默不语。

"出了什么事？"我不安地问道。他用可怕的空洞的眼神看着我。

"奔驰车坠崖了，刹车失灵。"

这是什么意思，我应该很清楚才对，但我还是忍不住追问："车上的两个人呢？获救了吧。"

由起夫慢慢地摇了摇头，达也突然大叫，我不得不再次按住他。

"两个人都……"

达也在我身下不断抽泣。

"奔驰撞到地面起火，马上就着火了。最后烧得只剩骨架。两人都没来得及逃命。"

我捂住了耳朵。死了？叶子，我在这个世界上唯一的朋友，死了。

由起夫靠过来，抓住失控的我。他抓得我的手臂好痛。

"是我，是我杀了他们，是我在奔驰车上动的手脚。我只想杀掉加藤，却没想到叶子会一起坐上那辆车。"

沉默在房间里蔓延，我知道我们罪孽深重。现在我们又积累了新的罪孽。达也不哭了，他从我的臂弯中抬起头，看着我们两人，他的眼神清醒又冰冷，就像无法关上的窗户。

他的眼神能吞噬所有情绪，我不由得推开了他。好可怕，搞不好这孩子认为杀死难波老师的人也是由起夫。我想告诉他这是误会，但不知道如何开口。老师和叶子，我们夺走了达也最重要的人。

想到之后会如怒涛般涌上来的事情，我的大脑就一片茫然。

首先应该是……这时玄关的门铃响起，警察来了。当时由起夫在现场指出那是加藤律师的车，所以他们过来询问情况。

"目前判断，车内是加藤律师和他的女秘书，但火势很大，尸体严重损毁。"

我能听见玄关的交谈声。那时要不是警察弄错了，由起夫和我应该想不到这个方法吧。这是一个卑鄙、无情又自私的方法。我们再次选择了阿修罗之路。不，我们始终如此，未曾改变。我们根本不是人，而是披着人皮的魔鬼。

我一直很羡慕由起夫。有了新的户籍，完全变成另一个人的由起夫。

我跟他说过很多次，我也想变成另一个人，想要过另一种人生。我曾尝试通过整形改变了容貌，但我想要的并不是这个。我发誓，我没有陷害叶子。我们之间是纯粹的友情。我们彼此信任（虽然我们都知道对方有难言之隐），胆怯地敲开孤独的心，然后相互理解，终于成为无可取代的挚友。叶子拯救了我，让我再次有了身为人类的感觉，但恐怕她并不知道这些。

由起夫应该也明白这一点。但当她的死已成为无法改变的事实，由起夫当机立断地说："叶子已经不可能再复活了，对我们和对达也来说都是一件悲惨的事情，所有罪过都由我来承担，所以……所以就让她再帮我们一次吧。"

那天，由起夫想杀死加藤，结果不小心连累了叶子。我告诉由起夫这并不是他的罪过。十七岁时，由起夫第一次杀人是受我所托。现在他决定杀掉加藤也是因为我。也就是说，叶子其实是我杀死的。

我们全都保持缄默，没有纠正警方的误会。我就这样留在了难波家。那两天就犹如胃痛般难熬。我与外界中断了联系，以降低自己的存在感。

还有一个巧合帮了我们一把。要确认烧焦尸体的身份，警方只能从牙齿上入手。他们从石川希美的医保卡上查到了最近就诊的牙医诊所，是一家位于上野职介所附近的牙科诊所，也就是叶子用我的医保卡就诊时去的那家。那时DNA鉴定尚未普及，前一年日航发生空难时，主要也是靠牙齿确认死者身份。比对过留在牙科诊所的病例后，警方断定副驾驶席上的遗体就是石川希美。

遗体以石川希美的身份入殓送回。办过法事，最终火化。由起夫和我都在场。从那天起，石川希美就死了，而我成为香川叶子，并用这个身份活了下来。

入夜之后，四周陷入一片漆黑，我将窗户稍微打开。

虽然现在看不到大海，但海浪声不绝于耳。这单调又丰富的声音从远古一直重复至今。每当听到这个声音，我的心就会安静下来，就像达也听到我给他买的陶铃发出声音时一样。

我变成叶子后，把达也送到了儿童福利机构，听说后来被别人领养了。

我当时很害怕。那个孩子之后会说话了。我觉得不久之后，他就会把我和由起夫的罪行大声说出来，所以我只能把他送走。

叶子除了达也以外，没有其他亲属。没有人怀疑车祸的死者其实是难波家的保姆。难波家附近也没有她的朋友。不过，还是有个人知道我和叶子互换了身份。

那就是园艺师间岛先生。频繁出入难波家的他立即察觉到了我们的诡计。我以身体不适为由，避免出现在他面前，但事情不可能永远瞒下去。或许他已经发现，现在在难波家的人其实是加藤律师的秘书石川希美，而车祸中身亡的人是叶子。

但他没有拆穿这件事。有一次，我在难波家和间岛先生不期而遇，他一直盯着我，最后突然移开了视线。我想他肯定发现了，至于为何间岛先生要佯装不知，我就完全搞不懂了。

对石川希美死亡一事，加藤律师事务所的人反应冷淡。因为他们暗地里知道我是加藤的情妇,和加藤律师一起坐车,然后和他一起出车祸身亡,合情合理。失去老板的事务所很快就关门大吉了,员工也都离开了。没有一个员工手捧鲜花到寺院里祭拜石川希美。

不久,由起夫决定离开深大寺。他应该不忍心舍弃难波老师喜爱的宅邸,只是为了彻底隐藏我们的罪行,这是最好的方法。我也搬进他买的高级公寓里。我们分不开了,无法再像之前那样假装陌生,若即若离地生活。我们一起保守着可怕的秘密,我们再也无法结识新的朋友,也无法开启新的生活。我和由起夫办理了登记,结为夫妻。

我承受着前所未有的不安、恐惧以及罪孽的折磨。夜晚做噩梦时,由起夫会抱紧我,抚慰我。如此,我才能度过漫长的黑夜。我们分开时,如果我又做噩梦,由起夫就会及时赶来。我们冰冷地拥抱着,身体贴在一起,等待天明。但无论我们贴得多近,传递给对方的,只是各自的冰冷而已。

对我而言,由起夫是比兄弟姐妹还要亲密的青梅竹马,也是冷酷无比的共犯,更是我丑陋的另一面。我们永远都分不开了。

我把饼干盒里的东西都拿了出来,抽出放在最底下的东西。那是一本好久没有碰过的照片集,又薄又旧。上面写着《筑丰挽歌》,一九六四年出版。

我翻到最中间,看着那张黑白照片。那是一个男生和一个女生站在一起的合照,是在放学回家途中拍的。穿着黑色制服的男生双手插在裤子口袋里,微微仰起头看着镜头,态度冷淡,但隐约看得出有些害羞,是个不习惯拍照的乡下初中生。

女生则笑得天真烂漫,她把男学生的帽子拿来戴在自己头上。她身材较瘦,和制服的尺寸并不相称,裙子也很长。可见没有人照顾她。可是，她却傻里傻气地堆满笑容，突出的右颧骨上有一颗黑痣。

这是由起夫和我。

明明我们生活在那样残酷的地狱，但在拍照的那一瞬间，我们竟然会如此若无其事。当时我明明在想，要怎样做才能爬出那里，却面对镜头摆出了天真无邪的神情。那时的我既不自然，又充满了矛盾。

照片中的中村勇次和石川希美，现在常年过着冒充别人的生活。为了不让别人知道自己的身世，小心翼翼地互称"由起夫"和"叶子"。为了不让别人知道自己的老家，一直说着漂亮的、没有口音的标准语。

曾经有段时间，我们会为不知何时被剥下"画皮"而焦虑不已。但现在已经不会这样，由起夫和我都平心静气地等待着。

我们等待着，那个我们极力弯曲、不断翻弄，并涂漆做好的机关，终有一天发条报废。之后，我们虚构出来的王国，瞬间土崩瓦解。

特别是由起夫，他渴望走到人生尽头之际，他所欠的账都能还清，能被严厉冷酷地问罪，就像他祖母的预言一样……

第三章 伊豆溟海

我想起胸针上雕刻的花朵的名字了。它叫武藏野百合,是曾经开在武藏野一带的橙黄色花朵。据说在四到五月盛开,但我没有亲眼见过。佳世子太太小时候一定在深大寺见过,而如今似乎只能在府中市的浅间山公园见到它们。我用指尖小心地抚摸这六朵雕刻得十分细致的花。叶子当时别着这枚胸针,牵着达也的手去参加了橡木园入园式。

我和叶子是在上野公共职介所认识的。现在公共职介所已经改叫"Hello Work"。最初还是因为工作人员把石川和香川搞反了,所以我们有了交谈的机会。这只是一个在任何地方都可以发生的巧合,但为何我会对叶子感兴趣,并介绍她到难波家当保姆呢?这个问题,我已经反复问过自己很多次了。如果我们只是点头之交,叶子也就不会死了。

很久以来,除了小勇,我没有深交的人。我并没有感觉有什么问题。不,应该说,是我一直小心翼翼地与别人保持着距离。

为什么我对叶子不一样呢,是因为太寂寞了吗?希望有可以吐露心声的朋友,同情看起来寒酸又不安的叶子?还是见到她带着达也,让我想起了昭夫和正夫?不,全都不是。

现在我知道了原因。我试着把自己和叶子重叠起来。在筑丰的时候,没有人对我伸出援手,我和小勇只能用可怕的手段,从那里爬出来。当时的我，憧憬着"另一个世界"。

叶子和那时的我很像，只要有人能帮她一把，她就能撑过去。我是在帮助过去的自己。叶子已经是这个世界的人，撑过去应该是一件很简单的事。我很快就看出她有难言之隐，首先是没有工作，生活潦倒，还要抚养外甥达也。那孩子不会说话，对谁都无法敞开心扉。

不仅如此，她的态度总是畏畏缩缩，也没有医保，我想她是为了躲避家暴的丈夫或追债的人。但她什么也没说，我也只能佯装不知。这都是一些小事，想到我走过的路，叶子的处境也不算什么。

或许和叶子这样的人交往有些危险。我们犯了罪，又在外乡隐姓埋名，应该隐藏自己，低调生活才对。我之所以和偶然认识的叶子深交，是因为我们同年同月同日生的关系吧。

我的过去已无法重写，但也许我能帮助出现在面前的另一个自己。我陷入了这种淡淡的幻想之中。

我想让叶子幸福，我的愿望明明是让她幸福……

现实却完全相反。叶子因此丧命，而我，再次逃走了。

十七岁的小勇和我离开了筑丰。我们来到了东京,混迹在茫茫人海中让我有种安全感。我觉得只要躲在喧嚣的都市背后,远离人际交往,自己的存在感也会变弱,不会有人注意到我。

当时正是经济高速增长的时期,我真不敢相信日本已经发展成这样,可明明还存在筑丰废矿聚居地那样悲惨的地方。从东京站出来的那一天,我和小勇没去思考当天应该怎么过,而是站在大型电器行前,一直看着彩电。电视里重复播放着披头士乐队访日的画面,当然,我们并不知道什么披头士。我茫然地想着,肉品加工厂的女工们听的 Group Sounds,应该就是这些人吧。

我们用从竹丈那里拿来的钱想办法租了一间老旧公寓,接下来必须考虑明天该怎么办。我们忙于逃亡,还无暇考虑未来。

幸运的是东京这里劳动力缺乏,找到工作并不困难。小勇先在高速公路工地当临时工,很快便又找到汽修厂的工作,可以发挥他在筑丰的工作经验。我在餐厅洗盘子,不久后做了服务生。在东京的好处是没有人会因为我们是小野矿工寮的孩子而看不起我们。我们每天埋头苦干,夜晚睡得像烂泥一样,什么都不用想。日复一日,如同机器。

如果要说改变,那就是我们没有再做爱了。小勇帮我杀掉父亲的那个夜晚,在煤渣山的山脚下,我们第一次合为一体。我想，那次做爱应该源自杀掉两个人后小勇的亢奋和当时我的疯狂。我们同居后，如果小勇有需求，我是不会拒绝的。但小勇并没有需要。不，是小勇丧失了那个能力。即使有时我们有肌肤之亲，他也无法做到最后。我不知道该怎么看待这件事。

我有些困惑，那一次只是我们年少冲动？还是小勇对共犯的我已经没有了性欲，换个人就可以？我没有问过小勇。他也没办法说清楚。

自从小勇杀死竹丈的事被空壳子揭发后，他就完全自暴自弃了。他想到警察局自首，却被我强行带出来逃亡。我想这就是他变了的原因。小勇已经不想满足欲望，不想充实生活，也不想组成家庭了。似乎只是因为我还活着，所以他才决定待在我身边。

我想过好多次，或许完全分开对小勇来说比较好。但是我害怕，我不敢独自背负罪孽活下去，我希望知道一切的小勇能陪着我。或许我最大的罪过，就是这样把小勇拴在身边。

我害怕父亲的鬼魂会再来找我。我经常做那样的噩梦。当我因痛苦而发出呻吟时，小勇会立刻从背后抱住我，但无法再进一步。我也并没有更多的期待，我们是有共同罪孽的连体婴，我们将死鱼般的身体贴在一起，互相舔舐伤口。我们没有男女之别，只是互相安慰的同胞。

很久以后我才注意到，小勇不是对我无法勃起，而是他已经丧失了男性功能，或许他是用这种方式来惩罚自己。

我到东京第一次接触咖啡这种饮料，一开始不知道还可以加牛奶和砂糖，咖啡的苦味让我皱起了眉头。但喝第二口时，我就知道这是最适合我的饮料。因为杀害父亲的不是小勇，而是我。我喝咖啡，是为了将此事刻在心上，是为了以后不期待安稳的幸福生活。我不吃像样的食物，却习惯了黑咖啡的味道。才两个月的时间,我这个乡下来的小女生就离不开咖啡了。

　　我拼命改变自己。我们为了说一口标准语费了很大力气,改掉筑丰口音虽然辛苦,但这件事很重要,我们不想让人知道我们的出生地。

　　"别叫我小希(non)了。"我用略带生硬的标准语对小勇说,"我以前就不喜欢'nozomi'这个叫法。"

　　我将名字的念法从"nozomi",改为了"kimi"。

　　随着日渐习惯东京的生活,我们逐渐脱离了原来的自己。虽然不再怀念筑丰,但我时不时会想到律子、昭夫和正夫,不知道他们过得如何。可是我不敢和他们联系,更不能和他们接触。

　　那天晚上和律子拥抱离别时,我就知道我们不会再见面了。若是还藕断丝连,就可能被空壳子找到。那家伙知道我和小勇的犯罪行径,还掌握着证据。一旦开始逃亡,就得永远逃亡下去。这是逃亡者的宿命。

　　律子很坚强,我相信她能理解我的想法,好好地生活下去。

我在可以俯瞰庭院的阳台上放上小桌子和椅子。这里大部分时间处于阴影里,所以我经常待在阳台上。我用之前的毛线继续编织着,起初打算做一条婴儿包巾送给岛森小姐,但不知不觉中,孩子已经过了用包巾的时期。再说,现在的妈妈应该也不会用包巾包着婴儿出去了。

不过田元女士鼓励我坚持下去,说手指的运动对身体有好处,所以我就继续有一搭没一搭地编着。五彩缤纷的毛线花积累了一大堆。我将它们装进了藤篮里。如果不收好就放到阳台,会被树林里飞来的乌鸦搞得乱七八糟。

原先毛线花总掉到地上,我曾怀疑是风吹的,但后来才知道是乌鸦搞的鬼。有一天,我在阳台上做编织,中间回了一下房间,就听到外面有什么动静。我悄悄一看,原来飞来了一只乌鸦。乌鸦收起似乎有些潮湿的亮黑色翅膀,停在阳台的栏杆上,不一会儿又跳到桌子上,用嘴巴叼起毛线花迅速飞走了。我仔细观察,这种事出现过好几次。

我想起了乌鸦的习性。那时在武藏野,还没有捡到小黑之前,难波老师和达也在屋后树林里找到了乌鸦的巢。鸟巢挂在一棵长在悬崖下方的栎树上。两人很开心地仔细观察鸟巢,所以经常到树林里去。听说乌鸦夫妻下蛋后,我和叶子也跟着老师去看了看。见到乌鸦巢时我大吃一惊，因为巢是用铁丝衣架筑成的。乌鸦细心地在里面铺上了黄色的玻璃棉，里面有四颗青白色的蛋。

老师告诉我们，乌鸦筑巢的材料有不少是人工制品。它们会偷偷叼走棕榈绳、铁丝衣架、农用塑料布的碎片、塑胶绳、塑料胶带等东西。聪明的乌鸦似乎明白，与其辛苦收集大自然的产物，还不如直接拿人类丢弃的东西。

老师还说，或许是因为乌鸦的天性，它们既讲究又挑剔，大多会以同样的材料来制作鸟巢。如果选择铁丝衣架，就会全部用铁丝衣架来筑巢。多亏了有观察鸟巢的习惯，老师他们才能尽早发现从巢中掉出的小黑，之后收养了它。

乌鸦偷走毛线花肯定是想用来筑巢。鸟巢应该就在结月周边的树林里。仔细观察，我发现常来的乌鸦有两只，应该是一对。我大概能判断哪只是公的，哪只是母的。只要将毛线花放在阳台上，它们就会来找这种容易得手的材料，已经飞来好几次了。我在屋里不动声色地坐着，观察这对交替飞来的乌鸦夫妻。它们会先停在栏杆上确认有没有人，如果发现房间里有人影晃动，它们会警戒地探出身体，窥视昏暗的屋内，然后悄悄跳到桌子上，把脖子伸进装满毛线花的篮子里。不知为何，公乌鸦喜欢黄色和橘色，母乌鸦喜欢浅蓝色和淡粉色。

我想象着挂在大树上的鸟巢里布满了鲜艳的毛线花，里面有着青白色的鸟蛋。即使我把篮子收起来，乌鸦也会恋恋不舍地飞来，从庭院的树枝或电线杆上窥探这里。它们应该真的很喜欢毛线花吧。

她是我的分身，她努力地活着。我想让她幸福，这是多么自大的想法。我把脸埋在毛线花里哭泣，那时达也已经不在了。

叶子死的那天，她坐在加藤律师的车上被带走时，达也大叫："叶只！"

我知道叶子要达也叫她"叶子"。达也最后的最后才叫出这两个字，我的挚友应该听到了吧。达也不会说话是因为受到精神打击，叶子一死，达也可能又受了刺激，之后逐渐恢复了语言能力。

达也是个聪明的孩子，其实一切都逃不过他的眼睛。在不会说话的那段时间，他仔细观察周围发生的事，把所有事情都联系起来，通过观察得出一定的真理，甚至能从中得出正确的预测。或许叶子坐上加藤汽车的瞬间，他就已经知道要发生什么事，因此朝那辆车追去。奔驰车开走后，地面留下油渍，我也因为不祥的预感而浑身颤抖。

由起夫反对把达也送人领养，他一直都想当那个孩子的父亲。虽然叶子死了，不，正因为叶子死了，他才更要想领养达也。我强烈反对。如果达也不离开，总有一天他会说出害死加藤和叶子的凶手就是我们。他看我们的眼神有时就像冰冷的玻璃，我总觉得他在狠狠指责我们。一想到他绝不会原谅我们，我的身体就会缩成一团。我实在无法看着他成长。

我们向来不顾其他人，只顾保护自己。现在只能像祝福律子和两位弟弟那样，祝福达也在养父母那里过得幸福。

来到东京之后，我们在吃穿上都很节省，但有一件事情我们没有放弃，那就是继续读书。在大城市，只要自己愿意，就有学习的机会。在东京，这是理所当然的事情，但对我们而言却是难以置信的侥幸。没有知识和文化将会如何抹杀一个人的人格，抹杀一个人生存的意志，我们都有切肤之痛。

小勇边打工边上定时制高中，拿到了高中毕业证。我几经挫折，从函授制高中毕业了。不仅如此，小勇又去了汽车维修学校，获得了技师资格证。汽修厂老板很赏识他，还让他去读了夜大，因为他希望小勇能和他女儿结婚，将来继承他的事业。

知道老板的意思后，小勇毫不犹豫地辞掉了汽修厂的工作，老板非常生气。小勇告诉我，他无法跟任何人结婚，无法和女性有亲密接触。这时我才明白他有性功能障碍。汽修厂老板知道小勇和我同居后，明显表示不快，说如果当初知道他和女人同居，就不会想把女儿嫁给小勇了。小勇就这样被贴上了花心的标签。太讽刺了，明明他无法和女人做爱。

此后我便没有和小勇一起住了。那时我已经是东京一家婚庆公司的正式职员，即使从竹丈那里偷来的钱见底了，我也能养活自己。起初我是婚礼会场的接待员，但逐渐有了更重要的工作。偷懒的同事不想做的事我都做，因此工作量是别人的两倍。那时一天常有好几组新人在会场举行婚礼，我必须精准地让所有婚礼和宴会顺利地进行下去。有时我还会担任现场的指挥，每天都忙得不可开交。我一边工作，一边完成了大学学业。能够选修喜欢的课程，简直就像做梦一样，根本不想休息和玩耍。

小勇辞掉了汽修厂的工作，之后受雇于一家汽车解体厂。这家店回收报废车，之后拆成废铁进行出售。我想起在筑丰捡废铁的事，小勇肯定也想到了，然而在不知不觉间，我们已经不提筑丰的事了。

不久之后，小勇换到另一家大型的汽车解体厂，在那里，他负责将拆下来的零件出口到东南亚和非洲去。日本汽车非常结实，就算是旧的零件，这些国家也可以加以利用，为了修理汽车，他们需要这些零件。此外，他还在夜大修了经营课程，原本就很优秀的他，不但很快学会了英语和当地的语言，还拥有维修人员的技术，因此成了公司重要的员工，还有好几次被派到国外出差。

我们成功逃离过去了吗？并没有。

随着我们的生活日渐安稳和富裕，我们也越来越胆怯，从没觉得自己过得幸福。弑父之罪一直强迫着我们看向遥远的过去，犹如黑暗阴沉的重石压在胸口。随着年月的流逝，它没有变得更轻，反而更加沉重。

如果压垮我们的日子总会到来，我希望它能早日到来。我开始觉得迟早会到来的破灭是唯一的救赎。

我们无论到哪儿都无法安心居住。小勇拒绝了同事合作开公司的邀请，甘于为公司打工。我和几个男人交往过，对这种事我都顺其自然，所以有时会陷入不伦之恋。但只要被求婚，我就会立刻拒绝。我没有对小勇说过具体情况，但我觉得他大概知道。

他没有责备我自甘堕落,也没有劝我应该找个人安稳下来,更别说嫉妒了,他只是默默旁观。

我们没有彻底分开,保持着若即若离的关系,在大城市中四处飘荡。

破灭之日突然到来了。

我有时会去小勇家。因为我的焦虑综合征会突然发作,只有见到小勇才会缓解。他眼角上的疤痕随着岁月的流逝变得更加扭曲和显眼,绝对不可能消失。看到他眼角那个丑陋的徽章,我便会告诉自己,绝不可以去追求幸福。我已经习惯让自己沉浸在黑咖啡和他的伤口带来的苦涩之中。

某天,我们从他家外面的楼梯下去时,迎面撞上了一个人。

"呵,终于找到你们了。"

对方以轻佻的口吻说道。我们当场僵住,一个绝不会忘记的男人站在那里。是空壳子。离开筑丰已经超过十年了。

他成了一名律师。离开筑丰之后,他重回大学法律系就读,最后通过司法考试,三十五六岁时进入了一家大型法律事务所工作。这时我才知道他的本名,我茫然地看着他递过来的名片,上面写着"加藤义彦"。他邀请我们到附近的咖啡厅聊聊。我们面对面坐着。

我感到身上的力气在一点点流失,觉得一切都完了。

"我就知道你们在一起。"空壳子说道。他和在筑丰时看起来完全不一样,穿着高级西装,一看就是极有能力的律师,他已经不是空壳子了。

"我也没想给你们定罪,放心。"他也学会了稳重的说话方式,"真要找的话,随时都找得到。"

只要使用律师的权限,就可以调查户籍或居民登记。我们两人把户口迁到了完全不同的地方，还经常变更住址，但即使这样，找到我们对他来说也完全没有任何困难。更何况小勇还申请过护照。

"好了，我是想和你们商量个事……"

加藤坐在对面，微笑着。那笑容和律师脸上的职业笑容不同，我感到了从煤渣山上吹下来的风，想到了那块长期被人蔑视的悲惨土地……我之前对空壳子的那种感觉再次出现。

就在空壳子薄薄的皮肤之下，包裹着某种邪恶又扭曲的东西。那种东西令我厌恶。我死心地闭上了双眼。

"我想让你……"加藤对着小勇说道，"去冒充一个人，怎么样？"

小勇一言不发，但没有避开对方的视线，和加藤正面对峙着。这个人到底有何居心？这次又想到什么有趣的事了？即使他成了律师，我也完全无法相信他。人的本质不是那么容易改变的。加藤并没有解释什么，继续说道："我觉得对你来说也是好事。你只要能帮忙经营一家大公司，当个富二代就可以了。"

加藤扬起一边眉毛，似乎在等着我们回应。小勇依然不说话。加藤似乎早料到他的态度，开始不紧不慢地说。

深大寺有个大户人家，夫妻两人在寻找继承人。据说那个继承人是夫人和前夫所生，夫人离婚之后就和儿子分开，已经很久了。夫人的父亲，也就是老社长已经去世，夫人想把公司交给儿子经营，因此托加藤帮忙找人。

"你把本人找到不就行了？"我忍不住在一旁插嘴。

加藤露出可怕的冷笑。"不错嘛，完全变成城里人了。任何人来到东京都会想拼命改掉口音。"

我好像掉进他的节奏里了，不能大意。这个家伙就是这样操控人心的。曾经泷本先生和竹丈就是这样掉入他的陷阱，恐怕现在的委托人也是。

"我当然找了。"加藤又把视线移回小勇身上，继续说，"但他死了。是因为松香水中毒，最后变成了一个疯子，在收容所里，连自己的名字都说不出来了。"

空气凝结了，没人注意坐在咖啡店角落的我们。寒碜的老板在柜台后面微微打了一个哈欠。我面前的咖啡没有动，已经冷掉了。加藤喝了一口咖啡，我毫无感觉地看着他左手手指上的婚戒。

"但就这样作罢太可惜了，因为他们夫妻不会怀疑人，更何况那个儿子已经被带走好多年，不会有人知道是冒充的，连亲生母亲也不会知道。"

这么拙劣的计划也太瞧不起人了吧。

"太乱来了，这种事不会成功的。"

小勇的沉默让人不耐烦，于是我替他反驳道。加藤放下杯子，身体稍稍向前，低声说："他们母子分开二十多年了。妈妈只记得儿子身上的一个特征……"加藤的语气听起来相当愉悦，"右眼角有个割伤，是被刀子割的。"

啊……我想，这就是一个轮回。被这个男人任意操控和玩弄，失去自由，就是因为这个轮回，这就是我长年等待的天谴。我倒吸了一口凉气，同时知道我似乎已经接受了。罪孽深重的我们终于要在该平息的地方平息下来了。

"我拒绝。"小勇终于开口了，我惊讶地看向他的侧脸，"我不想加入你的计划，别再把我们扯进去了。"

说完，小勇站起身来。

"别那么着急。"加藤的脸色毫无改变，"你小子……"他的语气有些粗鲁,"你小子埋掉的尸体……"

我急忙看向柜台,老板正在水槽边清洗杯子。刚刚在入口处的两名客人不见了。小勇不得不再次坐回椅子上。

"你们知道那座煤渣山怎么样了吗?"

我和小勇只能无力地摇头。因为小勇的拒绝,我一度恢复的力气又迅速流失。

加藤解释道,荒废的煤渣山近年来被陆续挖空当作道路工程的建材。我感觉自己脸上毫无血色,也没有勇气看小勇。小勇掩埋竹丈尸体的那座煤渣山被挖开的话……尸骨的身份就会曝光,人们会联想到十一年前的凶杀案。如果知道当时的嫌疑犯已经死了……空壳子不是说匕首也一起埋进去了吗?那把有小勇指纹的匕首,超过十年还验得出来吗?还是空壳子把它又挖出来藏了起来,用来当作"绑架"我们的工具?警方肯定会立刻调查几乎在同一时间离奇失踪的我们。

"别害怕。"我们脸色大变,不知所措,此刻已经被加藤捏在手心了,"在他们动那座山之前,我已经把那玩意儿挖出来处理妥当了。"

他用轻佻的语气说,有人专门做这种差事。后来我才知道,加藤和黑道关系匪浅,真不知道律师怎么会和非法组织扯上关系,当时我还什么都不知道。

我们只能按照加藤说的做。小勇一直想自首,所以要是直接拒绝加藤荒唐的建议,将一切都讲出来就好了。但他没有这么做,也是因为我吧。

和加藤见面之后,我彻底失去了活下去的力量,对好不容易建立起来的小日子也失去了热情。我辞掉工作,不与任何人见面,竹丈的尸体怎么样了,藏在哪里了,用绝对不会被发现的方法处理掉了吗？这些我都没有想，我只知道我们被这位坏律师掐住了脖子。

加藤毫不留情，沦为傀儡的我们只能任其摆布。唯有一点，我不想和小勇分开，这个愿望非常强烈。我想小勇也无法丢下如此狼狈的我吧，我再次成了他的枷锁。

加藤开始给小勇上课，把难波家和难波科技的具体情况灌入他的脑子。难波家的现任主人难波宽和是入赘女婿，他和佳世子太太是再婚，两人没有生育孩子。现在佳世子太太想找回与前夫生的独子，加藤接下这个委托，请侦探社想方设法搜寻。但结果显示，之前住在群马县前桥市的那个孩子早已离家出走，然后在相依为命的祖母也不知情的情况下，丢了性命。只有这些信息。但是加藤心生一计，因为他想到了一个人，不但年龄相仿，而且眼角有难波太太记忆中的那个伤痕。

"难波家很富有，而且难波科技将来会成为优秀的上市企业。你不费吹灰之力就能当上继承人，以你的身世来说，简直就像做梦一样啊。"

小勇的脸上没有任何波澜，他已经不是昔日的小勇了。他能凭自己的能力赚足够的钱，还积累了相当丰富的学问和经验。想拿难波科技当靠山的是加藤。小勇和我立即猜到了他的意图，却无法反抗。我们在东京的茫茫人海中被他找了出来，不得不面对可怕的过去……我们已经被现实击倒了。

"黑田由起夫，记住了吧？在前桥市出生长大的黑田由起夫。我想你很快就会变成难波由起夫了，这就是你的新名字。"

加藤对发呆的小勇说。他又对我命令道，如果想继续待在小勇身边，就绝对不能叫错名字。由起夫……小勇从那天开始就变成由起夫了。

加藤不想让人发现破绽。他先让小勇混入了由起夫祖母信仰的宗教团体，待在已经不认得孙子长相的祖母身边。我想他是给了教团相关人士一些钱，让大家统一口径。小勇就这样变成难波家的儿子了。

　　由起夫、由起夫、由起夫……不能再叫小勇了。我不断叫着，为了将这个名字刻在心里。小勇的新名字，对我而言也是特别的名字。不，名字是什么无所谓，我只想和他在一起。就算不是伴侣也没有关系，就算成为他的枷锁也没有关系，我决定永远和他在一起。这就是我们二十八岁那年的事。

　　难波夫妇的事，我无论如何也无法忘记。

　　如果小勇这个冒牌由起夫进入的不是难波家，而是心高气傲的有钱人家，我们可能会陷入绝望的深渊。难波老师是中学老师，当时就快退休了，他二话不说就把小勇当成了自己的孩子。为什么他们两人不会怀疑人呢？真是不可思议。

　　知道难波家的情况后，我多少有些理解了。因为佳世子夫人罹患子宫癌，不久将离开人世。她无论如何都想在死前见到亲生儿子。见到被硬生生拆散，分别多年的由起夫后，她那燃烧殆尽的生命又重新燃起。佳世子太太想让由起夫继承公司。她拒绝了无用的化疗，每天待在儿子身边，疼爱他。难波老师也非常支持。

　　由起夫就是那时候发生了变化。再次碰到加藤，由起夫和我一样，变得非常沮丧，有气无力。他抛弃了中村勇次这个名字的时候，似乎连灵魂也被抽掉了，仿佛不这样做就无法完成顶替别人这件事。他完全掏空了自己，在难波家与临时父母一起生活后不久，便完全投入难波由起夫这个角色中了。我不知道是什么因素促使他这样做。

最初，我以为他只是单纯为了满足不久于人世的佳世子夫人的心愿，在剩下不到一年的时间里顺着病人的意思，扮演好儿子的角色。

"我们这是在帮助别人。"加藤大言不惭地说，"感觉不错吧？"

但是我们对这种无稽之谈嗤之以鼻。

我想，由起夫应该是打算在母亲死后就将事实告诉难波老师，然后离开。说不定那期间他也想到逃离加藤的方法了。但佳世子太太死后，由起夫仍然留在难波家，认真经营公司。这件事对由起夫来说并不难，他是个优秀又努力的人，取得了许多成果，从他的职业经历来看，这并非难事。能够获得这样大显身手的机会，所有男人都会感到骄傲才对。就像佳世子太太期望的一样，由起夫成了一位优秀继承人。

妻子死后，难波先生也没有改变态度，依然把一切交由儿子处理。令人惊讶的是，由起夫竟然也选择与老师住在一起，过去扮演佳世子太太儿子角色的由起夫，已经完全接受改变形象的自己了。

在筑丰的时候，他只有阿升婆一个家人，不知道自己还有没有其他亲人。后来犯了罪，跟我一起亡命天涯。在很长一段时间里，他都没有自己的家，找不到自我认同感。如今在武藏野找到如此惬意的地方，我没有办法责怪他，也没有勇气向宽容无私又没有心眼的难波老师说明真相。由起夫也不恨加藤，他决心压抑所有的情绪，让自己随波逐流。

这无疑正中加藤的下怀。他让由起夫成功混入难波家，取得难波家的信任，此后，加藤便辞掉法律事务所的工作自行创业。难波老师对公司的事情从不过问，难波科技成了按照由起夫与加藤的意思发展的公司。加藤当上难波科技的法律顾问。为了登上瞬息万变的社会舞台，他需要一个稳固的立足之地。

从司法研修所①刚出来的年轻律师接不到案子，只能进入律师事务所打杂。在事务所老板手下工作十年或十五年，得到老板的认可后才能独立。但加藤想一举跳过这漫长的阶段，他无法忍受长年在别人手底下做事。为此，最快的捷径就是成为一家中坚企业的法律顾问。他用定期拿到的顾问收入来实现自己的稳定经营，估计加藤义彦律师事务所从难波科技拿到了惊人的顾问费。

数年之后，由起夫升任难波科技董事长，公司也顺利上市。一个狂乱的时代正在来临，股价不断上涨，散户沉迷于投机炒作。地价暴涨，人们开始炒地皮。对加藤这种人来说，有趣的时代到来了。他不是个嗜钱如命的守财奴，而是喜欢操控别人，以缜密的策略控制别人，在此过程中享受令人颤抖的快感，一旦玩腻了就立马抛弃。想玩这种游戏，就需要难波科技和由起夫。

事后，人们将资产价值大幅度超过合理价值的情况称为"泡沫经济"。我觉得这简直就是加藤的写照，他可以虚构出没有实质内容的东西，加以粉饰，再夸张地展示出来。他冷眼看着人们咬住那东西不放，然后又将之打破。他人的情绪也只是他用来壮大自己的材料罢了。不过最可怕的是加藤可以巧妙地伪装自己，让别人根本看不出他是多么无情冷酷的人。他把自己伪装成一个亲切、公平，有能力，同时正义感爆棚的律师。他十分擅长演出相反的自己，并且以此为乐。

---

①在日本，考过司法考试之后需要去司法研修所实习，之后才能执业。

加藤将由起夫送进难波科技而得以干涉公司业务，他联合税务、会计以及社保人员一起为所欲为。他将原本开在小金井的工厂和公司核心业务移到东京市中心，目的是让常来研究所的难波老师远离经营。他还新成立了投资部门与不动产部门，把一家纤维行业的重要企业完全变成了另一个公司。

　　由起夫很聪明，他当然知道加藤的本性，按理说他可以提醒老师，加藤只是在利用难波科技和难波家罢了。但是由起夫并没有采取任何行动，只是一味扮演着老师儿子的角色，淡然地做好被交予的职务。

　　面对由起夫的淡泊和安然，我只能静静伫立。我有种被抛弃的感觉，还有一些嫉妒。嫉妒他取得别人的身份，丢下我到"另一个世界"去了。我陷入这种苦闷的旋涡中。

　　只是改变"希美"这个名字的读音并不能满足我，加藤巧妙地读取了我的心思。我都忘了，那家伙本来就擅长嗅出人的脆弱，然后巧妙地加以利用。他将计就计，利用我对由起夫的心思，把我拉到他身边。他向我表示，加藤律师事务所可以雇佣我，这样我就能经常待在难波家附近，和由起夫一起了。饱受孤独折磨的我立即接受了这个提案，因为如果和由起夫断了联系，我会觉得自己就像漂浮在无边的大海上一样无力。

　　我在律师事务所没什么事做，只要跟着加藤到处跑就可以了。尽管如此，我拿着高得吓人的薪水，还住在高级公寓。房租由事务所出，加藤有一个家世不错的漂亮妻子和两个女儿，他的办公桌上还放着全家福。

　　"我的梦想是将加藤律师事务所打造为顶级事务所。一流的顾客，一流的酬劳。你身为我的秘书，也需要一流的品牌。"

　　加藤带我到高级时装店，从衣服、包包到皮鞋，店员推荐的全都买下，由他刷卡。起初我还非常不安。第二天，我穿着那身衣服去上班，加藤直直地盯着我打量，说："还行吧，但是……"他突然用力捏起我的下巴，"这颗痣我不喜欢。"

我沦为了加藤的奴隶，是一个双手双脚都被废掉的玩偶……我想，事务所的人都认为我是加藤的情妇吧。

在雇主的命令下，我到美容外科把痣去掉了。

"还有没有其他想整的地方呢？"

美容外科医生为了让我这张脸变得更漂亮，做了许多模拟给我看。当时我的心一定是病了，我不想变美，但想变成别人。那种被遗忘的感情再次涌现。十七岁的时候，我憧憬的另一个世界……住在那里的女大学生，她们歌唱青春和自由，心血来潮地前往极其贫穷的部落，打心底里同情可怜的孩子。她们虽然为改善孩子的生活煞费苦心，但回到原来的世界后，又能尽情欢笑，去大学读书，去打工，去约会。

我对医生继续说："我要割双眼皮，我不喜欢颧骨这么高，我想削骨。"

栗本京子那张稚气的脸突然浮现在我的脑海里，当时我还想过，为什么京子是京子，我是我呢？

但结果我和京子一样，都只是加藤的玩具。

我沉迷于整容，加藤觉得很有趣，于是无论多少钱都替我买单。接着我又开眼角，矫正牙齿。由起夫……只能痛苦地旁观。我们深知，我们的身体已经被加藤这披着人皮的怪物给抓住了。折磨我似乎能让加藤感到无比兴奋。他经常来我的房间，数落我的罪状。

"是你拜托由起夫杀掉你爸的吧？所以那家伙才会下决心动手。罪孽深重的女人啊，明明你自己下手就好了。"

"竹丈跟我说，他是由起夫的亲生父亲，所以你们两人都是杀父凶手。如果刑法没有杀害尊亲属罪①该有多好。"

"一氧化碳中毒的老爸很麻烦吧？但怎么会恨到想杀他呢？"

"你妈跑掉了吧。搞不好被竹丈求爱她还高兴呢。"

他用所有能说的话来折磨我。他让我全裸站在全身镜前面，问我是否满意整形后的自己，逼我说出下次还想整哪里，还用语言猥亵我，甚至把我压在床上侵犯。比起性侵，他更想看到对方因害怕而求饶的样子。

他的施虐癖日益升级。或许是我的不抵抗让他觉得无趣，他不断改变取乐方式。有一次，他从办公包里拿出一把生锈的匕首，见我狼狈得差点窒息，才告诉我这不是由起夫用过的那把，是他从来往的黑道大哥那里拿来的。他把我压在床上，将匕首插在我的脸旁，然后强暴我。享受极度的亢奋之后，又立即冷却下来回家，回到有心爱的妻子等待的那个家。

如今，我知道如何形容加藤这个人了。那就是精神变态。他有文化、有脑子、有自信，但缺少能够感受恐惧与罪恶的心。明明对他人的心情漠不关心，却装作一副感情丰富的样子。

我已经受不了了，濒临崩溃。半夜加藤走后，我向由起夫求助。他不顾一切地赶过来，只是抱紧我，对我说："没关系。"虽然只有这样，但这就够了。感受到盘踞在由起夫心中的懊恼与悲伤，我便会安心地叹一口气。我们一方面不断重复这种仪式般的行为，一方面又觉得受这种惩罚是罪有应得。就这样，我们两人身披索然无味的哀怨一起苟活着。

遇到叶子，就是在这种生活勉强稳定下来的时候。

---

①指杀害亲人的罪名，我国的刑法里无此法条。

观察乌鸦偷了东西后飞走的方向，就能大概知道鸟巢的位置。因为乌鸦叼着鲜艳的毛线，那颜色不会与大海的蓝色或树林的绿色混淆，因此用眼睛追逐黑鸟的位置并不困难。我认为鸟巢就在结月后面不远处的树林里。既然认定了这一点，我便想要一探究竟。

我在走廊上碰到渡部，托他帮忙买个双筒望远镜。

"我想看看鸟。"我这么一说，渡部问我，"您要观察鸟类吗？"

"只是随便看看。"

我跟渡部说了乌鸦偷走毛线花的事情，表示想看看它们的巢在哪里。渡部似乎有点兴趣。

"不只是乌鸦，有许多鸟类在那边的树林里筑巢繁殖。"他举出很多鸟类的名字，"日本山雀的鸟巢材料也有很多颜色，很有意思哦！有的会铺上兽毛和撕成条状的树皮，有的会使用棉花和毛线，甚至还有的直接霸占啄木鸟的老巢呢。"

"啊，真的吗？"

他看起来呆呆的，没想到懂得这么多。

"买高倍率的双筒望远镜比较好，比一般的观察望远镜更好……"

渡部很快帮我买来高倍率的双筒望远镜，我不会用，他还仔细教我如何对焦。其间田元女士有事过来，她也顺便用望远镜看了一下。就在这时，乌鸦飞到阳台，用嘴去叼我故意放在那里的毛线花。我们三人屏息凝神，看它用嘴啄着毛线花。它把蓝色和绿色的花挑掉，将底下的黄花拉出来。

"看，那只公的讨厌冰冷的颜色，母的喜欢柔和的颜色。它们的巢配色一定很漂亮。"

"乌鸦的视觉比人类敏锐，它们具有能感知紫外线的视觉细胞。人类看到的彩虹只有七种颜色，但是据说乌鸦能看到十四种颜色。"

渡部刚说完，公乌鸦就叼起黄色的毛线花飞走了。

"咦，乌鸦不是讨厌黄色吗？我们家那边的垃圾袋都是黄色的，听说就是为了防止乌鸦乱啄。"田元女士插了一句。

"那不是因为乌鸦讨厌黄色，而是黄色比较容易加入一种可以隔绝紫外线的特殊颜料。只要加入这个颜料，乌鸦就看不出垃圾袋里有没有食物了。"

"哇，你懂得真多。"田元女士佩服地说。

我用望远镜跟着乌鸦看去，但很快就跟丢了。算了，也没必要着急，我有的是时间。

"太太，您喜欢看鸟，而您先生喜欢钓鱼呢。"田元女士一边换床单一边说，渡部在给她帮忙。

"我先生只是在船上睡午觉，他不喜欢钓鱼。加贺先生难得找他去，说是出海，其实他只是在睡觉而已。"

"这样啊。每次看到他和加贺先生一起到栈桥去，我都以为一定是在认真钓鱼呢。不过在船上随波睡着午觉也不错吧。"

田元女士似乎在给自己找台阶下，有一句没一句地说着。那天我一直把望远镜放在膝盖上准备着，直到傍晚。但乌鸦没有再来。

加藤放出豪言壮语，要将他的事务所发展为一流事务所，结果他真的慢慢实现了。那时好多企业重金聘请顾问律师，其实这些律师几乎不了解商业，但聘用知名律师相当于一种商业宣传。那是个繁荣的时期。

不过加藤在业务方面也很厉害。他扩充企业法务的工作范围，利用经营和市场的专家、税务人员、会计师、商标代理师等，为客户提供企业经营上的综合性咨询服务。这在现在看来是理所应当的，但在当时相当前卫。他的事务所业务涵盖税务、财务、人事、劳务、知识产权、法务等，口碑很好。许多企业都想聘请他担任顾问律师，因此顾问费收入十分可观。我是他的秘书，所以知道这些。

我在某本书上读到过，完全没有感情，因而不会被那种暧昧不清的东西影响的精神变态，成为成功者的概率很高。企业的一把手、律师、外科医生、媒体人等，其中就有不少精神变态。敏锐的观察力、胆量、无情、领袖能力、专注力……这些东西带给他们富有、力量和地位，让他们跻身上流阶层。这些人即便拥有了家庭，也还是孤独无情，但他们不以为意。我不认识加藤的家人，却不难想象他在扮演一个爱妻子的好老公和疼爱孩子的好父亲。他能够机械性地处理感情，与之相反，他看我的眼神令人毛骨悚然，就像食肉类爬虫一样的视线，是一种极少眨眼的直视，正是精神变态的特征。

加藤建立了一定的社会地位，并以难波科技的财力为靠山，侵吞一些值钱的企业。当一些企业资金周转困难时，他就提出提供资金支持，并把转让股份作为融资条件列在合同款项之中。对方无论如何也需要融资，只能接受。趁经营尚未稳定时，他便以取消融资为要挟，要求对方履行融资条件。他能让这种事变得合法且稳妥，不得不说他手段高明。

不久之后，难波科技变身为一家多元化企业，旗下拥有众多子公司。由起夫虽然只是名义上的社长，但依然以他的方式开展着事业。他没有动位于小金井的工厂，踏踏实实守住原有的制造业。难波老师时常拜访的研究所也位于小金井工厂内，或许由起夫因此认为这里是不可侵犯的圣地。尽管工厂附近的小金井田园俱乐部会员券可以卖到一亿以上，但扮演好难波老师的儿子是他唯一的生存标准。

如加藤所愿，他的事务所变成了一流律所。他不让自己的事务所和首要客户难波科技参与可疑的事业。当时，他另外成立了承包非法工作的公司和组织，并和这类组织交往甚密。难波科技的不动产部门及投资部门皆没有任何问题。我不知道他动了什么手脚，赚了很多钱。对于脑子聪明的加藤来说，在背地里做到这些非常简单。

一九八六年，东京市中心的地价上涨率达到了七成，像加藤这样的人，就算躺着不动，金钱也会滚滚而来。加藤让家人住在东京市中心价值上亿的豪宅里，开着奔驰，穿着名牌，但他不爱打扮得像当时常见的投机商人那般花哨，也绝不戴百达翡丽和伯爵等名表。

那些东西不在他表现自己的范围内。

他的律师活动主要包括企业的事业投资及股东大会对策、决算书及各种会计业务、事业规划、人事、劳务等，也代办企业经营必要的各项业务。他把合作的各领域专家集中起来，能够提供广泛的服务。对于政治家违反选举或收受贿赂等事件，企业间经济交易所产生的纷争，他也很擅长，而这些就是他巨额报酬的来源。此外，对于无法继续经营的公司，他会迅速办理破产程序，随心所欲地操纵企业的命运。

泡沫经济时期，律师中有人每晚在银座喝酒，还有人砸重金买了别墅、游艇和赛马。一些奇怪的中介和专门帮人办事的人自然会接近这些人。加藤也很清楚这些事。他懂得与黑社会打交道的方法，冷眼旁观许多投机商人身败名裂，并以冷静及强韧的意志为武器，生存下来。

或许加藤早就看出那个狂乱的时代很快就会终结，但讽刺的是，他没能亲眼看见。

我第一次去职介所是为律师事务所的工作拿资料。我随手看了几则招聘信息，想起来到东京后，因为终于能够上学而无比高兴。那些回忆动摇了我。我一边受加藤控制，缠着由起夫不放，一边又不时到上野的职介所，翻阅着大量的招聘信息，想要从里面魔法般地找到适合自己的安身之所。结果我没有找到就业岗位，却遇到了叶子。

叶子和达也一起到难波家后，我也常跟着加藤去深大寺。我和叶子带着达也这个怪孩子在武藏野散步，这件事一点一点地改变了我。我也渐渐不去职介所了。

到东京以后，我没有结交同龄人，因为我始终认为自己没有这种资格。我改变了容貌，又更换了名字的念法，这些已经让我身心俱疲。但与别人接触，与由起夫以外的人相处，又给我带来了新鲜感。

我通过加藤律师事务所看到的社会，是由于泡沫而五彩斑斓、瞬息万变，充斥着欲望和金钱的世界。这种虚幻的世界让我感到害怕。但叶子不同，她是个名副其实的三十五岁女人，适合穿大地色系的衣服，四肢纤细，那颗动不动就低下的头上是从没有烫过的头发。在职介所看到她的时候，我感觉她不怎么靠得住，但是她在难波家却忙个不停，麻利地收拾家务，那样子让人感觉非常不错。

她和武藏野的自然风光将有些发狂的我拉回了现实世界。认识她之后没多久，我就向她坦白自己做过整形手术，这让我自己都吃了一惊。

在叶子成为难波家的女佣之前，我对那个家庭并没有抱多大的兴趣，只当他们是加藤的委托人之一。虽然由起夫伪装自己混了进去，但我不愿牵涉太深。只要想到万一出了差错，让人知道我和由起夫那段沉重可憎的关系，就让我感到害怕。对已故的佳世子太太、难波老师、老管家藤原女士，我都只是冷淡地和他们维持表面来往而已。尤其是藤原女士，对我这个由起夫的青梅竹马似乎存有戒心，总是注意着我和由起夫的接触。尽管我平时装作和由起夫不熟，但自从受到加藤的折磨，我就会在半夜把由起夫叫出来。对此我感到很内疚。

由起夫经营着难波科技，而我在律所上班，我们都变得富裕了，衣食无忧。但是我们从不乱花钱，也没有想要的东西。听说由起夫给达也买了一辆三轮车时，我笑了。也不知道为什么，和叶子在一起，我有时会不自觉地笑出来。

很长一段时间，我和由起夫之间由令人厌恶的命运联系在一起，那是一条紧绷的丝线。之后我们遇到了加藤，我只能萎靡地任由加藤折磨下去，根本不敢奢望能过上平和安稳的生活。我觉得我必须远离那些东西才行，就像故意喝下苦涩的饮料一般。

叶子拥有复杂的情感，并为抚养外甥而烦恼。她为自己的脆弱、狡猾、器量小、愚昧感到可耻，她的情况符合人性又令人舒心。她总把"对不起""抱歉"挂在嘴边，似乎在刻意回避世人。我想让她活得更自信一些，毕竟她还没有偏离正常人的轨迹，而我已经走上了不归路。

叶子还可以重返正常的人生之路。起初我从叶子身上看见过去的自己，一时兴起想要帮助她。但逐渐地，我固执地把这个与我同年同月同日生的薄命女子和自己重叠在一起。

不过我认识到，这种想法是傲慢的。我发现和叶子越是亲近，我就越能放松。看到叶子因在避难所似的武藏野生活而平静下来，我那颗顽固的心也化了。这是我从来没有体验过的奇妙感觉。在做她教我的手指编织时，在我们并肩漫步闲聊时，我这个一直伪装自己的人，也在那些瞬间因为拥有了叶子这位朋友而感到幸福。我真切感受到，我没有给她什么，反而从她身上获得了很多东西。

"叶子小姐拯救了你吧。"

那时，难波老师这么说，我还惊讶地回看他。老师若无其事地说出了真相。

我和由起夫、加藤之间复杂的关系，因为老师和叶子开始微微地、缓缓地产生变化。我的身体有了力量。和叶子在一起的时候，时常伪装的我会脱掉愚笨的铠甲。

叶子也改变了由起夫。他说叶子拜托他当达也的父亲，我立刻明白叶子对由起夫怀有类似爱恋的心情。她虽然刻意掩饰，但从她的表情和态度都可以看出端倪。至于由起夫，他似乎也很向往成为达也的父亲。一如佳世子太太在世时扮演她的儿子那样，或许中村勇次从变成难波由起夫时起，就成了一具空洞的容器，将自己的使命定位成为某人扮演某种角色。

我想象着叶子和由起夫结婚。这样由起夫就会成为达也真正的父亲，他们两人都能如愿以偿。可是想到这里，我的心情就会变得黯淡，由起夫绝不会有这种期待，他不可能和女人结婚，他应该一生都不会有自己的家庭，我再次认识到了这个残酷的现实。一切的始作俑者是我，受加藤控制的我需要由起夫的支撑，我是个罪孽深重的人。

嗅觉敏锐的加藤，轻易看出了叶子内心的纠葛。

事情发生在老师说要去研究所，加藤用奔驰送老师过去的时候。

他们在城山的下坡路上，看见叶子从旁边的树林里跑了出来。叶子脸色苍白，非常害怕，但她很快躲了起来。老师担心出什么事，在稍微开过去一点的地方下了车，他也担心为何没看见达也。老师要加藤先走，加藤留在原地等了一会儿，从后视镜里看着叶子脚步踉跄地爬坡而去。

"这事不对吧。"

老师住院后，听由起夫说完事情的经过，加藤立即说："那女人把达也丢在树林里，明知达也在树林里迷路的话就可能冻死，她为什么一个人从树林里跑出来，还立马逃回家？是那个保姆想甩掉硬塞给她的拖油瓶吧。难波老师发现这件事后，就去找了达也。"

我和由起夫都没说话。我知道加藤说得大概没错。叶子一直为不会说话的达也和她与去世的妹妹之间的关系而感到纠结，她在冲动之下做出的行为，也没办法责怪。可是加藤，一个没有感情的精神变态，根本无法理解叶子的心情。

"不是挺有意思吗？简直跟《糖果屋》[①]一样，被继母扔在树林里的小孩……"

加藤语调轻快地说着。他能准确嗅出别人的弱点，宛如一头瞄准猎物的肉食动物。我最了解他这一点，不由得感到一阵恶心。

"然后，难波老师在树林里追那个小鬼时，老毛病发作了。都是那个笨蛋保姆，害我差点失去重要的客户。"

"不是那样……"由起夫无力地反驳道，"他是跑进枯树洞里才引起心绞痛。他看到珍贵的黏菌，就忘记自己有幽闭恐惧症了，不是达也的错。"

"幽闭恐惧症？"

"是的，他自己也知道错了。他说只要被关在狭窄的空间里就会发作。"

加藤哼地冷笑了一声。

[①]出自《格林童话》。

我只能一点一点地给乌鸦毛线花，如果给太多，它们把鸟巢筑好后就不会来我的阳台了。因此，我一次放一朵亮色的花，乌鸦有规律地过来拿走，我再用双筒望远镜追踪它们飞去的身影。

过了一周左右，我找到了它们的巢穴。就在树林入口处那棵梧桐树上面。那是一棵初夏时节就会开满淡紫色筒状花朵的乔木。选择梧桐树的或许是雌鸟，它们在尚未开花的绿叶深处巧妙地筑了巢穴。一旦找到，我便可以随时观察它们。鸟巢外部是用小树枝搭成的，但我提高望远镜的倍率一看，发现有橘色的毛线头跑出来，一定是铺在鸟巢里面了。可是毛线花这么小，应该还不够吧。

有时我明明还没有把毛线花拿出去，它们就会飞来阳台，死皮赖脸地伸长脖子，甚至还会用鸟喙咔咔地敲着栏杆催促。丈夫来时，看到这情形大吃一惊。我告诉了他原因。因为来的是母乌鸦，我拿了一朵粉色的毛线花出去。乌鸦立刻叼走了。我马上把望远镜给丈夫，他专心地观察乌鸦，我则凝视他的侧脸。经过岁月的洗礼，他右眼角的伤痕不再那么突兀，已经融入六十多岁的松弛的皮肤中了。

"你看，那只母乌鸦为了下蛋铺床，选了我的毛线花。"我对着一直盯着鸟巢的丈夫，有几分得意地说。

"它们只拿走橘色或黄色的，或是蓝色和粉色的，很不可思议吧？"

"小黑……"丈夫打断我的话，"小黑喜欢会发亮的东西，收集了好多。"

说完慢慢将双筒望远镜移开，看着我。

"还记得它吗？"

"嗯。"

在提及叶子的事情之前，我简单应了一声。丈夫又拿起双筒望远镜眺望树林。我们各自沉浸在自己的思绪中。

小黑讨厌我，因为我讨厌乌鸦在房间里飞来飞去。聪明的鸟会分辨人，甚至聪明到会整人。有一次，一个瓶盖从半空中掉进我喝到一半的咖啡中，咖啡溅出来，弄脏了我的白色衬衣。

渡部依然是临时工，但工作已经从打杂升级到可以协助入住者洗澡了。岛森小姐很有耐心地指导着渡部。

"神野先生，洗澡时间到了哦。"

我在走廊上走着，看见渡部对一个老人说。老人腿脚不便，坐在走廊沙发上休息，渡部正费力地扶老人站起来，想扶他到助行器那边。老人肥胖的身体在靠向渡部时失去重心，抓着他的T恤差点跌倒。老人用力抓着T恤不放，以致他的T恤都快被抓掉了。

远远看到这一幕的岛森小姐叫了一声，愣了一瞬后，立刻回过神跑来帮忙。就在千钧一发之际，神野先生被岛森小姐扶住了，虽然没跌倒，但头撞到了墙上。

"对……对不起。"

渡部把助行器拿过来让老人抓住。老人喘了一口气，结果大声说："你干什么，很痛啊，你打了我头吧？"他有点老年痴呆。我在渡部发现我之前，拄着拐杖离开了。

岛森小姐追过来对我悄悄说："他还不熟悉怎么照顾身体不方便的人，可是他很认真，刚刚的事能不能请您保密？"

"好的，没问题。他肯定用不了多久就会做得很好。"

我没有对丈夫提起这件事。

达也被丢在城山树林这件事之后，加藤对叶子产生了一丝兴趣，因为他发现了叶子隐藏于内心的扭曲情绪。父母双亡，不会说话的外甥也是个棘手难题。叶子在无奈之下领养了外甥，但其实根本不知道该如何抚养。她将她对达也的困惑、愤怒、厌恶，甚至时而演变成杀意的情绪，巧妙地隐藏在身为家人的情深意切之下，但还是被加藤嗅到了。这正是养肥这个家伙的营养，如同发现由起夫和我犯下的罪行时一样，他开心得甚至哼起歌来。

后来我才知道，那时讨债的人找到叶子了。十分不幸的是，加藤当时就在现场。我之前也隐约猜到她背负着巨额债务，但加藤比我先知道了那些事：叶子的妹妹及妹夫向那些人借了一大笔钱，迫使她做担保，结果因为还不上钱，落荒而逃。

现在的法定利息上限为29.2%，但当时的利息可能最高能到70%，高得简直无法想象。如果是高利贷，估计还要更多。总之，加藤瞒着老师和由起夫，帮她把债务处理掉了。

叶子没对我提起这件事，肯定是因为觉得羞耻，害怕别人知道。她真是个笨蛋，我绝不会为这种事看轻朋友。跟竹丈借钱的时候，只要超过一年，利息就会超过本金。

然而可悲的是，我们并没有对彼此坦诚到这个程度，这造成了最后的悲剧。行为和心情的一些偏差造成了误解，而误解招致了这种结果。再怎么感慨也于事无补了。

加藤或许告诉叶子事情通过正当途径解决了。其实并不是那样。他这个人表里不一，私下与黑社会有很深的勾结。这位能干的律师，在工作上可离不开非法组织的帮助。此外，他也擅长充当非银行金融机构的代理人，向经营不善的公司收回原本要不回的欠款。他在破产方面所做的债权回收，表面上是双方和解，但其实背地里有专人做手脚。加藤接受股票被投机组织大批收购的公司的委托，请对方放手，也是因为他在这方面很有人脉。

搞不好加藤是从竹丈那里学到这种手法的，一种快速解决事情的必要之恶。我想他每年从黑社会相关公司那里拿到的顾问费应该不少于一亿日元。他与叶子所惧怕的放高利贷的人进行暗中交易，并不是什么难事。

他用这种方法博得了叶子的信任。叶子很单纯，不谙世事，即使她感恩加藤，对他完全信赖，我也没办法责怪她。就像以前玩弄栗本京子一样，加藤伸出恶心的触手，缠住了叶子。

不过有时候也会聪明反被聪明误。那家伙太沉迷于操弄叶子的心，为了进一步动摇叶子对达也的复杂心思，加藤提议把达也送给别人领养。叶子烦恼不已，终于把这件事告诉了我。我猜到加藤想从她那里带走外甥的真实目的，不禁背后发凉。

加藤找到了替代我的人，我的心中警铃大作。加藤已经玩腻了我，发现了新的猎物。我应该全盘托出，给她忠告才行，但我怕这唯一的挚友会惊愕、失望，最后离我而去，所以犹豫不决。

叶子也找难波老师商量这事，老师比我有用得多。他开始对加藤起疑。身为教育家的他大概已经觉察到叶子的苦闷与烦恼，看着她满腹踌躇地面对达也，于是他开始调查加藤律师事务所的背景。如果以怀疑的眼光来看，应该能明白那家伙是以顾问律师的身份混入难波科技，然后为所欲为的。

调查过程中，老师得知找到由起夫的侦探社至今仍和加藤有紧密联系。原本这是一家游走在法律边缘、什么工作都接的侦探社，而加藤看准它的用途，让它解散，然后把员工当律所的跑腿和打杂。他们应该靠不法勾当赚了许多钱，只要再查下去，就会发现该侦探社的老板当上了难波科技的秘书室长。

加藤急了。再怎么说，老师也是大股东。难波科技这种中坚企业，同时又是中小规模的上市公司，创业者家族或者大股东的意向会极大地影响经营方针。老师肯定已经发觉难波科技在短时间内离开纤维业界，被改造成一家活跃于泡沫经济的怪物企业。在那年的股东大会上，知道老师心意的老股东提出了针对会计方面的质疑，并提议加入新的审计公司。新的审计公司如果展开业务审查或者不正当行为调查，加藤的处境就会相当艰难。

"这下麻烦了。"

总是自信满满的加藤咬紧了嘴唇。就在加藤律师事务所的所长室里，那家伙在由起夫和我面前慌张地来回踱步。加藤害怕的是让完全不相干的由起夫进难波家当继承人的事被老师发现，一切就是从这里开始的。甚至连加藤欺骗难波家和难波科技从而为所欲为的事情也会曝光，到那时，加藤律师事务所就完了。从那家伙做过的事来看，律师资格会被取消，搞不好还会吃上官司，他不仅会失去建立起来的地位与名声，还很有可能会遭到逮捕。

"那样也好，反正冒充别人这种事本来就是胡来。"

如今已经有经营者风范的由起夫非常淡定。

"听好……"加藤讨厌这种状况，本来应该是被他控制和操纵的人反过来侮辱他，"你没有资格这么说，我随时都能证明你是个杀人犯。"

由起夫沉默了。那时，杀害竹丈的事还在法律追诉期内。我也觉得我们应该坦然接受破灭，让这出闹剧结束。可是看到沉默不语的由起夫，我的想法动摇了。由起夫显得犹豫和胆怯，令人惊讶。

我想这是因为他有了想守护的人，就是叶子与达也。他害怕被难波老师或叶子知道过去的自己是什么样子，特别是叶子。他爱着叶子，想和她一起抚养达也。我平静地接受了这个事实。

我们应该各走各的路了。由起夫一直为了我而活着，无论如何我都要帮助他拥有自己的家庭，这样才能减轻一点我的罪孽。

"可恶，难波老师那时候为什么不心脏病发作死掉？"

加藤忘我地咒骂着。他不受感情控制，这就是他的弱点吧。一个完全不能理解善恶、爱憎、恐怖、忧愁、喜悦、烦恼的精神变态，也不能觉察到别人会因为丰富的感情而影响情绪这件事。他喜欢的只有战栗和混乱。看似成功，其实对欺骗、非法行为毫无罪恶感的他才是不幸的。我冷眼看着这个无法意识到这点的邪恶社会精英。我已经不再害怕这个人了。

加藤的处境越来越糟。难波科技旗下不知不觉多了不少子公司和相关企业。有些是用股份交换得到的，有些是接手了遭炒股大户紧紧套牢的公司。这些公司不断被架空，或者用来进行内线交易、操纵行情赚取不法利益。详细情况我不太清楚，但当时应该是将银行和非银行金融机构那里大量流入的金钱当成投机和炒地皮的资金。说好听一些，这是运用理财技巧赚取的营业外收入，但是我想其任意挪用的资金，以及借给无偿还能力的相关企业的钱，肯定是天文数字。难波科技已经开始接受审计公司的调查，主导人正是若无其事的难波老师。

加藤不断讨好老师，窥探他的想法，但无法从那张扑克脸上读出任何信息。

"那个该死的老狐狸!"

加藤气急败坏,在我面前大骂老师和按照老师意思行动的那些人。他把矛头指向作为情妇的我。如果这样能够转移他对叶子的兴趣,我甘愿承受。他来我住的地方,用语言和身体尽情凌辱我。让我哭出来之后,他才能消气。我本来就打算用几分演技来拖住加藤,不过随着周围情况的恶化,他的做法也变本加厉。

那天晚上,加藤尤其粗鲁。

"为什么由起夫明知道你被我这样对待,还和没事儿人似的?"

他骑在我身上说,用一把大剪刀剪碎了我的丝质睡衣,泛着白光的丝绸如雪花一样散在床上。

"你应该知道吧,我们都不敢反抗你。你就是利用我们的弱点为所欲为。你肯定很得意吧。"

这种话能让加藤开心,这是我多年来学到的东西。

"你们是生命共同体,绝对分不开了。你们就是在互相监视。"

加藤笑得很诡异,但我发觉他已经不像从前那样从容了。我想象这个男人最终走向灭亡的模样,这支撑着我。虽然加藤的灭亡也等于我们的灭亡,恐怕由起夫和我都会被问罪然后离开武藏野,也不得不跟老师、叶子以及达也告别,但我们已经有了这个心理准备。

"我知道我回去后你都会找由起夫过来。"加藤用冷酷的声音说道,"想找他来清理被我玷污的身体吗?"他拿起剪刀,朝我的右眼刺来,我的下巴被他紧紧按住,无法转过脸去。就在快刺到我眼球的时候,他又快速将剪刀移到眼角,于是冰冷的金属刀尖刺破了我右眼角的皮肤。

"要杀竹丈很麻烦。"虽然我准备好了承受他的攻击，但还是战栗不止，可怕的过去向我袭来，"那个老头是个身经百战的浑蛋。在他眼里矿工就跟蚂蚁没两样。他跟我说的那些手段，我都吓到了。"

也许竹丈和加藤是同类。他们夺走弱者的一切，让其绝望、哀叹，最后因为受伤和生病而死去，他们不会感到一丝良心的苛责。不，他们还能从中找到无上的乐趣。剪刀的刀刃摩擦着我的皮肤，由起夫刺向竹丈的画面浮现在我紧闭的双眼里。他的表情认真得令人畏惧，而且浑身是血，被竹丈顶回来的匕首划到了他的眼角。最后他低头俯视一动不动的竹丈……不，不是由起夫，是小勇，是杀害生父的十七岁时的小勇。

我实在无法忍受，发出了细微的叫喊。

"哈哈哈，想起来了吧？那令人怀念的故乡。"

加藤让我趴在床上，抓住我的头发，我耳边响起了咔嚓咔嚓的恐怖声音。我的头发被剪掉，撒在丝质的布片上。接着我听到剪刀落在地上的声音，加藤从后面侵犯了我。

"由起夫是怎么干你的？是这样？还是这样？"

加藤不知道由起夫没办法做爱。我也不想告诉他，只是若无其事地说道："才不是，由起夫比你温柔多了。"被刺激的加藤更加变态。不知为何，我脑海中出现了小勇母亲被竹丈强暴的画面。他做了所有炫耀自己能力，让女人成为奴隶的粗暴行为。

"住手，住手！"我不知道发出这种呻吟的，是被竹丈压在身下的可怜女人，还是我自己。女人在刚诞生的孩子旁悬梁自尽，脐带还没断的小婴儿虚弱地哭着。这些画面让我恍惚了。

"住手，求你了……"发出呻吟的人其实还是我，精疲力竭的加藤趴在我身上，抚摸我头上难看的短发。

他低声说道："让由起夫来安慰你吧。"

这个可怕的男人丢下虚脱的我，转身回家。他刚才的疯狂已经完全消失，现在开着爱车回到什么都不知道的妻子身边了。我忍不住打电话给由起夫。

第二天，我知道了难波老师过世的消息。

据说老师是入睡时心脏病发作的。这也不是没有可能，因为老师有心绞痛病史，叶子也一直留意这件事。上次在树林里发作时，就是因为身上没带药而差点丧命。从那次起，她就变得神经质。尽管如此，这一天还是来了。

前一天，叶子带达也去参加露营，家里应该只剩老师和由起夫。但其实不然，加藤回去后，我把由起夫叫了过来，因此只有老师一个人在家，正好那时候老师发病了。

叶子因为发生这种事时自己不在家而自责，我安慰了她。我无法跟她说由起夫也不在家。如果有人在家应该会注意到吧。这样说来，责任其实在我，是我把由起夫叫走了。我因受到了加藤前所未有的虐待而痛苦，半夜打电话给由起夫。我明知由起夫和叶子的心思，也讨厌这样的自己，但还是没办法不这么做。由起夫瞪大眼睛看着我被剪得乱七八糟的头发，紧紧抱住我，但颤抖不已的我仍旧非常害怕。他回去时已经是凌晨三点之后，没想到罪孽深重的我们进行的这种可悲仪式，竟然连老师的性命也搭进去了。

第二天一大早，我跑去美容院剪了短发。到律师事务所的时候早已过了上班时间，但是没有人怪我。我名义上是加藤的秘书，实际上却是他的情妇，这点大家心知肚明。没过多久通知来了，我和加藤赶去了深大寺。

除去人们的悲伤，守夜和告别式都进行顺利。我努力让自己像个机器人，因为只要心情一动摇，就会发生无边无际的慌乱。绝不能在叶子面前这样。失去难波老师这位雇主和理解者，挚友叶子需要人陪伴。不过和当初我们遇见时相比，她变得坚强多了。

我应该学习她，让自己更坚强。我不能让叶子沦为加藤的牺牲品。一脸亲切靠近叶子的加藤又要开始游戏了。他不着急，而是慢慢伸出魔爪为难她，掐住她的咽喉，然后让她成为自己的物品，就如他曾经对我和由起夫那样。加藤在难波科技的地位一度受到威胁，但老师死后便变得稳固。他又游刃有余了。老师明明想追根究底，却被他逃过一劫，真是让人不甘心。总之，得让叶子知道加藤的本性才行。

叶子已经完全依赖加藤，老师死后更是如此。她以为加藤是个能干、亲切、富有正义感的律师。她信任的加藤提议把达也送人领养，她为此烦恼不已。

我想起了当初遇到叶子时的心情。我一定要帮助叶子，即使是一厢情愿，我也要让她幸福，这么做也是为了已经没有资格幸福的自己。

告别式的两天后，加藤和我再次去难波家，连同由起夫一起，我们三人分工确认参加告别式的名单，整理收到的帛金。叶子表面上显得很冷静。在老师离开后空荡荡的家中，起初她似乎找不到容身之所，但很快又恢复了往常的节奏。据说达也那天去了橡木园。下午，由起夫和我一起搭加藤的奔驰去银行存帛金，还办理了老师去世的相关手续。

开下城山时，一只飞蛾从后座下面跑出来，在车子里四处乱飞。加藤啧了一声，停下车子，摇下车窗，然而浑身褐色，仅有翅膀的前端是黑色的飞蛾在车内横冲直撞，一直没有飞出去。坐在后座的由起夫用手抓住飞蛾的翅膀，看了片刻，把它放了出去。飞蛾拍着翅膀消失在树林之中。加藤摇上车窗，继续开车。

那天晚上，由起夫打来电话。我经常给他打电话，但他几乎不给我打，因此我非常吃惊。他用少见的激动口吻对我说："是那家伙，是加藤。是那家伙杀了我爸。"

"喂，你知道吗？"加贺太太放下备前烧茶杯，将身体探向我，"听说渡部读研时学的是生物学。"

"是吗？"

我拿起咖啡杯，并没有很惊讶，而加贺太太似乎因此不满。

"所以啊，他会到世界各地去参加自然保护活动。你看，现在热带雨林和珊瑚礁不是消失得很快吗？就是因为人类的活动，比如砍伐树林、填海造地之类的。对了，还有温室效应，听说北极的冰山融化，海平面上升……"

"这些是渡部告诉你的吗？"

"不是。"

加贺太太举手向里见示意，里见拿着茶壶过来，为加贺太太倒了一杯热茶。

"你说是吧？渡部之前的工作很厉害。"

"没错！"看来消息的来源是里见，"最初他在大学研究室，进行环境破坏的调查，但后来看到各地情况太严重，所以就离开缺少自由的大学，为自然保护活动四处奔走。"

"保护活动的经费不充裕，他就这样自己打工赚钱。"

加贺太太补充道。她似乎完全忘了之前看不起渡部，说背包客就是流浪汉的事，现在倒很支持他了。

里见说:"还有哦,他的活动不单是为了保护美丽的大自然,他说保护好自然环境,保护栖息的物种免遭灭绝,对人类来说也很有意义。他还说亚马孙雨林、太平洋的珊瑚礁、无人居住的高山这类地方,还有很多尚未发现的生物,但相关研究还没有进行,他无法忍受这些生物灭绝。"

"你什么时候打听到这些的?看来你完全被渡部影响了啊。"

加贺太太将自己的事放到一边,瞪大了眼睛。

"他很厉害啊!他是为了保护地球而工作,一想到他在这里的工作也是其中一部分,我就想支持他。"

"里见,听你说的好像你要跟着渡部去亚马孙呢。"

我其实是开玩笑的,不料她却毫不犹豫地回答:"真的!我就是这么想的。"

"所以我已经跟他表白了,说我喜欢他,想跟他一起存钱,从事保护自然的工作,让他下次出去时把我带上。"

加贺太太差点儿把茶喷出来。原来里见说想结婚,是因为渡部的关系?

"你是认真的?"好不容易把茶喝下去的加贺太太惊讶地问道。

"是啊,我是真心告白的,只是……"

"被拒绝了吗?"

里见沮丧地点了点头。

"他说他已经有未婚妻了,是在自然保护活动上认识的加拿大人。好像下个月就要一起在加拿大生活了。"

"哎呦。"

"他走了之后,我会很想他的。"

里见完全没有把被拒绝当回事儿,满不在乎地笑着。

"真是的,临时工的素质真是越来越低了。"

等里见离开后，加贺太太又恢复了毒舌，虽然她暂时对渡部刮目相看，但是一听到他要离职的消息，又开始批评年轻人太浮躁。

"是啊，在我们想象不到的地方，世界也在运转。"

我的回答并不合她的心意，加贺太太不满地噘起了嘴。我下意识地搓着左侧大腿，疼痛越来越厉害了，止痛药已经没什么用了。不知道还能忍到什么时候。

树林方向传来了乌鸦的叫声。

由起夫一口咬定是加藤杀死了老师,他的根据是在奔驰车中飞来飞去的褐色飞蛾。

"那是野桑蚕的成虫。现在我家桑树田就有很多这种飞蛾。这一带桑树田并不多,更何况岛间先生说,只有我家有野桑蚕。"

"所以呢?"

"我一直在想加藤的车里为什么会有那种飞蛾,终于想到了,那家伙在我爸过世那晚来过我家。"

由起夫说,当时加藤把奔驰车停在桑树田,在他开车进出的时候,粘在桑树上的野桑蚕掉到了车里。由起夫当天在奔驰车后座下面捡到了枯萎的桑叶和成虫离开之后的绿色蚕茧。我尽可能地故作平静,嘟囔道:"这又怎么了呢?就因为这个……"

"他是故意把奔驰车停在桑树田旁边藏起来的,这样从门那边就看不到车。我检查过了,地上有奔驰车轮胎的痕迹。因为前一天下雨,地面比较松软,前一天傍晚绝对没有轮胎痕迹。"

我沉默了。加藤的奔驰车用的是一种特殊轮胎,连我都知道轮胎的样子非常特别。他很讲究,每次换轮胎都指定同一品牌。

"家里虽然有锁,但是弄把备用钥匙对那家伙来说轻而易举。我爸有时会把自己的钥匙放在家里的某个地方,然后找好久都找不到,这种事发生过好几次了。再说,他有时还会不关窗户睡觉。"

由起夫越说越起劲,我的大脑不停运转。老师去世时只有他一个人在家,因为叶子和达也去露营了,半夜我把由起夫叫了出来。为什么老师会在独自一人的夜晚死掉,这件事一直让我耿耿于怀。如果是加藤搞的鬼呢?只要尽情凌辱我,我就会受不了而叫来由起夫,那家伙知道我会这样。因此那天晚上——就是叶子和达也都不在的那天晚上,为了让由起夫也离开家,他故意用前所未有的残忍方式来凌辱我。我轻轻抚摸自己的脑袋,那是我第一次被剪掉头发。

我感到全身的汗毛都竖起来了。只要老师不在,加藤违法的事情就不会曝光。现在老师提议的人人或者方法中断了,由起夫是冒充者这件事,还有深受难波家信任的加藤想出了这些方法的事情,都不会有人知道了。

"那他是怎么杀人呢?就算能闯进家里,要怎么杀死老师呢?"我的声音里带着几分颤抖,"老师是心绞痛发作而死,警方和医生不都好好查过了吗?"

由起夫在电话那头深深地叹了一口气。

"我想他利用了我爸的幽闭恐惧症,上次我爸的病在树林里发作后,我们跟加藤说过,他知道这件事。"

叶子将达也丢在树林里面,我们聊这件事时,由起夫不小心告诉了加藤,老师要是被关在狭窄的地方幽闭恐惧症就会发作。即使如此,我还是否定了他的想法。

"老师死的时候是仰睡,这不会错,他没有被关在狭窄的空间里。"

虽然我嘴上这么说,但还是认同由起夫的怀疑。

"那个人什么事都干得出来,杀我爸这种事对他来说不算什么。"

就在不久前,加藤还说"为什么难波老师那时候没有心脏病发作死掉",这句话一直在我脑海中打转。

"否则他为什么在我爸独自在家的时候来?而且还是深夜,怎么想都不对劲儿。对那个家伙来说,我爸只是实现他的野心的一个障碍。"

接到我的电话后,由起夫在黑暗中出门。加藤在门外远远观望着,然后悄悄启动奔驰车,缓缓开进宅邸。他没有把车停在停车场,而是停在了更里面的桑树田旁边,让桑树挡住车子。加藤轻轻打开车门下车,车门夹住了下垂的桑树枝,他用手拨开树枝,一片叶子掉下来飞进后座,那是一片裹着桑茧的叶子。加藤偷偷潜入家中。

老师那时应该在熟睡,加藤不太可能把老师塞进狭小的地方而不吵醒他。被移动的话,老师应该会醒吧。让他吃安眠药了?吃药的话,应该不知道他何时会醒来,不是可靠的手段。我们在电话中沉默了。不过本能告诉我,由起夫的推论没有错。那个怪物总是能轻而易举地排除障碍,就像过去竹丈将投诉劳动状况的矿工杀掉一般,简单到就像捏死一只虫子。

"我相信你说的……"我低声说,奔驰车中破茧而出的蚕揭示了加藤的恐怖罪行,"我相信你的推理是正确的。加藤盯上了叶子,他让叶子把达也送人领养也是出于这个目的……"我顿了顿,"要她和我一样慢慢地受他凌辱。那家伙开始玩新的游戏了。"

由起夫沉默了。我们之间隔着幽暗的深夜,互相听着对方的气息。叶子为老师死掉那天自己不在家而自责,我安慰她说:"没关系,连在同一屋檐下的由起夫都没注意到。"我没能说出把由起夫叫出去，留老师一个人在家的事情。杀害老师的凶手可能是加藤，但促成这件事的是我。我的呼吸越来越重，我还要犯下多少罪行才能停止？我们究竟要被命运带到哪里？我整了好多次容，但此刻的我一定是最丑陋的。

"我不会让这种事发生的。"

漫长的沉默之后，由起夫只说了这句话便挂断了电话。

叶子似乎是下定决心送走达也了，加藤的计划一步步顺利进行着。我非常着急，要怎么样才能拯救叶子？

我对由起夫说："叶子爱你，你跟她结婚吧，当达也的父亲，这应该也是你的期望。"由起夫和叶子成为夫妻的话，加藤就再也无法出手了。

我第一次看到由起夫的表情那样痛苦。我想他也真心爱着叶子，可是他无法和女人做爱，这个身体缺陷让他远离理所应当的幸福。

"那件事应该没有你想得那么严重，叶子会谅解的，夫妻之间不是只有那个而已。"

我一边说一边渐渐明白，由起夫在惩罚自己。对着竹丈猛刺的时候，让我父亲断气的时候，决定和我逃亡的时候，他便决定不再饶恕自己。他的身体听从了他的决定，丧失了男性功能。我想起我们唯一一次交合时，挂在天上那轮银色满月，不禁流下眼泪。

"好了，我有更好的办法。我想到可行的办法了。"

由起夫说完，就不听我的意见了。据叶子说，由起夫已经明确表示他不能结婚，而且强烈反对把达也送人领养，最后他说："我来想办法。"

由起夫在想什么？他该不会有什么可怕的行动吧。叶子想要送走达也，离开难波家。感觉一切都在往同一方向展开。如果迟早都要破灭的话，那就尽快到来吧。

我必须让叶子幸福，所以那天我才会在职介所叫住她。结果事实却正好相反，是她拯救了我。

我不能把叶子交给加藤，她是我唯一的挚友。

由起夫和我全身笼罩着紧张的气氛，加藤不可能没注意到。

"你们在打什么主意？"

那家伙来我的住处质问我。由起夫继承了老师持有的股票，加藤又回到了自己的节奏当中。由起夫和我不过是他的工具罢了。当时我能做的，就是成为盾牌保护叶子。

我承受着加藤不停投来的语言暴力，那天晚上，他执拗地只用语言来攻击我。

"你抛弃了故乡和弟妹，为了获得今天的生活竟然可以做到这种程度，他们会怎么想，不恨你吗？"

"你妹妹长得不错，不过我听说那是因为像妈妈，你整容是因为这个吗？你以为长得漂亮你妈就会疼你吗？"

"就算改变外表，你还是你。你是一个杀人犯，一个小偷。你看，你就是一个可怕的小孩，现在不过长大了而已。"

"竹丈那家伙，可怜他身体弯曲着被埋在一个狭小的洞里。我觉得你爸应该也死不瞑目。"

为什么这个男人这么擅长戳别人的痛处？明明他没动我一根汗毛，我现在却如同一块满目疮痍的破布。不知不觉中我泪如雨下，漆黑的窗户上映照出我哭花的妆容。

"你看你，你到底花了我多少钱啊，你这脸和怪物一样！"

加藤抓住我的下巴，取笑我，然后说我十几岁的时候有多丑，说我那时候的表情有多可怕，甚至还说出我内心深处对叶子的嫉妒。他是一个把快乐建立在别人痛苦之上的人。他花了好几个小时嘲弄我,直到天亮,然后意气昂扬地回家了。我瘫倒在床上。

那家伙说的话都对。我杀死了父亲,虽然我把杀死父亲合理化,看作是亲人之间最后的情分,但父亲应该是恨我的。

难波老师全都说对了,除了一件事。离开筑丰时,从远贺川涌现的光球并不是蚊群。当时已经十一月了,蚊子早就死光了,那的确是父亲的鬼魂。我是在父亲的追逐下离开筑丰的。我不想回去,也回不去,我的罪孽太深了。

脆弱的我又拿起了话筒。由起夫的房间里响起了电话铃。我拿着话筒,眼泪不停地流。另一头的话筒被轻轻拿起,我畏缩的身体突然整个松懈下来,我呼唤着由起夫的名字,一遍一遍地重复。这对我来说,是个特别的名字。

"由起夫……快来,求你了……"

由起夫没有回答。他似乎听着我的呼唤倒抽了一口凉气。我怔住了,这应该不是由起夫。现在拿着话筒的……是叶子。我头昏脑涨,现在该说些什么吧,但是该说什么?

不知何时,电话里只剩下嘟嘟的占线音。

接下来和叶子见面变得无比艰难,但我没有想到那天竟然是最后一天。

那一天没有什么特别。由起夫说想整理老师的遗物,于是加藤和我去了深大寺。我从叶子的表情中看不出任何信息,所以我也装作平静,因为我不知道要跟她说些什么。

叶子会觉得我欺骗了她吗?这是理所当然的。因为我明知道她的心思,还鼓励她,却在半夜偷偷地把由起夫叫出去。之前叶子问我知不知道半夜把由起夫叫出去的人是谁,我还装作不知道。我无论如何也说不出口，由起夫和我之间长达二十年的关系，外人怎样也无法理解吧。

我一直很在意这件事，所以没有注意到由起夫的不对劲，直到出事之前。不，那天由起夫非常淡定、平静。如今想起来，肯定是已经下定了决心，要杀掉加藤。

所有事情都办完后，由起夫让加藤先回家，然后把我留了下来，说有话跟叶子说。我马上明白了他的意思，他可能要在三人之间公开一切，也是为了不让我坐上奔驰车，因为加藤的奔驰已经被由起夫做了手脚。由起夫要让刹车失灵，而且为了隐瞒这一点，他还要确保车祸发生后车体能燃烧起来。由起夫过去是汽修技师，这难不倒他。

把事情伪装成完美的车祸，应该就能除掉长年摧残我们的精神变态了。但由起夫下定决心并不是为了我和他，如果他想逃离魔爪的话，早就行动了。我们从再次见到空壳子开始，就决定接受命运的安排。我们绝不能安稳生活，我想这是事先决定好的我们的结局。沉溺于苦海中，甚至让我觉得安心。所以……所以由起夫想要杀掉加藤，是为了叶子。他不能让叶子卷入我们的宿命当中。

在奔驰车离开之前，叶子出乎意料地坐了进去，这让由起夫感到惊慌。他一定没想到会发生这样的事。奔驰车离开后，我看到水泥地上残留着一片油渍，这才恍然大悟。

一切都晚了。由起夫追出去，奔驰车在弯曲的坡道上没能转弯，翻下山去，燃烧起来。叶子和加藤一起丧了命。

自那以后，由起夫就无法容忍自己活着这件事了。

丈夫凝视着大海。海面风平浪静，地平线一带飘浮着雾霭。我看着他的背影，作为社长来说他或许还年轻，但在我看来他已经非常苍老了。

丈夫这个人……他为了素未谋面的母亲而杀害生父，然后因为认定加藤杀害养父而痛下杀手。对这个人来说，亲人到底是什么？他从来没有享受过亲情，即使通过冒充别人获得了家人，也马上失去了。因此他并没有希望获得新的家人。他本可以和叶子、达也组建一个小家庭，但在失去之前他就直接拒绝了。

与家人相关的感情复杂又麻烦，或许干脆摆脱这种束缚才能坚强地活下去，就像没有感情的精神变态一样。

新闻报道如同沉睡在饼干盒中一般，内容是加藤义彦与石川希美因为意外事故死亡。这则报道出来后，我一方面因为牵连叶子而饱受良心的苛责，另一方面又冒出了肤浅的想法——会不会有家人通过这则报道，知道我的死讯后主动联络警方呢？律子，昭夫，正夫？不，不是他们。

我希望不知去向的母亲注意到这件事。我怨恨母亲，但还是想见她一面。当然，那种奇迹并未发生。因为这不过是一个地方小报所报道的小事故。行踪不明的母亲不可能读到。作为一个堕入修罗道的人，我不应该有这种正常人的期待。

结婚之后,我们的照片曾刊登在纤维界的报纸上。尽管我们极力避免这种事,但实在拒绝不了,只好答应。这是一篇纤维业界活跃企业家和其夫人的访谈,上回的受访者极力推荐了丈夫。丈夫推辞了多次,但对方是一直照顾我们的人,最后只好硬着头皮接受采访。那是我第一次,也是最后一次公开露脸。由于是只有几名员工的业界小报,我想不会有太多人看到。听说那次聘用的是自由摄影师。

来采访我们的是一个记者和一名摄影师。我见到摄影师时,倒吸了一口凉气。那是泷本先生。筑丰一别已过去二十多年,记者采访丈夫时,泷本先生多次按下快门。记者也问了我几个问题,但我只用只言片语回答,甚至有些没礼貌。最后我和丈夫并肩合影,一直透过镜头看我们的泷本先生放下相机,说:"我们是不是在哪里见过?"

"不会吧。我们应该是第一次见面。"丈夫沉着地回答。

在筑丰的废矿聚居地时,丈夫和泷本先生没有太多交流。我倒是经常和泷本说话,但我已经改变了外貌。为了不让他听出声音,我尽量不说话。

"确实,抱歉。"

泷本先生对并肩而立的我们再次按下快门。他应该没有想到我们就是他在《筑丰挽歌》中拍下的两名中学生吧,也不会想到他在离开前拍下的煤渣山照片,会成为丈夫犯下杀人罪行的证据,最后又让空壳子得知了这个秘密。

泷本先生似乎在承接一些小报的工作,继续做着摄影师,他没有再多问什么,和记者一起离开了,那之后我再也没有见过他。

夕阳西下。又红又圆的太阳徐徐落下地平线。

"我该走了。"

丈夫也觉得看着被染得宛如鲜血的大海很痛苦。他拿起放在脚边的小包,我轻轻点头。他对拄起拐杖的我挥了挥手,示意我不必送他,接着朝房门走去。

"小勇!"

我朝着他的背影喊道,丈夫惊得停下了脚步。

"最终,我们还是哪里都去不成吗?"

丈夫有一瞬间似乎要回头,结果只是耸了耸肩膀,叹了口气,默默地开门离开了。最后一次叫丈夫小勇是四十年前,用筑丰方言说话则是更久之前的事了。我打破长久以来的禁忌,我也不知道为什么这样做。

我曾经问过他,我们能不能想办法逃离这里,于是我们逃亡似的来到了伊豆这个地方。我们来到当时期望的地方了吗?我们害死了很多人,也欺骗了好朋友。我们身上背负了那么多深重的罪孽,甚至连自己的名字都舍弃了,彻底变成了别人。

久远的回忆再次浮现,我想起遇见叶子那天,职介所的工作人员把我们的名字弄错,我还说他"只是把别人的名字当作什么符号"。

我回过头,窗户已染满夕阳。

下一周丈夫还是来了。陪伴我,和我一起共享被诅咒的命运,这是他唯一的工作。

我们已经不怎么交谈了。他凝视着晴空下的大海,然后到海湾去了。加贺先生这阵子都没来,丈夫独自享受着在小船里随波摇曳的睡眠。像今天这种天气,一定很舒服吧。真该感谢加贺先生带给丈夫这种乐趣,也要感谢渡部,风雨强劲的时候,他会把橡皮艇从海上拉回来,收在仓库里,到了周末再为丈夫绑在栈桥上。

丈夫短时间内应该不会回来。我希望他能好好呼吸新鲜空气，闻闻海水的味道，放松地随波摇曳，至少能做个美梦。

我拄着拐杖起身，左侧髋关节痛得我皱起了眉。我骗医生说还没有那么痛，但前几天可能被田元女士发现了。不过都已经这样了，我更没心思去做手术。

这样就好。我决定就这样活到身体不行的那一天。

我慢慢走出房间，进入电梯。有村老太太三天前去世了。有入住者去世的话，结月会举行小小的送别会，按惯例不采用宗教仪式，并且自愿参加。我决定参加在活动室举办的送别会。祭坛摆在最前方，仅仅摆着一张小照片和几朵素雅的鲜花。房间里摆放了几十张凳子，我在最后一排悄悄坐下。

去年冬天，有村老太太在这里和大家一起学习手指编花，之后身体状况恶化，住进了结月的专属医院，再没出来。在这里，死亡是常有的事，我们早已司空见惯。在座的每一个人，也许对于不久将降临到自己身上的死亡，都有种亲切感或是解脱感。待在这样的团体中，让我觉得非常放松。

院长在祭坛前讲述有村老太太的为人和简单的经历。她的女儿在一九八五年那场日航空难事故中身亡。"每年八月十二日，到御巢鹰山的纪念碑祭奠，是支撑着有村太太活下去的动力。"院长说，这几年她身体虚弱，已经不能到纪念碑那里去了。不过，去年是空难事故三十周年，她一定要去，儿子和儿媳妇便带她去了。

"已经三十周年了，或许她的心境有了转变。从御巢鹰山回来之后，她过得很平静，很开朗。"

有人轻微啜泣。

电视播放过好几次日航空难事故三十周年的新闻。他们举行了盛大的祭祀活动，家属、日航员工和当地人均前去祭奠。一架飞机坠毁造成五百二十人死亡，创下了罹难者人数之最，实在是悲惨至极。每次空难纪念日前夕，一定会有新闻唤起人们的记忆，让人们千万不要遗忘教训，不要让同样的事故再次发生。这很正确，也很重要。

可是，死亡人数与此相当的煤矿事故已经发生过好多次了，却无人提起。一九六三年发生的三井三池三川煤矿爆炸事故，有四百五十八人丧命，幸存者也因一氧化碳中毒而生不如死。父亲就是其中之一。一九六五年，三井山野煤矿发生了瓦斯爆炸事件，二百三十七人死亡。煤矿事故发生在地下坑道，夺去大把人的性命，这种事谁也不记得。

日航空难事故发生的四年前，在北炭夕张煤矿发生的瓦斯外漏事故中，他们为了扑灭坑内的火灾，竟然不顾里面的众多矿工，往坑道里灌满了水。即使里面还有幸存者，他们也对此置之不理。地下的矿工在水深火热中丧命，最后一具遗体在事故半年后才找到，最后死亡人数达到了九十三人。如今煤炭不再被视为主要能源，地下发生的事故已全部被埋葬在历史的阴影中。

然而这都是过去的事了，我已经没有力气再为这些事愤怒。

入住者中跟有村老太太熟悉的人开始回忆她们之间的往事。由于老太太为人敦厚，受人喜欢，不少人出来说话。我静静听着，最后和大家一起为老太太祈祷。

回到房间已是一小时之后，丈夫还没有回来。我从窗户俯瞰大海，由于天气晴朗，看得到海边有零零散散的散步的人影。我将视线移向前方的山崖。丈夫还在船上吗？我走到阳台，用手遮着额头，凝望丈夫是否从山崖下面的阶梯爬上来。这时，一种鲜艳的颜色映入眼帘。我看到山崖上冬青树的树枝上有个明晃晃的东西。那是由橘色和黄色交织而成的、软绵绵的东西,好像是从哪个房间被风吹到那边卡住了。应该是围巾或者薄窗帘吧?只要再起一阵风,可能就会掉到海里了。

我准备进屋时,突然飞来一个黑影,是乌鸦。那只乌鸦停在那个颜色鲜艳的东西旁边的枝头上。我立刻回房间拿出双筒望远镜。乌鸦努力用嘴巴啄着的——是我编织的毛线花,而且是公乌鸦喜欢的橘色和黄色,大约有十个,缠在一起。我拿开望远镜开始思考,看了看阳台,那是我忘在这里的吗?还是被风吹到那边去的?不,不可能,我打算一点一点给乌鸦,所以编好的毛线花都好好收了起来。

我回到房间,拿出装毛线花的篮子确认,那里塞满了一大堆毛线花,都是乌鸦夫妻喜欢的,橘色、黄色、粉红色、浅蓝色的毛线花,数量多到即使少了一些我也很难发现。我隐约听见挥动翅膀的声音,出去一看,乌鸦正好成功地把毛线花从树枝上扯了下来,正要离开。那只公乌鸦怎么会一下拿到了这么多的筑巢材料呢?

可是乌鸦把那团毛线花弄掉了。大概是太重了,应该不止毛线的重量,好像还绑着什么东西,所以垂直落下。乌鸦连忙飞去捡掉在悬崖边的毛线花,我再次拿起双筒望远镜。乌鸦用脚按住毛线,再用嘴巴把线团里伸出来的线头慢慢拉出来。线头似乎垂在了悬崖的另一边,接着乌鸦压低身子用力,然后振翅飞起来,那气概像是决不会再把毛线弄掉。我轻轻微笑,这么想要这些明亮的花朵啊。一定是母乌鸦催它来的,可能是下蛋的时间快到了。如果一直观察下去,或许能看见养育小宝宝的乌鸦,甚至是长大离巢的小乌鸦呢。

飞向天空的乌鸦用两只脚牢牢钩住圆圆的毛线团,下面垂着一条细线。因为这个原因,乌鸦似乎飞得很困难。摇摇晃晃的线头绑着东西,那是什么呢?但望远镜的视野太窄,反而不容易看到。我想用肉眼看,但乌鸦已经飞远,我只知道下面吊着发亮的东西。就这样,公乌鸦朝母乌鸦等待着的梧桐树那边飞去了。

当天傍晚,丈夫被人发现溺死在海里。看着染得比平时更加鲜艳、更加不祥的大海,我开始感到不安。丈夫从未在海上待到这么晚。我拜托田元女士帮我去看看,后来看到田元女士从悬崖的石阶上仓皇跑来时,我就知道出事了。

丈夫的橡皮艇已经没气了。被扔到海上的他穿着衣服沉入海湾的透明水底。大家把他捞上岸后,立刻叫结月的医生进行了抢救,但还是为时已晚,他已经停止了呼吸。我以为是意外,但船上却留下了刀子割过的痕迹,空气就是从那里泄走的。紧张的氛围立马包围了众人,这只可能是有人故意放掉了橡皮艇里的空气。警察开始调查,丈夫的遗体被送到大学医院进行解剖,确定是溺死。没有酒精、安眠药、镇定剂以及其他药物反应。

"太太。"负责案件的两名刑警来到我的房间问我,"您先生有什么仇家吗?"

"没有。"

"那么,有没有自杀的可能?"

"没有。"

其实这两个问题的答案都是肯定的。丈夫过去犯下无法救赎的罪过,所以并不想苟活,然而这种事我并不能告知。两名刑警交换了眼色,年纪大的那一位蹙眉沉思,另一位则轻轻咳嗽。他们怀疑并非意外事故,而是故意策划的谋杀。但情况令人费解,无人接近通往栈桥的石阶,结月周边设置了监控摄像头,有一台正对着走下石阶的地方。丈夫走下去后,一直到傍晚田元女士提心吊胆地往那边窥探为止,都没有人靠近。对面海边的监控摄像头则是远远拍到崖下的栈桥,据说丈夫搭乘的橡皮艇看起来像是毫无预兆地沉了下去。

会是有人从山上丢刀子下去刺破橡皮艇吗?可是监控画面没有拍到崖上和栈桥有可疑人物,再说也没有找到那把刀子。警察的水难救助队在海底仔细搜索,只找到了瘪掉的橡皮艇。

公司为丈夫举行了葬礼,一切皆由难波科技的总务课处理,我只要坐在家属代表的位子上就好。我以身体不适为由,将家属致辞也交由别人代读。丈夫以难波由起夫的身份下葬于深大寺的难波家墓地。没有人知道那气派的墓碑下方,埋葬的是与难波家毫无血缘关系的中村勇次。安放骨灰时,我在心中向难波老师及佳世子太太致歉。

丈夫早已决定了继任人选,以便随时都能退休,因此公司并未出现混乱的局面。报纸只刊登了难波科技社长乘船溺亡的消息,还不知道警察是否判定为意外死亡。丈夫死后,警方调查了所有入住者和员工当时所在的位置,但听说没有任何发现。结月是一家安全的高级养老院,相当在意舆论,因此一副想要尽快了结的样子。员工或许都被严肃叮嘱过,大家和往常一样专心做着自己的事。

加贺太太、速水太太等其他入住者将她们私下猜测的内容逐条告诉了我,但我反应冷淡,她们便不再跟我多说。田元女士、岛森小姐、渡部和几个比较熟的工作人员都有意无意地关心着我。

"我要在这种时候离职,真是抱歉。"渡部带着歉意说。

"不会,我才抱歉,惊扰了大家,也给你添麻烦了。"

渡部应该也被警察问话了。听说那天下午他帮一位入住者外出购物,结果在离职前留下了这个不好的回忆。

"渡部,你要结婚了吧?恭喜。"

"啊,是里见说出去的吧。是的,在这边工作让我把心情也整理好了。虽然有一段时间不能回日本,但我还是要做自己想做的事。"

"看来你找到了一位不错的另一半。"

渡部露出不知所措的笑容。

加贺先生来了。他在我房间里双手合十,抱歉地说自己来晚了。

"早知道会发生这种事,当初就不该找他去钓鱼。没想到买来那艘橡皮艇,竟然出了这种事。"

"哪里,别这样说。"我连忙安慰,"我先生非常喜欢待在船上。他很少会这样自己找乐子,因为他是个工作狂。所以你不要那样想,我真的很感谢你。"

这是真心话。最近我时常想象丈夫在山崖下的船上睡觉时的情景。那里有海浪拍打船橡的声音,还有潮水钻进鼻腔的味道,稍微抬头,就能看到远处航行的大型客船或货船如梦般漂浮在水面。丈夫置身于清澈的晴空和透明的海水之间,或许会一边眺望天空一边伸手触碰海水。始终自责不已的丈夫应该获得了片刻的安宁。

"出事原因调查清楚了吗?"

加贺先生的话把我拉回现实。

"嗯。"

"难波太太……"他痛苦地皱着眉说,"你知道吗?就是,你先生不会游泳。"

"不会游泳?"

我重复了一遍。警察也问到这件事，但我回答的是应该会游，只是游得不好。我认为丈夫很有可能是没有防备，就这么穿着衣服掉到海里，一下陷入恐慌，所以才会溺亡。我不知道他完全不会游泳，我们之间没谈过这种事。

"你先生不会游泳，他明确地和我说过。所以他才说很抱歉，不能跑到海湾中央去钓鱼。"

丈夫第一次陪加贺先生去钓鱼回来后，跟我说过："大海看看就好了，我不喜欢离开陆地。"他真的不会游泳吗？我也不知道他跟加贺先生有过这段对话。

"所以我也不勉强他，后来就变成了他在栈桥边上的船里等我。"

那之后他待得很舒服，好几次都在船上睡觉，绝不出海。

"我听我老婆说，有几个地方很可疑。"加贺先生有些犹豫，但还是继续说，"船破洞下沉的话，谁都会大声呼叫。而且就算再怎么不会游泳也不至于溺死，栈桥就在旁边，加上橡皮艇的构造，应该不会那么快就沉下去。"

加贺先生加强语气说，他无论如何也无法理解丈夫为什么会默默沉下去。

"你先生有没有可能是自杀的呢？我只能这样想了，虽然我还不知道洞是怎么割破的。"他说完好像被自己的话给吓到了，低着头，"对不起，我不是为了说这些来的。"

加贺先生觉得自己失言了，不断道歉，之后便回去了。

我们的成长环境那么恶劣，没机会学游泳也不意外，我自己也不擅长游泳。不过我们长年在一起，我却不知道丈夫不会游泳。加贺先生说得没错，除非是自己不想活了，否则船破个洞也不至于溺死。那么大的一艘船，要花好长时间气才会跑完。加贺先生说他不知道船怎么被割破的,但我知道。

我走到阳台,举起双筒望远镜看向树林入口处的梧桐树,并将焦点对准了乌鸦的巢。不知道乌鸦是否已经在铺满了它们喜欢的毛线花的鸟巢里下蛋了。我看到母乌鸦正在鸟巢里面,用树枝搭成的鸟巢外侧垂着一条线,我顺着线看过去,线的一端吊着一个闪闪发光的东西。我调高倍率,试着放大那个反光的物体。

那是一把刀。刀刃锐利,是户外活动用的那种厚重匕首。风一吹来,细线晃动,刀也跟着摇晃。

丈夫死亡那天,橘色和黄色的毛线花已经缠在山崖上的细叶冬青树上了。那个毛线团下面放着一把用细线绑住的刀。乌鸦发现毛线花后去啄它,刀子落下来,割破了正下方的橡皮艇。乌鸦把毛线花叼走后,也就把刀子带走了。没有人会注意到十几米高的梧桐树上的乌鸦巢。那把刀会一直吊在那里吧,对喜欢反光物品的乌鸦来说,这是个不错的战利品。

或许加贺先生关于丈夫自杀的推理是正确的。他是故意让不会游泳的自己沉入大海吗?设计这些的会是丈夫吗?他知道我在做毛线花,也知道乌鸦的习性。我想象丈夫一动也不动,默默地缓缓沉入清澈海底的情景。如果他选择先我而死,我一定会受到沉重的精神打击而一蹶不振。他就是考虑到这些,才选择了这种手段吧,故意让他的死亡事件看起来像是不会游泳的人和破掉的橡皮艇一起沉入海底的意外事故。

我知道丈夫长期以来活得很痛苦,也知道他是为我而活。不过他终于下定决心了,恐怕推他一把的人是我,因为之前我从背后叫他"小勇",这一叫,把他心中紧绷的细线切断了。

"我好傻,竟然不知道你不会游泳。"

我对着空无一人的房间喃喃自语道。

我变成了孤家寡人。长久以来，我很害怕变成这样，但真正面对时，我却意外地觉得还能忍受。

很长一段时间以来，丈夫一直想死，阻止他求死的人是我。如今他终于获得安宁了。他的遗容无比安详，眼角上的伤痕也没那么醒目，这件事抚慰了我，让我内心得到了平静。我甚至觉得早该让丈夫自由。之前我会半夜做噩梦，现在不会了。

警方似乎把这件事当成意外事故处理了，我也必须一步一步整理自己的心情才行。就如三十周年时前往御巢鹰山的有村老太太一样，否则日子没法再过下去。

我在走廊碰到同行的岛森小姐和渡部。渡部这个月就要离职，岛森小姐很是惋惜。

"真可惜，你好不容易才习惯了照顾老人的工作。"

"岛森小姐，他有别的事情做啊。"

渡部在海外从事自然保护活动的事，岛森小姐也是知道的。

"是啊，我想挽留也没用吧……"

据说最近有个老人因为老年痴呆症恶化而只说英语，渡部就成了他说话的对象，那个老人好像原来是外交官。

"渡部，听说你不只会说英语，还会说法语和西班牙语？我之前都不知道呢。"

"没有没有，法语就不提了，西班牙语我也只会几句而已。我爸妈常年在海外生活，我只是自然而然学会了一些。"

"这么厉害！"岛森小姐十分惊讶地说，"这么说，你本来就是环游世界的人啊，所以才会习惯现在的生活。你父母是做什么的呢？"

"父亲在贸易公司上班，母亲是家庭主妇。不过不管去哪里，他们都能很快融入当地的文化和风俗习惯，因为他们不会带有偏见，待人积极包容。"

介护长从旁边经过，或许他们是怕站着聊天挨骂，于是向我打了个招呼便迈步离开。

"你爸妈真好！"

"是啊，我很感谢他们。其实他们不是我的亲生父母，他们领养了没有亲人的我，而且非常疼爱我。"

"这样啊。"

听着两人远去的对话，我往沙龙走去。

"我说，你知道吗？"

我刚一坐下，加贺太太就过来搭话了……

六天后，渡部特意来向我辞行。

"今天是最后一天了，谢谢您的照顾。"

"哪儿的话，受照顾的是我。"

我从膝盖上拿起他帮我买的双筒望远镜给他看。乌鸦好像正在孵蛋，公乌鸦和母乌鸦轮流坐在鸟巢里。

之后我让他在沙发上坐下，他没推辞。

"我就不坐沙发了，沙发太低，站起来比较麻烦。"

我决定在较高的椅子上坐下，但关节依然痛得我皱起了眉头。

"很痛吗？"

渡部走过来扶我坐下。

"没事，我不想动手术，只能忍着了。"

"就这么忍着太受罪了吧。"

他一脸难过，看着搓着髋关节的我。

"在止疼这方面，一直有划时代的药物出现。我要结婚的加拿大女友……"渡部回到沙发边,"是一位研究有机化学的人。"

"有机化学?"

"没错,她希望找到天然成分来治疗现代医学无法治愈的病症。"渡部的双眼发亮,"亚马孙原始部落的巫师,都是用雨林里采集到的动植物萃取物来制药,然后用这些药来治病。所以她的团队就在研究这种魔法般的治疗方法……"

"哇。"

"别人大概会觉得这种方法早就是老古董了,听起来应该非常荒唐可笑吧。"渡部有些害羞地说。

"怎么会。"我其实很感兴趣。

"其实研发出的化学合成药品,也有许多原料需要大自然提供。现在全世界的制药公司都密切关注着亚马孙雨林。我女友跟着巫师在森林中四处游走,专心寻找新的成分。"

"你们就是这么认识的吗?"

"是的,因为我学的是生物学,所以才从事保护自然环境的活动。我们就是这样认识的……"渡部加强语气说,"天然的镇痛剂副作用较少,我想很适合难波太太您这样的人。"

"是啊,不好也没关系,不过如果能消痛就好了。"

"但可供人类制药的植物和动物正在逐渐减少,甚至连研究的速度都跟不上。因为环境被破坏,一定有很多还未发现的医学奇迹正在消失。我女友很不甘心,她说我们正在失去制造优良抗癌剂、镇痛剂、阿兹海默症药物的机会。"

我的脑海中突然出现了啪的一声,好像有什么东西陷进去了。那是过去到现在一直缺失的一块拼图。

难波老师经常说:"万物之间都有联系,并且密不可分。"突然好想再听到老师的声音,那个柔和又略带沙哑的温柔声音……

"啊,我光说自己的事情了。"渡部站了起来,说了句"请您保重",之后深深鞠了一躬。

"你真的很喜欢生物呢,你现在的工作不只是保护大自然,对人类也很有贡献。"

"您这么说我很高兴。"

我凝视着渡部。

"你……"尽管我没有资格这么问,但我还是忍不住问道,"你……过去幸福吗?"

"嗯,非常幸福。"渡部立即回答,"那我先告辞了。"

渡部转过身。我赶在他的背影消失之前说道:"你做得没错。"

渡部慢慢回头,直直地看着我。

"真的。但是为什么?你为什么要杀死我的先生?"

"是因为愚者之毒啊。"

愚者之毒……是什么意思?我应该没听错。

能够动那种手脚的,还有一个人。

能够进出我房间,拿走毛线花,同时还非常了解乌鸦习性——曾经养过小黑的人。

这个可能性一直在我面前,但我的大脑却拒绝接受。

渡部的背包上挂着不倒翁形状的陶铃,和许多钥匙圈、吊饰挂在一起。那是我在深大寺给他买的。

有次渡部在照顾入住者的时候,被一个站立不稳的老人拉了衣服,T恤卷了上去。岛森小姐远远看到时,还"哇"地叫了一声,因为渡部的背上是一片旋涡般的烧伤疤痕。

我知道达也背上也有一整片烧伤的疤痕,是在叶子死后。我想,叶子之所以经常无意识地隔着衣服抚摸那孩子的背,就是这个缘故。

但是无情的我加速把达也送走了。因为喊着叶子名字的达也,竟然超乎预期地恢复了语言能力。要不了多久,这孩子一定会谴责我,并指着我说:"她不是香川叶子,是因为她,叶子才死掉的!"

后来听丈夫说,达也被送到一个很好的家庭,但我不知道那家人从事贸易工作。曾经罹患失语症的孩子,现在却会几种语言,对生物有兴趣,在研究所做研究,还即将获得一个优秀的伴侣。

我轻轻拿出双筒望远镜,渡部伸手接过,然后走到阳台边,注视着乌鸦的鸟巢。看到鸟巢下面吊着一把绑在绳子上的刀子,他应该知道我已经猜到了。

他静静地回到房间里来,将望远镜放在边桌上。他看向我,眼神没有透露任何情绪,就好似钉死的窗户一般。

我没有窥视他内心的勇气。

"你做得没错。"我重复了一遍,"他活得很痛苦。"

渡部没有回应。当时才五岁的孩子,却知道害死叶子的人是我丈夫。因为事故之后,他在我的臂弯中听到丈夫悲痛的自白。

万物之间都有联系,任何事物都有它存在的意义。他是遵循难波老师的教诲吗,还是基于自身的想法?我不知道,但他确实有必要做个了断。为了和过去的自己诀别,为了踏上新的人生旅程……

"愚者之毒"这个谜一样的词就是这个意思吗?我还是不知道。

当刀子从细叶冬青上掉下来割破橡皮艇的时候,丈夫遵从了自己的命运。他没有慌张，也没有抵抗，而是平静地接受。

等了这么多年，核算人生这笔账的时候终于来了。他应该安心地叹息吧，他终于抵达了人生的终点。

渡部动了手脚，而丈夫平静接受。

渡部确实有明确的杀意。不知为何他知道丈夫不会游泳，他将毛线花挂在细叶冬青上，看准刀子落下的位置后，就把船停在那里，然后离开结月出去办事。没有人怀疑他，成功的话就是一桩完美犯罪。

这或许就是赌一把，如果事情进行得不顺利，回来后再收拾这些东西即可，不过有杀意这一点是不变的。

对于渡部而言或许是杀意，但对丈夫来说那是救赎、福音。渡部帮丈夫摆脱了长久的痛苦，就好似让患者从病痛中解脱的镇痛剂一样。

一切都在该了结的时候了结了。

我必须感谢渡部。我想亲口向他道谢，却找不到适当的话语。我不知该如何解释我与丈夫之间长久且复杂的关系……

渡部再次向我深深鞠躬，朝门口走去。

"再见了。达也。"

渡部突然放缓脚步，转过半边脸来回答我：

"再见了。希美（nozomi）阿姨。"

"Gusha no doku" by Makoto Usami
Copyright © Makoto Usami 2016
All Rights Reserved.
Original Japanese edition published by SHODENSHA publishing Co., Ltd.
This Simplified Chinese Language Edition is published by arrangement with
SHODENSHA publishing Co., Ltd. through East West Culture & Media Co., Ltd., Tokyo
Simplified Chinese edition copyright: 2021 New Star Press Co., Ltd.
All rights reserved.
著作版权合同登记号：01-2019-0241

图书在版编目（CIP）数据

愚者之毒 /（日）宇佐美真琴著；王唯斯，冷玉茹译. —— 北京：新星出版社，2021.3
ISBN 978-7-5133-4369-5

Ⅰ.①愚… Ⅱ.①宇… ②王… ③冷… Ⅲ.①长篇小说-日本-现代 Ⅳ.①I313.45
中国版本图书馆 CIP 数据核字（2021）第 013632 号

愚者之毒

[日] 宇佐美真琴 著；王唯斯，冷玉茹 译

责任编辑：王　萌　　**特约编辑：刘　琦**
责任校对：刘　义　　**责任印制：李珊珊**
封面绘制：KEN　　　**装帧设计：冷暖儿**

出版发行：新星出版社
出　版　人：马汝军
社　　　址：北京市西城区车公庄大街丙3号楼　100044
网　　　址：www.newstarpress.com
电　　　话：010-88310888
传　　　真：010-65270449
法律顾问：北京市岳成律师事务所

读者服务：010-88310811　　service@newstarpress.com
邮购地址：北京市西城区车公庄大街丙 3 号楼　100044

印　　刷：北京美图印务有限公司
开　　本：910mm×1230mm　1/32
印　　张：9.25
字　　数：152千字
版　　次：2021年3月第一版　　2021年3月第一次印刷
书　　号：ISBN 978-7-5133-4369-5
定　　价：48.00元

版权专有，侵权必究；如有质量问题，请与印刷厂联系调换。